公事宿事件書留帳

遠い椿

澤田ふじ子

幻冬舎

遠い椿

公事宿事件書留帳

装幀・装画　蓬田やすひろ

目次

主な登場人物

田村菊太郎《きくたろう》
京都東町奉行所同心組頭の家の長男に生まれながら、妾腹のため腹違いの弟に家督を譲ろうと出奔《しゅっぽん》した過去をもつ。公事宿《くじやど》（現在でいう弁護士事務所兼宿泊施設）「鯉屋《こいや》」に居候《いそうろう》しながら、数々の事件を解決する。

お信《のぶ》
菊太郎の恋人。夫に蒸発され、料理茶屋「重阿弥《じゅうあみ》」で仲居をしていたが、団子屋「美濃屋《みのや》」を開き、ひとり娘のお清《きよ》を育てている。

鯉屋源十郎《こいやげんじゅうろう》
公事宿「鯉屋」の主《あるじ》。居候の菊太郎を信頼し、共に事件を解決する。菊太郎の良き相談相手。

田村銕蔵《てつぞう》
京都東町奉行所同心組頭。菊太郎の腹違いの弟。妻の奈々《なな》がいる。

貸し腹

一

「工合のええ扇どすなあ――」

四条小橋に近い高瀬船の待合小屋で、顔見知りらしい中年すぎの男二人が、伏見に下る船を待っていた。

そのうちの一人が、帯に挟んでいた扇を広げ、胸許を煽《あお》ぎかけると、相手の男が扇に目を留め、ふと声をかけた。

「彼岸のお中日《ちゅうにち》すぎに、扇でもありまへんのやけど、今日は少し蒸しますさかい。不作法をしてすんまへん」

白髪《しらが》頭のかれは相手に詫《わ》びた。

「謝らはることなんかあらしまへん。お彼岸ももう終りやいうのに、ほんまにいつまでも暑おすわ」

二条・木屋町（樵木町《こりきちょう》）の角倉会所《すみのくらかいしょ》の前から伏見の京橋まで、ずっとつづく高瀬川の石垣には、ところどころに赤い彼岸花が咲いていた。

「その扇、うちにちょっと見せておくれやすか」

白髪頭の相手に壮年の男が頼んだ。

二人ともお供の小僧をしたがえ、堅気な身形《みなり》。商家の番頭風の男だった。

工合のええとは、大きさなど扇の姿をいっているのではなく、そこに描かれる絵の出来映えを褒《ほ》めているのである。

「円山応挙《まるやまおうきょ》はんや呉春《ごしゅん》はん、景文《けいぶん》はんなんかが描《か》かはった扇絵ではございまへん。お恥ずかしいような品どすわ」

かれは卑下しながら一旦、扇を閉じ、要《かなめ》を相手のほうに向けて差し出した。

それを受け取った男は、慎重な手付きで扇を開いた。

そこには、清流を泳ぐ二匹の鮎《あゆ》が丁寧な筆致で描かれ、涼しげな図柄であった。

「この扇絵、なかなかのもんどすがな。応挙はんが描かはったというても、通るほどの出来どすわ。そやけど、どこにも落款《らっかん》がございまへんなあ」

男は首をひねり、当惑した顔でつぶやいた。

「そうどっしゃろ。これを描かはったのは、高辻《たかつじ》の鍛冶《かじ》町、仏光寺のそばに小さな店を構える絵屋の『桂屋』重十九《しげとく》はんいうお人どすさかい。ご当人はんは自分の絵には、決して落款を記さはらしまへん」

「へえっ、これが桂屋の重十九はんが描かはった扇絵どすか。初めて見せてもらいますけど、よう描けてますなあ」

「するとおまえさまは、絵屋の桂屋はんをご存じなんどすか——」

かれは少し驚いた顔でたずねた。

「はい、いま京で評判の町絵師。名前ぐらいきいてます」

「まあ、そうどすやろうなあ。円山四条派にも劣らん抒情のある絵を、安う描いてくれる絵屋やと、あちこちで噂《うわさ》されてますさかい」

「絵屋の重十九はんは、自分の描いた絵には落款を入れはらへんと、うちもきいてますわ。誰が見たかて、すぐ自分の作とわかるはずやとの自負心からどっしゃろか。それで、お年はお幾つぐらいなんどす。そんな頑固そうなところからうかがい、四、五十歳のお人どっしゃろか」

「いえいえ、重十九はんはまだ二十六、七。年取った両親《ふたおや》と三人暮らしやそうどす。頑固そうなといわはりましたけど、とてもそんなふうには見えしまへんえ」

「へえっ、まだ二十六、七。そしたら相州《そうしゅう》の正宗《まさむね》のようなお人どすなあ。鮎二匹にしたところで、これだけの絵を描きながら、落款も記されへんのは、たいしたもんやおまへんか。同じ鮎でも、上手な絵師と下手な絵師が描いたものでは、やっぱり見た感じが違います。どこがどう異なっているのか、素人《しろうと》のうちらにはうまくいえしまへん。けど上手と下手の違いは、一口で表せへんそこなんどっしゃろなあ」

壮年の男は、白髪頭の相手に感じ入った口調でいった。

落款とは落成の款識《かんし》の意。書画に筆者が署名して印を押すことをいう。

鎌倉時代に生きた相州正宗は、自分の鍛えた刀に決して銘をきらなかった。一条兼良《かねら》の『尺《せき》素往来《そおうらい》』には、「近世の名人」「不動の利剣に異らざる者か」と書かれ、室町時代の刀剣書には、「自分の作刀は世にまぎれもない物であるため、銘をきる必要などないという自負心から、わざと銘をきらなかったのではないか」とまで記されている。

正宗在銘の刀は極めて少なく、そのため明治二十九年頃には、正宗不存在説まで敷衍《ふえん》していた。

正宗がなぜ自分の作刀に銘をきらなかったのか、さまざまな説がある。

中でも一番有力な説として、かれは鎌倉幕府お抱えの刀鍛冶、幕府御用の作刀をしていたため、あえて無銘にしたとの説が、妥当と考えられている。

いまでは文献や実物の存在から、正宗が実在していたのは明らかだとされている。

かれの作刀として有名なものに、「名物庖丁正宗」と名付けられた無銘の正宗（国宝）が知られ、短刀だが、その豪宕《ごうとう》ぶりは刀剣に知識のない者にも、一目でわかるほどの物凄《ものすご》さを感じさせる。

絵屋――とは、狩野《かのう》派や円山四条派、土佐派などのどの画派にも属さず、京の町中《まちなか》に店を構え、絵であればどんな絵でも安い料金で描いてくれるいわば職人だった。

かれらは客の求めに応え、掛け軸や襖《ふすま》、衝立《ついたて》や屏風《びょうぶ》、凧《たこ》や羽子板はいうにおよばず、ときには神社に奉納する絵馬にいたるまで引き受けた。

絵が上手でさえあれば、誰でも容易に店を開くことのできる商いであった。

それだけに京の町の人々は、折に触れこうした絵屋を便宜《べんぎ》な存在として利用していた。

「結構な扇絵を見せていただき、ありがとうさんどした」

壮年の男は広げていた扇を閉じ、白髪頭の相手に軽く頭を下げて返した。

「褒めておくれやしておおきに。うちもうれしゅうおすわ」

かれがこう答えたとき、高瀬川の船番所で股引《ももひ》き姿の小者《こもの》が立ち上がった。

「待合小屋のお客はんがた、伏見に下る船がもうすぐきますさかい、支度をしておくれやす。忘れ物のないように、気を付けておくれやっしゃ」

間もなく高瀬川の下《しも》から、船曳《ふなひ》き人足の掛け声がひびき、荷船が引き上げられてくる気配が届いてきた。

「えんやほい、えんやほい――」

北に目を這《は》わせると、一艘《そう》の高瀬船が船頭に棹《さお》をあやつられ、ゆっくりこちらに下ってきていた。

川幅の狭い高瀬川で、二艘の船が行き違うことはできない。身軽な客船のほうが船溜《ふなだま》りに入り、荷船をやりすごす決まりだった。

四条小橋には、そんな船溜りが設けられていた。

「さあ、それでは船に乗せていただきまひょか」

白髪頭の男が話をしていた相手にいい、そばにひかえる小僧をうながした。

「へえっ番頭はん、かしこまりました」

前掛けを締めた前髪姿の小僧が、かたわらに置いたひと抱えほどの風呂敷包みに手をのばした。

一旦、船溜りに入り、荷船をやりすごした高瀬船が、待合小屋の岸に寄り付いてきた。

六人ほどの船客が次々に乗り込んだ。

「では行かせていただきますさかい――」

高瀬船の舳先《へさき》に立った船頭が竹棹を構え、乗客たちに声をかけた。

普通の船では、船頭はだいたい艫《とも》に乗っている。

だが高瀬船にかぎり、舳先に位置していた。

その理由は、川幅約四間と狭い流れを進むため、舳先が両岸に積まれた石垣に当るのを、棹で避ける目的からだった。

十数人の客を乗せた船は、ゆっくり高瀬川を南に下りはじめた。

川沿いに植えられた柳の枝が、秋風を受け、しなやかに靡《なび》いていた。

四条小橋からわずかに下れば、高辻の鍛冶町に通じる小橋の下を潜《くぐ》ることになる。

絵屋の桂屋では、今頃、二人の男に噂されていた重十九が、絵具皿から筆で絵具を拾い、描《か》き絵《え》に精を出しているはずだった。

事実、重十九は朝から店に坐《すわ》り切りになり、もう一刻半（三時間）余り、急に頼まれた対幅《ついふく》の絵を描きつづけていた。

絵絹《えぎぬ》が木枠にぴんと張られている。

懇意にしている五条・問屋町の旅籠《はたご》「但馬屋《たじまや》」仁兵衛《にへえ》の依頼。重十九は仁兵衛から木屋町筋で小料理屋を開く身内に祝いとして贈るため、縁起のいい鯉《こい》をと頼まれていたのだ。

その仁兵衛が先程から、絵の進捗《しんちょく》工合をうかがいに訪れていた。

「鯉は滝を登り、やがては竜になるといいますわなあ。立身出世を表す魚やときいてます。そやさかい重十九はん、是非とも、勢いのええ鯉を描いとくれやすか。そやけど、滝登りの鯉そのままでは、決まった構図で能《のう》がありまへん。少し工夫して描いておくんなはれ。客座敷の床《とこ》に掛けておき、ああこれはええわと、お客はんが感心しはるような鯉を、どうぞお頼みしますわ」

客は銭を払うだけに、どんな商いであれ、勝手な注文を付けてくる。

——絵屋のわしに、そんなむずかしい依頼をせんと、いっそ円山四条派か京狩野のしかるべきお人に、頼まはったらどないどす。

重十九はこうとでもいって断わりたかった。

だが死んだ実の父親の重松《しげまつ》が、一時期、但馬屋の厄介になっていたのをきいており、それはいいにくかった。

「重十九はんは誰にも習わんと、まだ若いのに、独りでこれだけ繁盛する絵屋にならはったんや。雅号を定め、自分の描いた絵に落款を記さはったらどないどすな」

そうも勧められたが、かれはそれには従わなかった。

「旦那さまに逆らうようどすけど、わたしは自分の絵に、落款など入れたくございまへん。わたしは絵師ではなく、ただの絵屋。絵屋が商売物に雅号なんか書かしまへん」

「重十九はんは一流の絵師になって、自分を受け入れてくれなんだ京狩野や円山四条派の連中を、見返してやりたいとは思われしまへんのどすか――」

但馬屋仁兵衛から、こうきかれたこともあった。

「わたしはそんなこと、少しも考えていいしまへん。偉いお人のご機嫌を取ったり、揉《も》み手をしたりしてまで、有名な絵師になりたくございまへんさかい。わたしは好きな絵を描き、養い親二人の面倒を見ていけたら、それで十分と思うてます。幸い、店が繁盛してよかったなあと、いまではむしろ感謝してますわ」

「そうかもしれまへんけど、ほんまに惜しいこっちゃ。あのとき、重松はんは重十九はんを育てるのに精一杯で、銭を持ってなんだのと、おまえさんがまだ十《とお》そこそこやったのが、あかなんだのやろなあ。どんなに絵を上手に描けても、一門を構えている絵師は、それだけでは、おいそれと入門させてくれしまへん。ご当主の耳にも入れんと、高弟たちが勝手に断わりよったんやろ」

仁兵衛は歯嚙《はが》みせんばかりの顔でいった。

「そんなん、いまになったらもうどうでもよろしゅうおすわ。当人のわたしが、そういうてるんどすさかい、旦那さまもあんまり熱うならんといておくれやす。世の中がどんなもんかぐらい、旦那さまが一番ようおわかりのはずどっしゃろ。まあいうたら、身分の善し悪《よあ》しや金のあるなし、それに大方のことが仲間内で決まってしまうんどっしゃろ。そうした理不尽は、わたしは母親の腹の中にいたときから、はっきり教えられてきましたわ」

そのときだけ、日頃は穏和な重十九の目が、憎悪をこめてぎらっと鋭く光った。

貧しげな身形の親に連れられた若輩者《じゃくはいもの》が、輝くような才気を放って現れたりすれば、同じ目的を持つ年長者から、嫉視《しっし》されたり疎《うと》まれたりするに決まっている。

重十九が最初に絵に関わったときがそうだった。

かれの実父の重松は、男手一つで重十九を育てる中で、わが子に画才があるのを単純に気付いたのであった。

重松は川魚の棒手《ぼて》振《ふ》りをしていた。

そのため重十九は上京・千本釈迦《せんぼんしゃか》堂《どう》に近い五辻の裏長屋で貧しく育った。

生れたときから母親のいないかれを、裏長屋に住む女たちが哀れみ、ときには代わるがわる預かってくれた。だがおおよそは行商に出かける父親の背に負われて育てられた。

「あの川魚の棒手振り屋はん、どんな事情からかわかりまへんけど、赤ん坊を背負ってはりますがな。気の毒で見てられしまへんなあ。そやけど、うちらにはなにもできしまへん。せいぜい早う家に帰れるように、魚を少しでも多く買《こ》うてやりまひょ」

「お連れ合いが病み付いていはるんどっしゃろか――」

「さあ、どうどすやろ。そやけどどうしておいやすのやとむくつけにきくのも、なんや憚《はばか》られますさかいなあ」

この一言で、みんなが一斉に口を噤《つぐ》んでしまった。

背中でむずかる重十九を声であやしながら、重松が素早い手付きで鮒《ふな》の鱗《うろこ》を包丁で掻《か》き取っている。

笊《ざる》や大皿を持ち、長屋から出てきた女房たちが、その姿を見ながらこうささやき交わしていた。

少し物心の付いた四、五歳頃には、重十九は父親の商いに付いて歩き、その後は独り長屋で留守番をしてすごした。

「わしが帰ってくるまで、火遊びなんかしたらあかんねんで。紙と墨をここに置いとくさかい、絵でも描いて遊んでるんや。描くものは土鍋でも擂《す》り鉢でも、目に映るものなんでもええのや。厠《かわや》のそばには、朝顔も咲いてるやろ。夢中になってたら、時の経《た》つのは早いものやさかいなあ。重十九、お父はんのために、そうしててくれへんか。おまえには寂しい思いや苦労をかけてすまんこっちゃが、どうぞ堪《こら》えて頼むわ」

父親の重松は、陽焼けした切ない顔でかれに懇願した。

重十九が描絵に親しみはじめたのは、これがきっかけであった。

かれは天性、絵が好きとみえ、以来、絵を描くことに夢中になった。

やがて父親どころか、長屋の人たちさえ驚くほど、急速に描絵の上達をみせた。

「重松はん、重十九ちゃんについてやけど、おまえの仕事を継がせたとしても、川魚の棒手振りでは先が知れてます。十歳になるかならんいうのに、あれだけ見事に北野天満宮の風景を描けたら、立派なものや。それほどの画才を持ってたら、行商の手伝いではのうて、いっそ正式に絵師の道を歩ませたらどないどす。わしの子やったら、わしはそうしますけどなあ」

但馬屋仁兵衛の勧めに動かされ、父親の重松はにわかにその気になった。

重十九が描いた花鳥画やほかの画稿をたずさえ、京狩野や円山四条派の景文の門を訪れた。

だが結果はどこでも、苦い思いを味わわされただけであった。

そもそも五辻の長屋の人たちも、重松がどうして独りで子育てをしているのか、誰も知らなかった。

女房は産後の肥立《ひだ》ちが悪くて死んでしまったのではないかという者もいたが、そうではなかろうと否定する者もおり、どうやら人には容易に語れぬ事情があるらしいとの点で、両者の見方は一致していた。

女房に死なれた男なら、位牌《いはい》ぐらい祀《まつ》られ、線香の一本も焚《た》かれているはずだというのが、後者の理由だった。

その半年後、重十九が十一のときだった。

重松は重十九を連れ、中立売《なかだちうり》通りを行商していた。

重十九が客の許に魚を届けに行っている間に、重い荷を積んで暴走してきた牛車の車輪に轢《ひ》かれる災難に見舞われた。

あげく下半身の自由を失って寝付いた重松は、事故の折、胸を強打もしており、暮らしが困窮する中であっけなく死んでしまったのである。

「こうなったら仕方あらへん。わしが重十九の親父代わりになり、あいつを食わせていったるわい。絵を描くのが好きでも、絵師になるだけが生きる道やあらへん。町中に絵屋の店を構えたらええねん。わしは死んだ重松の奴から、あれこれ無念なできごとを多くきいてる。わしには幸い小ちゃな男の子が一人いるだけやさかい、重十九を立派に育て上げ、絵屋にならせたるわい」

寂しいお通夜の席に集まった長屋の人々や、川魚問屋筋の人々に向かい、こういい出したのは、重松と仲良くしていた棒手振り仲間の源七《げんしち》であった。

但馬屋仁兵衛は葬式がすんだ後になり、重松の不幸な死を伝えきき、源七の長屋を探して訪れたのであった。

仁兵衛と死んだ重松との間には、深い関わりが秘められていた。

「仏はんは真正直に生きてきたはずやのに、ほんまに不運なお人どしたわ」

かれの位牌に線香を立てて両手を合わせた後、但馬屋仁兵衛は大きな溜息をもらしてつぶやいた。

「但馬屋の旦那さま、ここではもうなにもいわんといておくれやす。わしかてそれくらい、仏はんになった重松からきいて知ってます。畜生、真面目に働いてきた重松に、なんちゅう仕打ちや。孕《はら》んだ娘との間を裂き、生れたばかりの赤ん坊を押し付け、暇を出すとはあんまりやおへんか。そのうえ商い仲間に重松を雇わんように回状を出すとは、とんでもないやりようどすがな。重十九を産んだ母親は、自分から重松を誘っておき、いざとなったら逃げ腰になりよった。全く質《たち》の悪い女子《おなご》どしたんやわ。そら、そんな女に引っかかった重松も迂闊《うかつ》で、阿呆《あほ》やったのかもしれまへん。そやけど女子の両親は、半ば承知で重松を聟《むこ》に迎えるつもりでいたそうどすがな。それを赤ん坊を産み捨て、ほいとほかの男に乗り替えるとは、なんというやくざな女子どっしゃろ。生れたばかりの重十九を押し付けられ、行き場を無くした重松を拾ってくれはったのは但馬屋はん。同業者の冷たい目を浴びながら、半年も居させてくれはった但馬屋はんのご恩は忘れられへんと、重松がよういうてましたわ。わしがなんとしてでも重十九を育てますさかい、どうぞ気にせんといておくれやす」

源七は三条・木屋町の旅籠屋の手代から、いきなり棒手振り商いをはじめ、男の赤ん坊を独りで育てていた重松から、すべての事情をきいているようすであった。

但馬屋仁兵衛は、十数年前、源七からきかされた威勢のいい言葉を思い出していた。

いまでは立派な絵屋となった重十九が、木枠に挟んだ絵絹に数匹の鯉を描く姿を、感慨無量な目で眺めていた。

二匹の鯉が上部に大きくはっきり描かれ、小振りの一匹がその下に沈んだように薄く描かれている。

上端には蔓《つる》から下がる藤の花、下の岩間には、白い梅花藻《ばいかも》が数本すでに添えられていた。

——下の小さな鯉、水の底に潜《もぐ》っているように見えるけど、薄墨の描線だけですますんやろか。

但馬屋仁兵衛は胸でふと疑問に感じた。

「虫籠《むしかご》い要りまへんかあ——」

秋になっただけに、虫籠売りが声を張り上げ、表を通りすぎていった。

二

「但馬屋の旦那はん、お茶でも飲んでおくれやす」

養い親となり、重十九を育ててきた源七が、お盆に筒茶碗をのせ、奥から現われた。

かれはいまでは年を取り、棒手振りを辞《や》め、重十九に養われている。

その代わりといってもいいのか、女房のお七《しち》とともに重十九の身の回りの世話や、描絵の依頼に訪れる客の対応に当っているのであった。

「源七はん、おおきに。遠慮のう頂戴いたします。絵の催促にのぞいたわけではなく、近くまで用足しにきたついでに、寄らせていただいただけどすさかい、あんまり気にせんといておくれやす」

かれは源七に礼をいい、筒茶碗に手をのばした。

「丁度、旦那はんから注文をいただいた鯉の絵を描いているときで、ようございました。工合を見ていただけますさかい——」

木枠に張った絵絹の鯉に一筆を加え、重十九が笑顔で愛想をいった。

「重十九はんはほんまのところ、わたしが催促にきたと思うてはるのとちがいますか——」

「へえっ、初めはそう思いました」

かれは仁兵衛の顔をちらっとうかがい、はっきり答えた。

「そしたらひと安心というわけどすな」

「はい。そやけどわたしは旦那さまから注文を受けた鯉の絵を、しっかり描かなならんと思うてますさかい、まだまだ苦労どすわ」

かれはそういいながら、鯉を描いた木枠を両手で持ち、ひょいと裏返した。

——いったいなにをするつもりなんや。

但馬屋仁兵衛は、胸であっと小さく驚きの声を発し、眉《まゆ》をひそめた。

重十九は絵を裏返し、これからどうする気なのだろう。仁兵衛は重十九の行為に強い疑問を抱いた。

重十九は緋色《ひいろ》を溶いた絵皿に筆をのばし、筆先にわずかに色をすくった。そして裏返した木枠の絵絹に向かい、岩の間に沈む鯉の鱗に色付けをはじめた。

絵の表には、薄い描線ではっきり鯉が描かれている。その鯉の鱗に裏から色付けをほどこしているのである。

専門的には、これは〈裏彩色〉といわれる技法。表のその上に水をさっと描けば、緋鯉が水の底に深く沈んで泳いでいるように見えるはずであった。

一般に誰もが知っている技法ではなく、かなり画法に精通した絵師しかしない高度なわざだった。

この裏彩色は、ときどき鎌倉・室町期の仏画や、大和絵にも用いられている。

室町時代、土蔵《どそう》宗種・土蔵栄相などと土蔵名を名乗り、仏画ばかりを描く一群の仏絵師たちがいた。

かれらはもともとは比叡山・延暦寺に止住《しじゅう》する下級法師だった。

室町時代の動乱期に、比叡山から京の町に下り、一般に土蔵といわれる金融業や酒の醸造をはじめて財をなし、〈酒屋土蔵〉と併称されたりしていた。

京都の北野天満宮に残された文書によれば、当時、洛中《らくちゅう》に三百四十七軒の酒造屋があったといい、その多くは土蔵を兼ねていたのだ。

日本人はこの頃から酒を盛んに飲むようになったといってもいいほどの軒数であった。

近年、こうした酒屋の跡が次々と発掘調査されており、たとえば下京区楊梅《ようばい》通り新町東入ルの発掘現場では、東西約十四メートル、南北約十六メートルの範囲から、直径約六十センチの円形の甕跡《かめあと》やかきものの底部が、二百個も発見されている。

甕跡から推定すれば、甕の高さは約八十センチ。一個の酒甕で約百四十升（約二百五十リットル）の酒が醸造されていたと考えられ、二百個の酒甕で醸造される酒は、約二万八千升（約五万リットル）にもなる。

酒屋土蔵は酒の醸造と金融によって、京の町に君臨していたのであった。

日本の歴史をいくらかでも学ばれた人なら「土蔵《どそう》（土）一揆《いっき》」という言葉をご存じであろう。

室町幕府、六代将軍足利義教《よしのり》、八代将軍足利義政の時代、旱魃《かんばつ》などによる飢饉《ききん》がつづいて発生し、庶民は生活にひどく困窮していた。

土蔵一揆とは、土蔵から借りた借金を棒引きさせるためと、有徳人《うとくにん》（金持ち）への怨恨《えんこん》から、庶民が群れをなして土蔵を襲った一揆。借用証文を強引に取り戻したり、それが容易でないとなれば、打ち壊しや火を放ったりして、要求をかなえさせていたのであった。

こうした酒屋土蔵の中から、土蔵——を名乗る一群の仏絵師たちが現われた。

現存する土蔵栄相が描いた阿弥陀三尊仏を例にとれば、金色に輝いているはずの三尊仏の姿は墨で描かれ、それでいて全体が沈んだ金色で表されている。

尊像とはいえ、ぴかぴかに輝く金色の発色を渋くおさえ、一層の荘厳化を図っているのだ。なにゆえそうしたことが可能なのか。それはやはり裏彩色と同様に、絵絹の裏に尊像を象《かたど》った金箔《きんぱく》を貼《は》り付け、金色を沈んだ色に見せる特殊な画法が用いられているのであった。

従来の美術史研究は、こうした技法まで踏み込んで調べてこなかった。いまようやく琳《りん》派の尾《お》形光琳《がたこうりん》の画法や画材などの研究が、一部で進められているにすぎない。画材やその生産・販売についての研究は、ほとんどなされていないのが実情なのである。

円山応挙は裏彩色の技法を知っていた。

重十九にこんな技術があると教えてくれたのは、以前近くに住んでいた、表具屋「画仙堂」で働く表具師の定助《さだすけ》であった。

表具師は絵師から直接、描き上げたばかりの絵絹を受け取り、表具にかける。

そのため、絵絹の裏も容易に見られるのだ。

重十九がしていた鯉の裏彩色は、小さな鯉だけにすぐ終えられた。

かれは木枠を再びひっくり返した。

「重十九はん、これは驚きました。そんな絵の描き方があるんどすなあ」

「へえっ、これを裏彩色というんどすわ。こんなふうにして描くと、緋鯉が水の底にいるように見えまっしゃろ」

かれは木枠に挟んだままの鯉図を仁兵衛に向け、にやっと笑いながらたずねた。

「それだけで十分そう見えますけど、薄く水色をその上にさっと一筆掃《は》いたら、一層、その感じが深まりまっしゃろ。鯉一匹を描くにしたところで、いろいろな技法があるもんどすなあ。そんな描きよう、自分で考えはったんどすか」

「旦那さま、いくらわたしが子どもの頃から絵を描くのが好きやったというても、こんな技法は考え付かしまへん。源七のお父はんに引き取られ、二条川東の長屋に住んでいたとき、向かいの家にいてはった表具職人の定助はんいうお人が、実物を見せて教えてくれはったんどす」

「なるほど、そうどしたんかいな——」

「その実物、円山応挙はんが描いたやっぱり緋鯉どしたわ」

「円山応挙さまの描いた緋鯉とは、どえらいものを見せてくれはったんどすなあ」

「豪気な職人はんどしたさかい、わたしのために、奉公してはるお店からわざわざ持ち出してきて、見せてくれはったのやないかと思うてます」

「三条・木屋町の旅籠『佐野屋』に手代として奉公してはった重松はんは、不運なお人どした。そやけど渡る世間に鬼はないという通り、重十九はんを引き取って育ててくれはった源七はんや、その表具職人はんみたいなお人も、いてはったわけどす。世の中、捨てたもんではありまへんなあ」

「自分では少しも記憶しておりまへんけど、わたしは死んだ実の父親と一緒に、但馬屋はんとこで厄介になっていました。ほんまにありがたいことやと思うてます」

「わたしがさせてもろうたぐらい、たいしたことではございまへん。そやけど乳をくれはる女子はんを探すのは、苦労どしたわ。生れたばかりのおまえさんは、腹を空かせてぎゃあぎゃあ泣くし、店の女子衆《おなごし》はんに頼んで乳首をふくませても、乳なんか出る道理がありまへん。乳の出るお人を探し出すのに、それは難儀しました」

「そんな苦労をおかけして、すんまへんどした。わたしは自分一人で大きくなったのではないと思うてます。旦那さまや源七の親父はん夫婦、そのほかのお人たちに感謝し、絵屋をやらせていただいてますのや」

　重十九はしみじみとした口調でつぶやいた。

　年老いた源七とお七を自分の許に引き取り、実の両親同様に仕えているのも、感謝の気持からだった。

　重十九が注文を受けた描絵に熱中しているとき、源七は店にくる客の相手をしてくれ、お七は台所の切り盛りから洗濯まで、家事一切をまかなっていてくれた。

　かれにとって、いまはなに一つ不足はなかった。

　だが実の母親に産み捨てにされ、自分を育てるため苦労して死んでいった父親のことを考えるにつけ、重十九はときどきどうにもならないやり切れなさを感じるのであった。

もちろん、人にそんな顔を見せることはなかった。

二条川東の長屋のすぐ南に、頂妙寺が大きな伽藍《がらん》を置いていた。

その頂妙寺の広い境内《けいだい》に出かけ、棒切れで地面に絵を描いては足で消してすごした幼い頃の日々を、重十九はときに鮮烈に思い出した。すると胸が張り裂けるように痛んでならなかった。

「重十九ちゃん、やっぱりここで地面に絵を描いていたのかいな。小母《おば》ちゃんは探しにきたんえ。もう暗くなってきたさかい、さあ家に帰ろか——」

自分の行方を案じ、お七が迎えにきてくれた日もあった。

そのお七にわあっと抱き付いて泣きつづけた覚えは、いまになればなつかしかった。

——わしは立派な絵師にはなれんでも、どうしても銭を稼げる絵屋になったるわい。

重十九は子ども心にも、それを自分に固く誓っていた。

「それにしても重十九はん、因果の百年目、因果は車の輪の如《ごと》しといいますわなあ。幸い死人こそ出さなんだものの、旅籠屋の佐野屋が出火で焼け、ついには廃業して零落してしもうたのには驚きましたわいな」

但馬屋仁兵衛は、遠い日をしのぶ目付きでつぶやいた。

「あの火事、わたしは二条川東の鴨川の堤に立ち、見ておりました。まさか焼けた佐野屋が、自分に深い因縁のある店とは、そのときは思うてもいまへんどしたけどなあ」

「おまえさんを産んだおみさはんは、両親と一緒にいま、知恩院門前町の裏店で苦労してはるという噂を、人からきいてます。ここに厄介な相談はいうてきてしまへんか」

かれは口籠《くちご》もりながら重十九にたずねた。

「へえっ、厄介な話など持ち込まれてきてしまへん」

「それはようございました。いくら産みの母親、実の爺婆《じじばば》というても、血も涙もないどころか、人情の欠片《かけら》もない佐野屋の人々。一切、関わりを持たんのが賢明どっせ。世間には、藪枯《やぶが》らしみたいに人にからみ付いて生き血を吸い、ついにはなにもかも駄目にしてしまう人たちが、いてはりますさかいなあ」

仁兵衛は嘆息していった。

藪枯らしはブドウ科の蔓性多年草。路傍や空地に生える雑草。二股《ふたまた》になった巻鬚《まきひげ》で樹木などに巻き付いて茂り、往々それを枯らしてしまう。貧乏カズラといわれるほどだった。

但馬屋仁兵衛は、人から噂をきいているといったが、重十九を産んだおみさと両親について、どうやらかなりのことを摑《つか》んでいるようすであった。

かれの話をきき、重十九は暗い気持に陥《おちい》った。

水色の絵具を溶きながら、ちらっと店の隅にひかえる源七をうかがうと、かれも険しい顔付きになっていた。

「但馬屋はん、わたしも二十七になりますさかい、僭越《せんえつ》ないいかたどすけど、あんまり心配せんといておくれやす。死んだ親父が、生れたばかりのわたしを押し付けられ、どんな口惜しい思いで佐野屋から追い出されたかぐらい、ようわかっているつもりどすさかい。情《じょう》に負け、親父の位牌に顔向けできへんようなことはせいしまへん。安心していておくんなはれ――」

かれは決然とした声でいった。

「そないきっぱりした覚悟でいてなあきまへんえ。この桂屋が京で評判されるほどの絵屋になり、繁盛しているのは、おまえさんが子どもの頃から、親父さまの重松はんの苦労を見て育ってきたのと、生れ持った天性の画才を、意地で磨いてきたからどすさかいなあ。それでいながら、人を見返してやろうとの卑しい気持を、少しも持ってはらへんのがよろしゅうおす。このまま穏やかにいくのがなにより。それより二十七にもならはったのどすさかい、嫁さんの心配をせなあきまへん」

「そないなことまで案じてくれはって、ほんまにありがとうおす」

「わたしは重十九はんを、息子のように思うてます。重松はんがおまえさんを押し付けられ、佐野屋から追い出されたときの言葉を思い出すたび、わたしも腸《はらわた》が煮えくり返る思いどした」

往時のことを思い出したのか、但馬屋仁兵衛は厳しい顔になっていった。

「親父が佐野屋から追い出されたときの言葉。そんな話は初めてで、死んだ親父からもきかされていいしまへん。どういわれたんどす。但馬屋はん、それをわたしにも教えとくれやすか――」

意外な話をきき、重十九は絵筆を持ったまま、仁兵衛に向き直った。

「いやいや、つい腹立ちまぎれに大袈裟《おおげさ》にいうてしまいましたけど、重十九はんに改めて告げるほどの言葉ではありまへん。どうぞ、忘れておくれやす――」

かれの態度には、明らかに狼狽《ろうばい》がのぞいていた。

「はあ、そうどすか――」

重十九は不審な表情のまま、あっさり引き下がった。

「ほな、今日はこれでお暇《いとま》させていただきます。水の底を泳いでいる緋鯉、ほんまに見事に描けてますなあ。表具にかけて出来上がってくるのを、楽しみに待ってますわ」

但馬屋仁兵衛は印伝革《いんでんがわ》の巾着《きんちゃく》の紐《ひも》を摑み、ひょいと立ち上がった。

土間の草履に足の指をくぐらせた。

表に掛けられた看板の「絵屋・桂屋」の桂屋は、源七が生れ育った桂村から名付けたものだった。

「重十九――」

仁兵衛の姿が店から消えると、源七が土間から上がり框《かまち》に手をかけ、切ない声で重十九に呼びかけた。

桂屋にはすでに何事か起こりかけているのが、うかがわれる声色であった。

三

「これはよう描けてるわ」

源七が重十九の仕上げた六十枚の絵をそろえながら、かれに微笑《ほほえ》んでつぶやいた。

六歌仙の姿が一人ずつではなく、巧みに配列を変え、六人そろって描かれている絵であった。

六歌仙とは、『古今集』の序に論評された平安初期に生きた六人の和歌の名人。在原業平《ありわらのなりひら》、僧正遍昭《へんじょう》、喜撰《きせん》法師、大伴黒主《おおとものくろぬし》、文屋康秀《ふんやのやすひで》、小野小町——の六人をいうのである。

重十九は京で老舗《しにせ》といわれる寺町・御池下ルの「竹苞楼《ちくほうろう》」が、宝暦九年（一七五九）に出版した一枚摺りの六歌仙図を手に入れていた。それを参考に六人の配列をいくらか変え、同じ図柄の絵を六枚一組にして十組描いたのであった。

在原業平は烏帽子《えぼし》をかぶっていた。

小野小町は後ろ向きや横向き、喜撰法師は僧形、墨染め姿だった。

竹苞楼は江戸時代からつづき、現在も京都に残る数少ない出版を兼ねた本屋の一つ。寛保《かんぽう》年間（一七四一—四四）に書林仲間に入っており、創業はそれより古いと伝えられている。

もとは姉小路《あねやこうじ》寺町西入ルで営まれていたが、天明の大火で焼け、現在地に移ってきたのだという。

「六歌仙の絵を六十枚、少々、変化をもたせて描いていただけしまへんやろか――」

桂屋重十九に頼んできたのは、竹苞楼と同じ書林仲間に属する寺町・夷川《えびすがわ》の「井筒屋」であった。

書林仲間とは出版者の組合。新刊の出版には町奉行所の許可が必要とされ、当時の出版物はだいたいその検閲を受け、これを「本屋」と呼んでいた。

これに対して旅行案内書、浄瑠璃本《じょうるり》、役者評判記、絵草紙、歌謡集などを出版・販売する店は、「草紙屋」といい、区別されていたのであった。

本屋――とは「物の本」屋の略。「もののもと」になることを記した書物を、出版・販売する店との意味がこめられており、草紙屋より格が上だと考えられていた。

「井筒屋はん、うちみたいな絵屋に、そない仰山絵を頼まはり、絵草紙として出さはりますのかいな」

「いいえ、とんでもない。うちのお客はんに、歌好きなお公家はんがいてはりましてなあ。ご自分が書写しはった六歌仙のお人たちの歌に、一枚ずつ歌仙絵を綴《と》じ込み、親しいお人への贈り物にしたいのやそうどす。えらい手間のかかった道楽をしはるもんどすわ。そやけど、いただいたお人は、そらよろこばはりまっしゃろ。またとないものどすさかい」

井筒屋の手代市兵衛《いちべえ》は、六歌仙図を重十九に依頼にきた内情をあっさり明かした。

「歌好きなお公家はんが。それは結構なご趣向のお道楽どすなあ」

「仏光寺の鍛冶町に、桂屋重十九ともうす評判の絵屋がいるそうな。こなた（自分）はその絵屋に、六歌仙図を描いてもらいたいといわはり、これは特別な名指しのご注文なんどすわ」

井筒屋の手代は、名指しの言葉に力を込めて告げた。

「お家柄のお絵師をさし置き、わたしみたいに雑《ざつ》な絵を描く絵屋に、さような絵をわざわざご注文いただき、ありがとうございます。どなたさまか、お公家はんのお名前までおききしまへんけど、どうぞ、ようお礼を申し上げておいておくれやす。それにしても、お公家はんの中にもえらい酔狂なお人がいてはるんどすなあ」

「それほど絵屋の桂屋はんの名が、洛中の絵好きに知れ渡っているというわけどす」

「井筒屋の手代はん、わたしみたいな者を、あんまり煽《おだ》てんといておくれやす」

そのとき重十九は、苦笑いして市兵衛をいなした。

お家柄のお絵師とは、禁裏絵所《えどころ》預《あずかり》の土佐家を指していた。

本屋の井筒屋から、土佐家まではわずかな距離。北に向かい竹屋町、丸太町通りを経て、その北東に土佐家は立派な屋敷を構えていた。

「源七のお父つぁん、それではこの絵をわたしが井筒屋はんにお届けしてきます。仕事着の筒《つつ》袴《ばかま》ではのうて、着替えをしていかなあきまへんやろなあ」

「そら、雑な身形で井筒屋はんに出かけたらあきまへん。きちんとした身形で行っておくれやす。注文主はお公家はんときいてますけど、ほんまのところ、お公家はんのどなたさまかしれたものではありまへんさかい。五摂家《ごせっけ》の近衛さまか九条さま、二条さまか一条さま、鷹司《たかつかさ》さまどしたら、えらい失礼になりますえ。もし酔狂なご当人さまが、ひょいと井筒屋はんにきてはりましたら、仕事着のままでは、井筒屋はんも引き合わせようがありまへんやろ。重十九、注文主を尊び、身形だけはどうぞしっかり整えて行っとくれやす。これを機会に、どんな出世の道が開けてくるかわからしまへんさかい」

「源七のお父つぁんも死んだお父はんのように、わたしの出世を考えてはるんどすか。今度の六歌仙の絵、少し剽《ひょう》げて描かしてもらいました。在原業平や喜撰法師などの歌をいくらか読んでみて、それなりに人柄を掴んで描いたつもりどす。和歌を上手に詠《よ》まはったかて、六人がみんな謹厳なお人たちばかりではございまへんやろ。わたしが感じた六歌仙のお人たちの姿を、略筆で思い切り描かしてもらいました。お父つぁん、ここで改めて断わっときますけど、お公家はんがどなたさまでもわたしには無関係。これを機縁に、お褒めに与《あずか》って出世しようなどとは、わたしは少しも考えていいしまへんさかいなあ。それだけはしっかり覚えておいておくれやす。いまのまま絵屋で、食べていけたら十分どすさかい」

重十九は源七に強く諭すようにいった。

源七は死んだ重松の思いをかなえてやりたいと、常に考えていた。

赤ん坊の重十九を背負っての棒手振り商い。わが子の画才にはっきり気付くと、重松はなりふりかまわず土佐家や京狩野、円山四条派の門を叩き、あげくにべもなく入門を断わられた。

そんな経緯《いきさつ》を、源七はいつも苦く思い出していたのだ。

口惜しかったたであろう重松の思いを、なんとか晴らしてやりたかった。

いまならそれができないでもなかろう。

それを当の重十九は、あっさりそうなりたくないと断言している。

重十九が大きな望みや名利に執着しない気持が、俗人の源七にはどうしても理解できず、歯嚙みしたい思いだった。

こうして重十九が本屋の井筒屋に持っていった六十枚の歌仙絵は、手代の市兵衛や番頭はもとより、主の友右衛門《ともえもん》からも出来を褒められ、みんなの賞賛を浴びた。

「最初、三条の大納言さまはなにを考えてはるのやろと思いましたけど、重十九はんの絵を見て、納得できました。大納言さまはやっぱり絵がほんまにお好きで、ひとかどの目利きでおいでどすわ。絵の巧拙によう通じてはります。絵所預の土佐家に頼んだりしたら、規矩《きく》に合《お》うた絵しか描けんと、人物の面白味なんか出えしまへん。京狩野では、どう描いたらええのか困らはりまっしゃろ。また円山四条派も門人の数は多くても、これだけの歌仙絵を描けるお人はいてはらしまへんわいな。自由な立場の絵屋の重十九はんいうお人にしか描けへんといわはり、ご注文しはった大納言さまのお気持がようわかりました。絵はほんまによう描けており、大納言さまのご慧眼《けいがん》には驚きますわ」

井筒屋友右衛門は数枚の歌仙絵を見て、しきりに褒めたたえた。

土佐派の絵は当初、やまと絵といわれ、京都に初めて武家政権が誕生した南北朝時代から近世にかけ、新たに土佐派として京都で産声を上げた。

その後、足利氏や禁裏など権力の庇護《ひご》を受け、絵師の頂点に絵所預として君臨してきた。

やまと絵は倭絵・大和絵とも書く。

唐の様式を踏襲する着色画で、平安時代には、日本風主題の屛風や障壁《へだて》絵などの大画面を描いてきた。

中世になると、それは肖像画や絵巻などにおよび、絵所預は朝廷の作画機関として明確になった。

当時、有力な寺社にも絵事《かいじ》を行う工房があり、それらも総じて絵所といわれていた。

「桂屋の重十九はん、これからもなにかとあんじょう（工合よく）お願いしますわ」

土佐派の人物画と蕪村《ぶそん》の俳画を折衷《せっちゅう》したような重十九の歌仙絵を前に置き、井筒屋友右衛門は幾度も頭を下げて頼んだ。

次には重十九を寺町通りに送り出してくれた。

寺町の北を振り返ると、絵所預の土佐家が大きな門を構えているのが見えた。

——あんな外面《そとづら》なんやい。しゃちほこばって絵筆を握っていたかて、ええ絵なんぞ描けへんわい。

重十九は心の中で権威を嘲笑《ちょうしょう》し、寺町通りを南に下りはじめた。

かれの懐には、井筒屋友右衛門が画料でございますといい、袱紗《ふくさ》に包んでくれた三両の金が入っていた。

あのときこんな金があったら、父親の重松をもっと腕のいい医者にかからせ、高価な薬を用いて治療してもらえたのにと、これまで幾度悔いたことか。

妙満寺やそれにつづく本能寺、天性寺の築地塀《ついじべい》に沿って歩くいまも、重十九はしきりにそう思っていた。

このとき天性寺の南の路地から、四、五人のはっきりやくざ者とわかる男たちが、重十九をめざしてばらばらっと現われた。

かれらはさっと重十九を取り囲んだ。

「おまえさんがたは、な、なんどす。わたしになにかご用どすか——」

重十九は足を止め、狼狽気味にたずねたが、声の芯《しん》は落ち着いていた。

すでに何度か、それらしい嫌がらせを店に受けていたからであった。

田村菊太郎《たむらきくたろう》は、大宮・姉小路の公事宿《くじやど》「鯉屋《こいや》」を出てまっすぐ東に歩き、南北に走る寺町通りで、その光景に出会《でくわ》したのである。

——どうやら、やくざ者が職人を脅《おど》そうとしているようじゃな。素人風のあの男、賭場《とば》でなにかやらかしたのか、あるいは質の悪い女子にでも引っかかったのであろう。

菊太郎は途中まで一緒の喜六《きろく》とともに、祇園《ぎおん》・新橋の団子屋「美濃屋《みのや》」に出かけるつもりでいた。姉小路と寺町通りの角で足を止め、成り行きをうかがった。

「てめえ、わしらが何度捩《ね》じ込んだらわかるんじゃい——」

この間も、桂屋の店へきて藤三《とうぞう》と名乗った男が、懐手をして口に爪楊枝を啣《くわ》えたまま、どすの利いた低声で重十九に迫った。

「ほんまにこれは、わしらが捩じ込むまでもあらへん話なんやで。兄貴がおまえに何度もいうたように、おまえを産んだ実の母親の面倒を、おまえはどうしてみいへんのやな。血も通ってへん源七とお七夫婦に、実の両親みたいに仕えているくせになあ。絵屋をして稼ぐいまのおまえやったら、実の母親と年取った爺婆の三人ぐらい、どんな贅沢《ぜいたく》でもさせてやれるやろ。わしらはそれをいうてるんじゃ」

藤三の腰巾着の九助《きゅうすけ》が、重十九の周りを威嚇《いかく》するように歩きながらいった。

「いまのわたしどしたら、そら二人でも三人でも、贅沢な暮らしをしてもらえんでもございまへん。それもいっそ赤の他人どしたら、承知せんでもありまへん。そやけど血を分けたほんまの母親や爺さまと婆さまどすさかい、反対にそれができしまへんのどすわ。生れたばっかりのわたしや死んだ父親の重松を、店から塵《ごみ》を捨てるみたいに追い出し、暮らしに窮したさかいと、いまになって食い扶持《ぶち》を出せの息子らしく自分たちを養えだのと、ようい ってこられるもんどす。死んだ父親がどんなに苦労してわたしを育て上げ、いまのわたしにしてくれたのか、何遍もきいてもろうたはずどす。いまの親父の源七はんは、父親が死んだ後、わたしを引き取り、育ててくれはりました。血も通ってへんとのお言葉どすけど、血ぐらいなんどすな。人の情ほど濃いものはないのやないかと、わたしは思うてます。わたしを脅し、同じことを何遍もくり返させせんといておくれやす」

重十九は顔を紅潮させて反発した。

「やい重十九、おまえようもべらべらとそんな勝手なことをいえるもんやなあ。人の情は親子の血より濃いのやと。なにを素頓狂な科白《せりふ》をぬかしてるんじゃ」

藤三が重十九にわめいた。

「親子を結ぶ血にも、いろいろあります。血は水よりも濃いといいますけど、わたしを産んだお人と、わたしの間に流れている血は、水よりももっと薄おっしゃろ。血といえる代物《しろもの》ではございまへんわ。そのおみさはんのご両親が営んではった三条・木屋町の旅籠屋が、火事で丸焼けになった後、おみさはんがこれまでどう暮らしてきはったのか、わたしでもおよその察しは付けてます。男から男に気を移さはり、いまはろくでもない男の妾《めかけ》になってはりますのやろ。貧乏なのに酒を飲んで気儘《きまま》に暮らしているぐらい知ってます。おまえさまたちは、その男やおみさはんに頼まれ、絵屋として稼ぐわたしに、脅しをかけてはりますのや。そやけどわたしかて、そうそちらの都合のええようには動かしまへんえ。意地いうものがございますさかいなあ。ここでわたしが鐚銭《びたせん》一枚でも出したら、死んだ父親に顔向けができしまへん。そこをよう考えておくれやす」

重十九は怒りをふくんだ声で、藤三に滔々《とうとう》とのべ立てた。

立ちぎきをしている菊太郎にも、かれがならず者たちになにを反発しているのか、話の概略がわかってきた。

ならず者たちは、産みの母親の面倒を見てやれと、相手に迫っているのであろう。

一方、絵屋を営んでいるという若い男は、それを頑として拒《こば》んでいるのである。

どうやらこれについてこれまでに二、三度、険悪なやり取りがあったようであった。

「この野郎、甘い顔を見せていれば、勝手な理屈をあれこれ付けよってからに。てめえ、誰のお陰でこの世に生れてきたんじゃい。姐御《あねご》が腹を痛めててめえを産んでくれはったさかい、どんな苦労をしたかは知らんけど、いまではこの京で評判されるほどの絵屋になれたんやろな。その恩をどないに考えてるんじゃ。恩のわからん奴は、犬畜生と一緒やで。てめえ、それほどばかではないやろな」

腰巾着の九助が重十九に力《りき》んだ。

「おまえさんこそ、なにをいうてはりますねん」

重十九は九助に向き直った。

「なんやと――」

「ここではっきり断っときますけどなあ、わたしは物心付いてから、おみさはんに産んでもらわんほうがよかったと、ずっと思うてきましたわ。おみさはんはわたしを身籠ってから好きな男ができ、わたしを水子にして堕《お》ろそうと、自分の身体をあれこれ責めはったと、父親からききました。中条流の医者のところにも出かけたそうどす。それでも堕ろせんと、あげく惚れた男に気付かれてあきれられ、捨てられたといいますやないか。ええ気味やとわたしは思うてます」

重十九は九助にまくし立てた。

「そしたらおのれは鬼子というわけやな――」

「へえっ、鬼子かもしれまへん。そやさかいおみさはんも、わたしに養ってもらうことなんか考えはらんほうが、ええのと違いますか。鬼子は親になにをするかわからへんといいますやろ」

重十九は顔を険しくさせ、毅然といい放った。

鬼子とは親に似ない子、鬼のように荒々しい子、また歯がはえて生れた子を指していう。

「親になにをするかわからへんやと――」

「孕んだ子どもを堕ろし切れんと、わたしは産み捨てられました。乳一つ飲ませてもらわなんだ子どもどす。そやさかいわたしは、おみさはんを親とは思うていいしまへん。互いに親でも子でもないはずどすわ。祖父母になる二人にしたかてそうどす。またおみさはんを茶屋で稼がせ、自分は賭場に入りびたり、酒ばかり飲んでいる彦次郎《ひこじろう》はん。おまえさまたちの兄貴分まで養っていく気持など、わたしには金輪際あらしまへんえ。そんなん、桂屋には貧乏神で、どないにもならんお人たちどすさかい」

「おまえ、なんちゅうことをいいさらすんじゃ」

藤三が狂ったようにわめき、九助たちは再び重十九を取り囲み、袖《そで》をさっとめくり上げた。

そこからそれぞれ青い入れ墨がのぞいていた。

寺町筋を通りかかった老若男女が、関わりになるのを恐れ、それでも興味深く目を這わせながら、足早に行きすぎていった。

「わたしに乱暴をしはるつもりどすか――」

「ああ、普通なら腕の一、二本へし折ってやりたいとこやけど、腕を折ったりしたら、絵が描けんようになるわなあ。代わりに横っ面の一つ二つ、張り飛ばさせてもらうわ。姐さんや兄貴への手前もあるさかい。おまえと産みの親の姐さんとの談判は、この分ではまだまだ長引きそうやわい。そやさかいあんまり手荒もできへんのが残念や。いずれはその右腕で、絵を十分に描いて稼いでもらわなあかんさかいなあ」

藤三が重十九ににやりと無気味に笑いかけた。

「わたしとおみさの姐さんに、紐の彦次郎はんどすか――」

「おまえ、彦次郎の兄貴を、姐さんの紐呼ばわりしたな。おまえは姐さんの腹から確かに生れた子やろ。その姐さんが彦次郎の兄貴を旦那と思うてはるからには、義理でも兄貴はおまえの父親やないか。棒手振りをしていた源七とは、出来がちがうねんで――」

藤三と九助だけが重十九と口を利いていたが、若いならず者が堪え切れないようすで、口を挟んできた。

「今度は義理の父親どすか。わたしとおみさはんとの関わりから、またまた嫌な理屈が付けられるもんどすな。理屈と膏薬《こうやく》はどこにでも貼り付くといいますけど、ほんまにそうどすわ。わたしは絶対、どんな談判にも応じしまへん。そないおみさの姐さんと紐の彦次郎はんに、はっきり伝えといておくれやす」

重十九は憤然とかれらにいった。

「絵屋の重十九はんよ、どうせそんな口を利くやろと思うて、こっちは先に打つべき手を打ったるわいな。鍛冶町の店に早う戻り、その目ではっきり確かめたらええわ。これはまだ談判の序の口なんやで」

藤三が懐手をして重十九をせせら笑った。

「な、なんやて――」

「店に戻ってしっかり驚くのやなあ。ほんまの談判は、これからはじまるのやさかい」

かれの言葉で、重十九の胸裏に七日と十日前、桂屋の店で立てつづけに起こった出来事が、暗い翳《かげ》を帯びてよぎった。

いま目前で偉そうな口を利く藤三が、若い手下を一人従え、店に現われた。

土足で店に上がり込むや、辺りに置かれていた物や描きかけの衝立などに、手当り次第に絵の具を浴びせかけ、黙って出ていったのである。

二度とも、止める間もない素速い乱暴であった。

あれは今後、もっと面倒になってくる厄介の前触れに違いなかった。

鍛治町の店では、いまあれに似たとんでもないことが起こっているに相違ない。かれは南に向かい走りかけた。

「おい重十九、そうはいかへんで。ちょっと待つこっちゃ。てめえが寺町夷川の本屋に、描絵を届けに行ったことぐらい、わしらはとっくに知ってる。品物を届けて代金をもろうてきたはずや。まずそれをわしらに渡してもらおか——」

藤三が重十九の襟首を摑み、荒々しい声で恫喝《どうかつ》した。

「さあ、金を出すんじゃ」

かれが重十九を地面に叩き伏せると、九助がその身体に飛び付き、懐をさぐった。

「兄貴、ありましたで——」

九助が紫色の袱紗包みを取り出して叫んだ。

こうなると、菊太郎はもう黙っていられなかった。

かれは諍《いさか》いの中にずいっと足を踏み出した。

「て、てめえはなんじゃい」

「なんでもよかろう。そなたたちはこの白昼、人から堂々と金を奪い取るつもりなのか。辻強盗にも等しい奴らじゃ」

「なんやとこの青侍《あおざむらい》。わけもわからんくせに、生意気な口を利きよってからに――」

藤三が懐から匕首《あいくち》を抜き出し、身体ごと菊太郎にぶち当った。

菊太郎はひょいと身体を開き、藤三の足に自分のそれを引っかけた。

藤三の身体がどすんと音を立て、前に倒れ込んでいった。

「畜生、やりやがったな――」

九助とほかの二人が、一斉に匕首を構えた。

だが腰から刀を抜き、菊太郎が目まぐるしく躍動すると、黒い髷《まげ》が四つばさばさっと地面に落ちた。

倒れたはずの藤三の髷まで切り放たれていた。

ざんばら髪になった三人が、呆然《ぼうぜん》とそこに立ちつくした。

「重十九とやら、わしは丁度ここを通りかかった田村菊太郎ともうす者じゃ。急いで鍛治町のそなたの店に行こうぞよ」

かれは手をのばし、重十九の身体を引っ張り起こしながらうながした。

菊太郎の視線が、物陰に隠れてこれを見ている喜六に向けられ、連中のあとをしっかり付けよと、ひそかに命じていた。

四

鍛冶町の桂屋の前には、人集《ひとだか》りができていた。

絵屋——と刻まれた表の看板が、支え木から引き折られている。

店の中では、木枠に張られていた絵絹が破られ、衝立が蹴倒されていた。絵道具が仕事場のあちこちに散らばり、足の踏み場もないありさまだった。

「どないしたんやな——」

「見ての通りの乱暴狼藉《らんぼうろうぜき》やわな」

「相当な無茶をやりおったんやなあ」

「この絵屋の桂屋が、あんまり繁盛して景気がええさかい、それを妬《ねた》んだほかの絵屋の仕業やろ。ならず者に手を廻し、商いができんように、悪さを仕掛けたのやありまへんやろか」

「桂屋の主は、重十九はんとかいわはりましたなあ。それでその重十九はんに、お怪我《けが》はございまへんなんだのか——」

「重十九はんは描いた絵を持ち、お客はんのところにお出かけになっててお留守。義理の親父はんが、いきなり店に入ってきた乱暴者を、止めようとしはったそうどす。けどどんと胸を突かれて後ろに倒され、腰を打ってどないにもならなんだといいますわ」

義理の父親とは源七に違いなかった。

「乱暴者は二人。さっときて土足で仕事場に上がり込み、ほんの僅《わず》かな間にこんな無茶をしより、すぐ引き上げていきました。町内の人たちが、町番屋に知らせる暇もないほど、手際のよい仕業やったそうどす」

「いくら商売仲間から妬まれていたかて、えらい災難どしたんやなあ」

「そやけど人の手前もあり、商売仲間がならず者を雇い、こんな乱暴をしますやろか――」

「いわれたらそうどすなあ。これは乱暴される理由《わけ》が、別にあるのかもしれまへん」

「あるいはそないにも考えられます。絵屋を目の敵《かたき》にしているのは、胸を張って偉そうにしている絵師。下手糞な絵を描いているくせに、気位ばかり高うてどうにもなりまへん。絵屋仲間ではなしに、絵師たちが企《たくら》んだのどしたら、納得ができますわ」

桂屋をのぞき込んでいる人垣の中から、こんな声がひびいてきた。

桂屋の両隣で店を開く荒物屋と下駄屋の手代や小僧たちが、主に命じられたのか、荒れた絵屋の片付けに当っている。

町役と町内の数人が、源七を布団に寝かし付け、帯を解かせて腰の手当てを行っていた。

「源七の親父はん、見るからに荒くれのあんなやくざ者に、突っかかっていったらあきまへんわ。そこに置いてある表戸の突っ支《か》い棒で、頭でもどづか（撲《なぐ》ら）れたら、命に関わるところどしたえ。まあ、こんな目に遭わされただけですんで、幸いどした。腰を痛めたぐらい、そのうち治りますさかい」

町役の与兵衛が源七を慰めていた。

かれのそばで、源七の女房お七がおろおろしている。

「あいつら、重十九の留守を狙ってきたのに相違ありまへん。わしがまだ若かったら、二人ともに相手になり、こんな乱暴などさせしまへんのやけど。ほんまに年を取るいうのは、身体が利かず、かわいそうなもんどすわ。あの連中、桂屋の繁盛を妬む絵屋仲間でも、絵師からそそのかされたごろつきどもでもございまへん。重十九と因縁のある奴の差し金で、店を荒らしにきたんどす」

「重十九はんに因縁のある奴とは誰どす。相手がはっきりわかってたら、お奉行所に訴えてけりを付けたらどないどすな」

町役の与兵衛が、意外なことをきいた顔で源七に勧めた。

「そやけど深い仔細《しさい》があり、それがすんなりいかしまへんのどすわ。けどもうこうなったら、生き死にに関わる問題として、表沙汰にせななりまへんやろ。みなさまもご承知の通り、わしは重十九のほんまの父親ではありまへん。そやけど今度こそ、重十九にいうてきかせななら んことがございます。あの重十九が生れたとき、重十九のほんまの父親が、母方の祖父母からなにをいわれ、重十九を産んだ女子もその尻馬に乗ってどうしたかを、話してやらななりまへんわ。死んでしもうた重十九の父親が、酒を飲んで酔うたび、いつもわしに口惜しそうに嘆いてました。いままでわしもそれだけは明かすまいと思うて、じっと堪えてきましたけど、今度だけはもういわななりまへん」

「去年、重十九はんと源七はん夫婦が、この家に移ってきはってから、なにか事情を抱えてぃるらしいお人たちやとは感じていました。やっぱり人には容易に明かせへん仔細があったんどすな。それをきいて納得できたら、町役の一同も力を合わせて応援させていただきまひょうやないか。ほんまをいうたら、重十九はんが町内で絵屋を開いてくれはったのを、みんながよろこんでいるんどすわ。中でも一番よろこんでいるのは町内の子どもたち。子どもたちが頼んだら、重十九はんは嫌な顔もせんと、凧や紙で拵《こしら》えたお面などに、ただで楽しそうな絵を描いてくれ、正月には女の子の手作りの羽子板に、立派な絵を描いてくれはりますわなあ。そんな気のええお人は、どこにもいはらしまへん。それをまた源七はんも、にこにこ顔で手伝うてくれてはりますさかい――」

「そないにいうていただき、ありがとうございます。この町内にこれから長く住まわせていただくためにも、重十九にほんまの父親がなにをいわれたかを明かし、しっかり覚悟を付けてもらわななりまへん。仏壇にお祀りしている位牌が口を利けましたら、きっとそれをもっと早う重十九に話してますやろ。あんな連中やしょうもない産みの母親に、重十九の画才を阿漕《あこぎ》に利用されてたまりますかいな」

源七は腰の痛みを堪えて息巻いた。

「なにがどうなのか、付き合いの浅いわたしらにはわかりまへんけど、重十九はんも二十七歳。もう立派な大人どす。知らせなならんことがあったら、なんでも耳に入れておいてやるのが、一番なんとちゃいますか――」

それが当然だといわぬばかりに、町役の与兵衛がうなずいた。

このとき店の外の人集りが、小さなざわめきとともにゆらいだ。

「絵屋の重十九、そなたの店はここじゃな」

かれを労《いたわ》り、ここまでともにきた菊太郎の声であった。

「へえっお武家さま、そうでございます」

「店で何事かあった工合じゃぞ」

「やっぱりどすか――」

すでにそれなりの事態を考えていた重十九は、ならず者藤三の科白を思い出しながらつぶやいた。

「さあみなさま、ここから去《い》んでおくれやす。重十九はんのほうも、なにかあったみたいどすけど、ご無事でなによりどした」

両隣の主たちが、人垣を追い散らして二人を迎えた。

横になっていた源七が起き上がろうとし、お七が泣きそうな顔で走り出てきた。

「これは酷《ひど》いわ。わたしが自分たちの要求をきき入れんさかいといい、こんな仕打ちをしたら、承知するとでも思うてるのかいな。わたしはもう町奉行所に訴えてでも、はっきり白黒を付けたるわいな。脅されて怯《おび》えていては、ええ絵は描けしまへん」

重十九は、男たちに踏み荒らされた通りに沿う仕事部屋を一瞥《いちべつ》するなり、断固とした表情でいい放った。

「重十九、どういう理由があるのか知らぬが、改めて町奉行所に訴えるまでもなく、そなたに対する暴行といい、このありさまといい、これは歴とした犯罪。くる途中にすでにもうした通り、わしは大宮・姉小路に店を構える公事宿鯉屋の居候。されども弟は、東町奉行所の同心組頭じゃ。町方の取り締りにも目を光らせねばならぬ立場。どんな相手かわからぬが、そなたがはっきり白黒を付けるともうすのであれば、いかなる協力もいたそうぞよ」

菊太郎は重十九の人柄の良さにもすでに気付いていた。

絵屋の店のありさまを見て、一層、憤りをわかせていた。

「お侍の旦那さまにそういうていただき、なおさらその気になり、心強うおすわ。もうこの辺りで一度、わたしの半生に決着を付け、これからを生きていかななりまへん」

「重十九、ほんまにそうや。もし人から後ろ指をさされたかて、頑として生きるこっちゃ。おいお七、奥の仏壇から重松はんの位牌を、ここに持ってきてくれへんか。重松はんがどないにいわれ、旅籠屋の佐野屋から追い出されたのか、重十九にもいま位牌を前にして、きっちりきいておいてもらわなあかんさかいなあ。お侍の旦那さまも町役の与兵衛はんも、こうまでに至る話を、一緒にきいておいておくれやす」

源七は居住まいを正し、お七に命じた。

お七が急いで仏壇から重松の位牌を持ってくると、源七の左手に握らせた。

「これは十六年前に死んだ重十九の実の父親の位牌どす。まあこれを見て、きいておくんなはれ。重十九も肝心なところを、肝に銘じておかなあきまへんねんで――」

源七は、佐野屋で手代を務めていた重松が、淫蕩《いんとう》な一人娘のおみさに口説《くど》かれ、夫婦約束をさせられたことから話をはじめた。

重十九を懐妊した彼女が、腹の子を堕ろそうとさまざまな手を打ったものの、ついには出産してしまった経過を語った。

「生れた赤ん坊に親の一字を取り、重十九と名付けたもんの、佐野屋の旦那夫婦やあげく母親のおみさまで、実は重松に腹を貸しただけやというたそうどすのや。奴らは腹を貸しただけやというて、赤ん坊の重十九を重松に押し付け、父子ともに店から追い出したんどっせ。どこの世に、そんな無茶な母親や祖父母がいてますかいな。猫や犬かてそないな無慈悲はせいしまへん。それで重松は一時、自分を哀れんでくれた但馬屋仁兵衛さまのところに、身を寄せていたそうどす。そのうち赤ん坊を背負い、川魚の棒手振りをはじめよりました。重十九は少し大きくなると、そんな父親の後に付いて歩いてましたわ。やがて絵を描くことを覚え、留守番をしながら絵ばかり描くようになりました。重松は佐野屋を見返してやろうとのつもりもあったんどっしゃろ。重十九を連れ、土佐家や京狩野、円山四条派の門を潜ったそうどす。そやけど、身形の粗末な棒手振りの話を、誰もまともにききよりまへんわ」

源七は息を喘《あえ》がせ、長々と語りつづけた。

「こうした中で、重松は不運にも牛車の下敷きになり、事故からほかの病も患い、死んでしまいました。息を引き取るとき、わしの手を固く握り、どうしても重十九の奴を立派な絵師にしてやりたい、頼むと遺言していきよりました。二条川東に住んでいたわしが、三条・木屋町の佐野屋が火事で丸焼けになるのを見たのは、重十九が十二、三のときどしたか。そして重十九は立派な絵師にはなれまへんどしたけど、京の町で評判されるほどの絵屋になりました。それを産みの母親のおみさや祖父母は、噂で知ったんどすなあ。腹を貸しただけやと重松を追い出しておきながら、重十九が銭を稼げるようになると、今度はうちはおまえを産んだ母親やの、おまえはわしらのかわいい孫やのといい、すり寄ってきたんどす。佐野屋は火を出した後、貧乏つづきで、娘は淫蕩。おみさは次から次にと男を替え、いまは祇園を仕切る勝五郎《かつごろう》親分のところに、客分として身を寄せる大津の彦次郎の情婦《いろ》になってます。それで一生の食い扶持を得ようと、重十九にあれこれちょっかいを出してきているんどすわ。そやけど、この位牌の重松は、佐野屋のおみさや旦那夫婦から腹を貸しただけやと嘲《あざけ》られ、店を追い出されたんどっせ」

源七は声を震わせて話を終えた。

「源七のお父つぁん、わたしの父親は、腹を貸しただけやといわれ、店から追い出されたんどすな」

重十九が源七の両肩を摑んで念を押した。

「ああ、その通りやわ――」

「おのれ、いうにもこと欠き――」

重十九の顔は、激しい怒りで朱に染まっていた。

「重十九、これでおよその事情が明らかになった。寺町筋でそなたに因縁を付けた四人のならず者の居所は、わしの供をしていた鯉屋の手代が、突きとめているはずじゃ。奴らは大津の彦次郎や淫婦のおみさの差し金で、動いているに相違ない。この絵屋を無茶苦茶に荒らしたのも同じ。わしがそ奴らを一網打尽にいたせと、弟の奴に命じておいてつかわす。不埒《ふらち》な所業の証拠はまずこれじゃな――」

菊太郎は懐から自分が斬り飛ばした四人分の髷を取り出し、ひょいと板間に投げ出した。


半月後、東町奉行所吟味役が、佐野屋の老夫婦とおみさ、ならびに大津の彦次郎と勝五郎一家の藤三、九助のほか四人に下した沙汰《さた》は、畿内からの所払いだった。

「おみさとその両親にもうすが、腹を貸しただけと、遺棄したも同然の重十九に今更すがり、安逸に暮らそうと企むとは、はなはだ不埒。強要未遂に相当いたすぞよ。このうえさらに悪事を働いたら、次には死罪を命じねばならぬと、心得るがよかろう。ともかく命あっての物種じやぞ」

吟味役が最後にかけた一声をきき、おみさが皺《しわ》の目立つ首をすくめた。

佐野屋の老夫婦は目を閉じて震え、大津の彦次郎は神妙に両手をついた。

ほかの六人は、自分がどれほどの悪事に加担したのか、よく理解していない表情だった。

小さな剣鬼

一

「涼しゅうなってきましたなあ」

「彼岸がすぎて少し経ちますさかい。それでも堀川のあっちやこっちに、彼岸花がまだ盛りとばかりに咲いてまっせ」

「あれは花魁《おいらん》が仰山、簪《かんざし》を挿したように美しい花やけど、みんなに忌《い》み嫌われ、かわいそうどすわ」

「お彼岸の時分に咲くさかい、死ぬのと結び付け、嫌われるんどすなあ。ほんまの名は曼殊沙《まんじゅしゃ》華《げ》。法華経が説かれるとき現れる法華六瑞の一つとして、空から降るという四華の蓮華、白蓮華などとともに、天上に咲くめでたい花なんどすけど。人の好みはどうにもならしまへん」

公事宿《くじやど》「鯉屋《こいや》」の手代喜六が、店の名を黒地に白く染め抜いた暖簾《のれん》の前で、打ち水をしていた。

町内の顔馴染《かおなじ》みが、喜六にも一声かけ、声高に話しながら店の前を通りすぎていった。

表に水を打ったせいか、鯉屋の土間にも冷気が漂っていた。

喜六は空《から》になった手桶《ておけ》をたずさえ、店内《みせうち》に戻ってくると、丁稚《でっち》の鶴太《つるた》にそれを差し出した。

「喜六はんに打ち水をさせてしまい、すんまへん。気い付かんと堪忍しとくれやす」

鶴太が詫びながら手桶を受け取った。

「そんなん、気を遣うほどのことやないわい。お陰でわたしは一つ賢うなったんやさかい
——」

「喜六はん、なにを賢うならはったんどす」

興味深そうに鶴太がたずねた。

帳場で帳面に書き込みをしていた下代《げだい》の吉左衛門《きちざえもん》が、つられて顔を上げた。

「それは彼岸花についてやわ」

「彼岸花いうたら、あの真っ赤でど派手な花どすかいな」

「そうや。そやけど法華経が説かれるとき、空から降ってくる四華の蓮華の一つやそうで、めでたい花なんやわ」

「そしたらほかの三つの蓮華はなになんどす」

「白蓮華がそうやというてはったけど、あとの二つはきかなんだなあ」

喜六は下手《へた》を打ったとばかりに顔を歪《ゆが》めた。

「喜六はん、わからなんだら、菊太郎の若旦那さまにきいたらよろしいがな——」

「そうやなあ。若旦那さまはなんでも知ってはるさかい、起きてきはったらたずねてみるとするか」

苦笑いを浮べ、喜六は吉左衛門のいる帳場に向かっていった。

当の田村菊太郎は昨夜、遅くに店に帰ってくると、主《あるじ》の源十郎《げんじゅうろう》やお店《たな》（女主）さまのお多佳《たか》にもろくに口を利かず、自分の部屋にすぐ引っ込み、まだふて寝をしていた。

「菊太郎の若旦那さま、どないしはりましたんやろ」

お多佳がたびたびかれの部屋のようすをうかがい、源十郎に小声できいたほどだった。

「きのうは組屋敷にまいられ、ご隠居の次右衛門《じえもん》さまと会われたはずや。次右衛門さまから町奉行所に出仕せよだの、お信《のぶ》さまとはっきり世帯《しょたい》を持ってはどうかだのと、いろいろお説教されはったんやろ。町奉行所への仕官は、まあどうでもええけど、祇園・新橋で団子屋をしてはるお信さまとの関係については、人の手前もあるさかい、次右衛門さまも口喧《くちやかま》しゅういわはるわなあ。田村家の庶子（妾腹の子）というても、銕蔵《てつぞう》さまと同じに、幾つになってもかわいい息子やさかい——」

源十郎はいくらかうんざりした表情でいった。

「お信はんを一旦、しかるべきお人の養女としたうえ、世帯を持ったらどうだ、そして町奉行所へ出仕せいと、前々からいうてはったことを、執拗に勧めはったんどすな」

「大方、そうに決まってます」

「うちは次右衛門さまがそないにたびたびいわはるのなら、その通りにしはったらええと思いますけどなあ」

「おまえ、なにをいうてるねん。菊太郎の若旦那はいたって気儘なお人。世帯を持って落ち着くのはともかく、宮仕えなどとてもできしまへんえ。上役と真っ向から対立し、腹立ちまぎれにお相手を斬ろうものなら、東西両町奉行所は鼎《かなえ》の沸《わ》く騒ぎ。江戸表《えどおもて》の老中にも知れ、ちょっとやそっとでは収まりの付かへん事態を招きまっせ。次右衛門のご隠居さまには、そこのところがどうしてもわからはらへんのやなぁ。『手に取るなやはり野に置け蓮華草』という諺《ことわざ》がありますやろ。菊太郎の若旦那はまさにそれどすわ」

源十郎は確信をもっていった。

「手に取るなやはり野に置け蓮華草どすか——」

お多佳は納得しかねる顔でつぶやいた。

この諺は、蓮華草は野に咲いていてこそ美しい、だから摘み取らないで本来あるべき所で観賞するのが好ましい——との意だ。『続俳家奇人談』によれば、播磨《はりま》の瓢水《ひょうすい》という俳人が、遊女を身請けしようとした友を、戒めて作った句だといわれている。

「すると菊太郎の若旦那さまは、摘まれるのを嫌うてはるんどすな」

「親父どのの言葉を無下に否定もできへんさかい、不機嫌にでもならな仕方ありまへんやろ。毎年一回ぐらい、こんなことがあります。そのうち沙汰止みになりまっしゃろ」

源十郎はさして関心のなさそうな顔で、妻のお多佳にいいきかせた。

「下代の吉左衛門はん、菊太郎の若旦那さまはまだ寝ておいでどっしゃろか——」

帳場では苦笑いをひそめた喜六が、吉左衛門にたずねていた。

「まだ寝てはります。おまえが若旦那さまにききたいことはわかってますさかい、ここはわたしが代わって教えて上げまひょ。法華経が説かれるとき、六つの瑞相《ずいそう》の一つとして空から降るという四種の蓮華は、白蓮華、これは曼荼羅華《まんだらげ》ともいいます。それに大白蓮華、つまり摩訶曼《まかまん》荼羅華《だらげ》。三つには大紅蓮華、摩訶曼珠沙華《まかまんじゅしゃげ》どす。さらには紅蓮華、すなわち曼珠沙華、彼岸花というわけどすわ。曼珠沙華や白蓮華どしたら、この世にも咲いてますけど、ほかの二つは、わたしもこれがそうやというものは見た覚えがありまへん。摩訶曼荼羅華も摩訶曼珠沙華も、天上に咲く大きな花やといいますさかい、菊太郎の若旦那さまでもまだご覧になっていいしまへんやろ。喜六、断わっときますけど、今朝、若旦那さまに変なことをきくのは剣呑《けんのん》。わしもまだ見ておらぬ、それを見せてつかわそうかと脅されまっせ」

「天上いうたらあの世、そ、そんなもの見せてほしゅうありまへん。吉左衛門はん、あんまり驚かさんといておくれやす」

尻込みする喜六を眺め、吉左衛門は皮肉めいた笑みを顔ににじませた。

このとき、えへんと小さな咳払《せきばら》いがひびいた。二人が中暖簾のほうを見ると、菊太郎が差料《さしりょう》を摑んで立っていた。

「これは菊太郎の若旦那さま——」

吉左衛門が腰を浮かせかけた。

「吉左衛門、わしはこれから出かけてまいる」

「急にどこへお出かけどす。まだお顔も洗うておられず、朝餉《あさげ》もおすましではございまへんやろ」

「顔を洗うだの朝飯を食うだのの一つひとつ、わしにはどうでもいいことばかりじゃ。腹がへったら、その辺りの辻堂にでも供えられる供物を、頂戴したらよいわさ。組屋敷の親父どのもこの鯉屋の連中も、みんな小煩《こうるさ》いわい」

「小煩いなんぞと菊太郎の若旦那さま、そんな横着をいわんといておくれやす」

「わしはそなたたちに、面倒をかけまいとしているだけなのよ。それを横着呼ばわりか」

「理屈と膏薬は、どこにでも貼り付くといいますわなあ」

吉左衛門は菊太郎に対して遠慮のない口を利いた。

「ああ、さようにもうすそうじゃが、横着には貼り付くかな。とにかくわしは、これから出かけてまいる。もし銕蔵の奴が訪ねてまいったら、長崎か江戸にでも出かけたと、伝えておいてくれ——」

「長崎と江戸ではまるで反対の方角。それにえらい遠方どすなあ。それで路銀はお持ちでございまっしゃろか」

昨夜、組屋敷で相当なやり取りがあったようすであった。

「吉左衛門、それを小煩いともうすのじゃ。わしがどこの長崎か江戸にまいろうと、勝手であろうが——」

「はい、その通りでございます。祇園のほうにも、長崎や江戸があるのかもしれまへん。どうぞ、気儘に行ってきておくれやす」

かれは帳場から立ち上がると、喜六をうながし、菊太郎の履物をそろえさせた。

「菊太郎の若旦那に吉左衛門、朝から騒々しおすなあ。どないしましたときかしまへんけど、若旦那、いまからお出かけなら、三条河（川）原町辺りまでご一緒しまひょか。ちょっとその界隈《かいわい》に用がありますさかい——」

奥から源十郎が姿を現わし、菊太郎をうまく誘い込んだ。

「おお、ではともにまいろうではないか——」

冗談混じりの煩わしさから逃れるように、菊太郎は源十郎にうなずいた。

「吉左衛門に喜六、表に出て見送らんでもよろし」

源十郎は喜六が手早くそろえてくれた草履を足で拾い、菊太郎についで店の暖簾をくぐっていった。

秋の陽射しが、輝きを増してきた時刻だった。

「若旦那、どうやらご機嫌が斜めのようどすなあ」

姉小路通りに出ると、源十郎は東に向かいながら、肩を並べる菊太郎の顔色をうかがった。

「親父どのの文句がくどく、煩わしくてかなわぬのじゃ。きのうは厄介払いのつもりで、つい強く逆ろうてしまった。銕蔵の奴が気を揉み、鯉屋にきては面倒ゆえ、起き抜けに逃げ出してまいった次第よ」

苦々しげに笑い、菊太郎は愚痴った。

「今朝ほどお多佳と、そうではないかと噂していたところどす。次右衛門のご隠居さまもお歳どすさかい、愚痴も多くおなりどっしゃろ。それでもご隠居さまを、悪く思われてはなりまへんえ。何事も若旦那さまの行く末を、案じてのことどすさかいなあ」

源十郎は殊勝な顔でかれを慰めた。

「それくらいわしにもわかっておるわい。わしはどうでもよいが、親父どのがああでは、そばに付いておられる義母上《ははうえ》さまが大変であろう」

かれは義母政江《まさえ》の心情に思いをはせてつぶやいた。

「もうしてはなんどすけど、今朝もお多佳と菊太郎の若旦那について、手に取るなやはり野に置け蓮華草というてました。ご隠居さまとて、その点はいくらかおわかりでございましょう。親心から無理を承知で望んでおられるのどすわ」

「ならばよいのじゃが——」

あとは無言で二人は堀川に近づいた。

広い堀川の川原や堤のあちこちに、彼岸花が真っ赤に咲き誇っていた。

「いつ眺めてもあの花は華やかじゃが、どこか寂しい気配を秘めているのう」

「ほんまにそうどすなあ」

二人はこんな言葉を交わし、陸奥《むつ》弘前《ひろさき》藩十万石・津軽越中守の京屋敷のかたわらを通りすぎた。

つぎの新町通りの角に、「神明社」の小さな森が見え、朱色の鳥居が目に付いた。

その鳥居の前に小さな人集《ひとだか》りができていた。

さらには、激しい罵声《ばせい》が二人の耳に届いてきた。

「若旦那、なんどっしゃろ——」

「なにごとだろうな」

先に鳥居の前にと足を速めた源十郎の後ろを、菊太郎が追った。

神明社の鳥居の内側に、まだ髪上げ（元服）をすませていない十五、六歳のみすぼらしい身《み》形《なり》の少年が、うなだれて坐っていた。

腰に脇差《わきざし》を帯びている点などからして、浪人の子弟だとはっきりわかった。

昏でも切ったのか、かれは顎《あご》にかけて血を流していた。

少年の周りには、かれが束ねて運んできたらしい骨だけの番傘が、二十本ほど散らばっている。そのそばで二十歳前後のならず者めいた男が三人、少年を睨《にら》み据え、立ちはだかっていた。

「やい、さっさと行儀ようわしらに謝らんかい。おまえ、強情な餓鬼やなあ。もう一つ二つ撲られたいのかいな」

「番傘を一本貼って幾らになるんじゃ。なんぼにもならへんやろ。しっかりわしらに詫びたら、もっと金になる仕事を世話してやらんでもないねんで――」

「そのお気持はありがたく存じます。されどいたしてもおらぬ行いを詫びろともうされたとて、謝るわけにはまいりませぬ――」

「お前、まだそないいい張るのかいな。おまえはわしらと行き違うたとき、けつの穴から小さな屁を放《ひ》りおったやろ。屁の一つや二つ、放られたかてどうもない。けどいくら通りがかりでも、詫びの挨拶《あいさつ》ぐらいせなあかんやろな」

「出物腫物《でものはれもの》ところ嫌わずというさかいなあ」

浪人の子どもを餓鬼呼ばわりした兄貴分らしい若い男が、笑いながらかれにいいきかせた。

「いいえ、わたくしはさような不作法、みなさまにした覚えはなく、いたしてもおらぬ振る舞いを、詫びることはできませぬ」

少年は頑としてかれらの要求を撥《は》ね付けた。

どうやら騒ぎの発端は、神明社の前で若い三人連れと少年が行き違ったとき、少年が通りすがりに屁を放った放らなかったということのようだった。

「おまえ、わしらが一言詫びたらそれですませたろというてるのに、それができへんとは、えろう（ひどく）強情な奴ちゃなあ。ちょっと顔を上げ、周りを見てみいな。お陰で恰好《かっこう》の悪い人集りができてしまってるがな。なあ岩松《いわまつ》はん」

「ほんまに七之助《しちのすけ》はん、恰好の悪いことどすわ」

岩松と呼ばれた男が、はっきり年上とわかる七之助に、媚《こ》びるようにいった。

三人の若い男たちは、ならず者めいた口を利いているが、いずれも絹物を着ており、おそらくそこそこのお店《たな》の二、三男坊。北野遊廓で夜遊びをした戻りらしかった。

「あの七之助と呼ばれている若い男は、三条大橋東詰めの駕籠《かご》屋『多田屋』の次男坊。どら息子どっせ」

人集りの中から、そんな声がきこえてきた。

「駕籠屋のどら息子やったら、これくらいの苛《いじ》め、平気でやりますわなあ」

街道や町辻を行く駕籠舁《か》きは、だいたい特定の店に属している。遠くまで客を運び、店が閉じられた夜分に限り、駕籠を相棒と自分たちの長屋に担いで戻ることになっていた。

遊び人のかれらが、気晴らしのつもりで、弱い立場の相手に難癖を付けたのだろう。

「菊太郎の若旦那、どないしはります」

「わしに仲裁に入れともうすのじゃな。それはまだ少々早いわい」

菊太郎はにべもなく源十郎の勧めを断わった。

「こうなったら、わしらかて引っ込みが付かへんがな。妙な意地を張ってんと、おまえ素直に謝る気にならへんか――」

七之助が腰を屈《かが》め、少年の顔を覗き込んだ。

「さようにもうされても、浪人とはいえわたくしも武士の子。いたしてもおらぬ不作法を認めることはできませぬ」

「浪人とはいえ武士の子か。おまえも尤《もっと》もらしい能書きは並べるのやなあ。あきれてものもいえへんわい。武士の子やったら四の五のと理屈を付けてんと、さっさとこの場のかたを潔く付けるのが筋やろな。そない意地ばっかり張ってるさかい、小汚い浪人暮らしをつづけなあかんのやわ。武士なんか、なんぼのものでもあらへんねんで――」

「なにを無礼をもうされるのじゃ」

少年はきっとした目になり、七之助を見据えた。

「おお恐《こわ》、哀れな浪人の子でも、そこだけには恰好を付けるんやなあ」

七之助は驚いた顔で立ち上がった。

「なんとでももうされませ――」

かれは身体を小刻みに震わせ、呻《うめ》くようにいった。

「さあ、そこでおまえ、もう一度いうけど、思い直してわしらにあっさり謝ったらどうなんや。強情を張るのもええ加減にせなあかんのやで。おまえが謝ったら、わたしが七之助はんや岩松はんに取りなしてやりますわ」

それまで七之助や岩松の言葉を黙ってきいていた一人が、二人に代わり、少年を説得にかかった。

「いいえ、わたくしは謝りませぬ。みなさまがたは人集りができて恰好が悪いの、引っ込みが付かないのと仰せでございますが、わたくしは一向にかまいませぬ」

少年は鋭い目になり、昂然《こうぜん》といった。

「な、なんだとこの餓鬼、開き直ってからに――」

「その腰の刀、竹光か錆刀《さびがたな》とちゃうかいな」

七之助が岩松につづいてからかった。

「さればご覧になられませ」

少年は坐ったまま腰に手をのばすと、さっと脇差を抜いて一閃《いっせん》させるや、すぐさまするっと鞘《さや》に収めた。

人集りがわあっとざわめいた。

「源十郎、これは見ものじゃ。心配いたさずともよいわい」

「あの童《わっぱ》、なかなか肝の据わった子どもどすなあ」

「ああ、浪人の子ともうしたが、当節、珍しい童じゃわい」

「どうなりまっしゃろ」

「さて、まあこれからが肝心なところよ」

菊太郎は興味津々な目で、事件の展開を見守った。

京都では本来、浪人の止住は禁じられている。だが各藩が京都に設ける京屋敷に出仕し、事情があって主家から永御暇《ながのおいとま》を与えられた武士に限り、当人が住もうとしている町内の町年寄の計らいによって、許されないでもなかった。

そのほか武士としては、幕府の出先機関として京都所司代、禁裏付、二条蔵奉行、町奉行、伏見奉行、二条城番、二条鉄砲奉行、それに公家や東西両本願寺などに仕える寺侍などがいた。

「うわあ驚いた。竹光でも錆刀でもなく、畜生、これは本物やがな。そやけどわしらを斬《き》るほどの度胸はあらへんやろ」

「そないな度胸はともかく、あんな危ない物を無茶苦茶に振り回されたら、怪我の一つもせななりまへん」

「芳太郎《よしたろう》、おまえはいざとなると、いつもわが身の心配ばかりする奴ちゃなあ」

芳太郎とは甘い声で少年をなだめた男だった。

「そやけど七之助はん――」

「芳太郎、七之助はんはここで引っ込んでは、見物のお人の手前、男がすたらへんかと案じてはるのやわ。そやけど忌々しいもんの、これはどうにもならへんわい。そもそもこいつにちょっかいをかけたろといい出したのは、おまえなんやで」

「岩松はん、そらありまへんやろ――」

「おまえ、文句をいえる立場やないやろな。七之助の兄貴とわしは、おまえの口車にちょっと乗っただけのこっちゃさかい」

「そしたらなんでその浪人の子どもの横っ面を撲り、土下座させはったんどす」

「わしが横っ面を撲ったわけやないわい。そうしはったのは七之助はんやわ」

仲間割れが生じ、大勢《たいせい》は明らかにかれらに不利に動いていた。

三人の顔にはっきり困惑の色が浮んできた。

「その揉めごと、それまでじゃ。わしが物言いを付けたからには終わりといたせ——」

人垣を割り、菊太郎が前に進み出た。

緊張していた人集りから、ほっとした声がもれた。

二

「時の氏神さまがおいでになったんやわ」

人集りの中からそんな声がひびいた。

七之助や岩松たちが、これで助かったといわんばかりに小さく首をすくめた。人垣を掻き分け、東のほうにばらばらと逃げていった。

菊太郎が狭い境内にまだ坐ったままでいる少年に、大股で近づいた。

「わたしは公事宿鯉屋の主で源十郎という者どす。さあみなさま、もう終わりどす。ここから早う去《い》んでおくれやす。時の氏神さまが、そないにいうてはりますさかい」

源十郎が鳥居のかたわらに集まった人々に向かい両手を翻《ひるがえ》し、この場から去るように頼んだ。

「公事宿の旦那に曰《いわ》くありげなお侍さまか。あとがどうなるか、話の種に見ておきたいけど、いつまでもここに立ってるわけにはいかへんわなあ」

「公事宿の旦那もあのお侍さまも、まともなお人のようやわ。そんなお人にいわれたら、まだ未練があるけど、去なな しょうがないわ」

「十五、六の子どもを苛めていた奴らが、尻に帆をかけて逃げていきおった。そしたらわしらももう去のか――」

「あのお二人が、あの子を庇《かば》うてなにかの相談に乗らはるおつもりなんやろ」

「大の大人が十五、六とはいえ、子どもを苛めたらあかんわ。だいたい性根の腐った奴ほど、平気でそんなんするさかい、かなわんわい」

「先小耳《さつき》に挟んだけど、三条大橋東詰めの駕籠屋の多田屋いうたら、五、六十人も駕籠舁きを抱える京では有名な店とちゃいますか――」

「そこの次男坊やったら、もっと身を慎んで暮らさなあかんわなあ」

「まあそういうこっちゃけど、親父は商いに一生懸命で、息子の躾《しつけ》にまで気が回らへん。甘やかして育ててきたさかい、ほかの店に預け、厳しくしごいてもらうこともできへん。裕福な店の息子はだいたいそんなもんやわ」

　見物人たちがあれこれいいながら、鳥居の周りから去っていった。

「傘屋から預かってきた番傘、あの道楽者たちに踏み付けられずにすみ、よかったのう」

菊太郎は小腰を屈め、散らばった番傘を一つにまとめながら、少年に声をかけた。

「それまでしていただくのは、もったいのうございます。どうぞ、お捨て置きくだされ」

呆然と坐っていた少年は、菊太郎の行為にはっと気付き、立ち上がりかけた。

「まあ、そなたはそこでもうしばらく心を鎮めているがよかろう。わしの名は田村菊太郎。大宮・姉小路で公事宿を営むあの源十郎の店で居候、いや用心棒をしている男じゃ」

かれは縄で番傘を束ね直しながら名乗った。

「難渋しているとき、お助けくださり、まことにありがとうございました。わたくしの名は高《たか》田《だ》市郎助《いちろうすけ》。十六でございます」

少年は土下座のまま両手をつき、丁重に名乗った。

「高田市郎助ともうすのじゃな。わしに礼など無用。見たところ、そなたはあの厄介者たちに因縁を付けられ、一人で片付けようとすればできたはず。それをいたしもせずにじっと耐えていたのは、子どもながら相当、我慢強い人柄とみえるのう」

「いや、そうではございませぬ。ただどうすればよいやらと、思案していただけでございます」

「そうではあるまい。そなたはあの道楽者たちをどうとでもできたはずじゃ。腰から脇差を一閃させた腕前、わしは確かに見たぞよ。居ながらに人を斬って捨てられるほどの技じゃ。わしは田宮抜刀流居合の術とみたが、それはどうじゃ。居合は片膝《かたひざ》を立て、素速く刀を抜き放って敵を斬り倒すが、坐ったままでそれをなすとはたいしたもの。わしはそなたの腕前を、惚れぼれと眺めていたわい」

菊太郎は心から感嘆の声を発していた。

居合抜きは元亀《げんき》・天正の頃、林崎重信の工夫にはじまるといい、そこから枝葉のように分かれ、各流派がまた誕生した。

田宮抜刀流はその一つで、壮絶な剣法だった。

たとえば当流の遣《つか》い手が、大勢の敵に取り囲まれたとする。

遣い手はまず目にも留まらぬ太刀さばきで、相手の一人を斬って捨てる。

そうして血濡《ちぬ》れた刀をゆっくり鞘に収めるのだが、一人を斬られた相手たちには、かれのその行為が油断を誘うものだとは気付かない。

一人を斬り伏せて刀を鞘に収める。

このなんでもない動きの中には、実は凄《すさ》まじい計算と躍動感が秘められているのであった。

当人は刀を鞘に収めながら、実は今度誰が討ちかかってくるか、また容易に討てる相手を物色しているのである。

相手が刀を鞘に収めたのを見て、討手はここぞとばかりに斬りかかる。だが遣い手は次の相手を物色して斬るのに弾みを付けるため、刀を鞘に収めたにすぎないのだ。

高田市郎助と名乗った少年は、目にも留まらぬ速さで脇差を一閃させ、鞘にすっと収めた。

人集りがわあっと驚きの声を上げ、かれに因縁を付けた三人の男たちが怯《ひる》んだのも、無理からぬ見事さであった。

「お褒めにあずかり、光栄至極に存じます」

「市郎助とやら、他人行儀は止めにいたせ。わしが驚いたのは、あんなならず者めいた男たちに因縁を付けられながらそれに耐え、その凄腕で平穏に相手を怯ませたその勇気と知恵じゃ。年は十六、誰にでもできることではないぞよ」

菊太郎は番傘を束ね終えていった。

「それについてもうし上げますが、あのような技、さしたるものではございませぬ。亡き父から抜刀術のこつをいささか伝授され、仕事の合間に、その真似をしていたにすぎませぬ」

市郎助は明るい声で菊太郎に答えた。

「仕事の合間とは、傘を貼る途中の意か――」

「はい、さようでございます」

「いまそなたは亡き父ともうしたが、父上どのはいつ亡くなられたのじゃ」

「昨年の春でございます」

かれは粗服を着て端坐したまま答えていた。

十六のわりに落ち着き、人柄のよさが玉のように光っていた。

「やはり浪人中で、傘貼りをして身過ぎ世過ぎをしておられたのじゃな。それで市郎助どのは、いま独りではござるまい」

「はい、母と十三になる妹と三人で暮らしておりまする」

「すると父上どののに代わり、そなたが傘貼りをして、母上どのと妹御を養うておられるのか」

「いいえ、母は縫い物をいたし、妹もそれを手伝うております」

「父上どのは浪人をいたされていたときいたが、いずれの藩か、わしにだけそっと教えてくれまいか——」

菊太郎は幼い子どもをあやすようにきいた。

「いや、それだけはご勘弁くださりませ。誰にも明かしてはならぬと、父の固いもうし付けでございますれば——」

「浪人といえども、やはりそれが武士たるものの誇りや掟《おきて》とみえるのう。されどつまらぬこととは思わぬか——」

「わたくしは決してさようには思うておりませぬ。父はわたくしが八歳のおり、藩家の財政逼《ひっ》迫《ぱく》のため、この京で永御暇を仰せ付けられました。されどいずれ藩家に余裕が生じた折には、呼び戻されるものと思うているがよいと、遺言して他界いたしました。わたくしもそれを信じて暮らしておりまする」

「信じて暮らしているのだと——」

「節季には必ず藩家の京屋敷へ、挨拶に参上しておりまする」

「阿呆らしい。おそらく控え部屋にも上げられず、茶の一服も出されまい。ご苦労の一言ぐらいかけられ、そのまま辞してくるのが関の山だろうさ。財政逼迫を口実に、扶持から見放された浪人を多く見てきたが、そのお人たちが頼みとする藩家の留守居役などは、それをなにほどにも思うておるまいよ」

菊太郎は白々しい顔でつぶやいた。

「それでもわたくしは、虚仮《こけ》の一念で藩家には節季の挨拶にまいります。藩家にいざなにか起こったら駆け付ける所存。その折、ひそかに修練している田宮抜刀流が、役立てばと思うております」

「そなたを見るかぎり、父上どのは相当な遣い手だったはず。さような人物に永御暇を与えるとは、藩家の留守居役には人を見る目がなかったのじゃ。いや、その腕前一つで食ってまいるがよいとの内意が、秘められていたのかもしれぬ」

ずばりずばりと菊太郎は市郎助にいいきかせた。

「腕前一つで生きてまいれとの内意でございますか——」

「そうだわさ。どの藩でも家臣を遇するに、温情もなにもあったものではないぞ。世の中は縁故と引き。物事が公平に判じられるのは稀《まれ》じゃ。父上どのは腕は立つものの、おそらく謹厳居士のご仁であられただろうよ」

菊太郎の口調がぞんざいになっていた。

源十郎はそばに立ち、二人の話をただきいているばかりだった。

「いかにも、その通りの人物であったかもわかりませぬ。洛中では相手から仕掛けられぬかぎり、決して刀を抜いてはならぬ、なぜならこの地には、天子《てんし》さまがおわしますからじゃと、いつもうしておりました」

幾分、市郎助は鼻白《はなじろ》んだ表情でいった。

「それそれ、それこそ沙汰の限りじゃ。幕府の老中は、一応、諸藩にそう厳しく命じておる。されど表沙汰にならぬだけで、刀で人を斬るの殺すのの事件はこの京でも日常茶飯事。そなたも度胸があったら、その腕前を存分に用いてやったらどうじゃ。父上どのに永御暇を与えた主家が、お取り潰しになるほどの刃傷沙汰をなあ——」

「菊太郎の若旦那、市郎助どのに無茶をいわはったら困りますがな」

源十郎が狼狽して口を挟んできた。

「なにをもうす源十郎。わしはこの市郎助に、拝謁した覚えもない藩主や国家老たちのためではなく、自分自身や家族のために生きたらどうかと、勧めているのじゃ。若輩者ながらわしの見たところ、市郎助の抜刀術には大いに見込みがある。京に屋敷を構える諸藩の腕自慢が打ちかかったとて、おそらく容易に負かされてしまおう。いまのまま我慢強く忠孝に励むにしても、限度があるぞよ」

かれは源十郎に力んだ。

「いわれたらそうどすわ。藩家から一旦、永御暇を賜ったお武家さまの帰参がかなえられたという話は、きいたことがございまへん。市郎助さま、それはほんまどっせ。なにもこの世で、武士として生きるだけが途《みち》ではございまへんやろ。そこのところを、ようお考えにならないかんかもしれまへんなあ」

源十郎は菊太郎の顔をちらっとうかがい、市郎助に説いた。

菊太郎が苦笑いを浮べてきいていた。

自分は武士でありながら、正確にいえば武士ではない。きのうも組屋敷で父親の次右衛門から、それを辛辣《しんらつ》に指摘されたところであった。

それにしても、この市郎助の武技を生かし、穏やかに食うていく方法はないものかと、ふと思案に耽《ふけ》った。自分と同じように、公事宿の用心棒として雇ってもらうには、十六歳ではなんとも若すぎる。

いますぐでないにしても、これから市郎助の去就を、考えてやらねばならぬと思っていた。

「それで市郎助どの、おまえさまはいまどこに住んでおいやすのどす。差し支えなければ、教えておいていただけしまへんか——」

源十郎が菊太郎の思いを察したように、かれにたずねかけた。

「はい、釜座《かまんざ》の突抜《つきぬけ》、御池通りに近い安右衛門さまの裏店《うらだな》に住んでおります」

「おやおや、するとこの近くどすな」

釜座の突抜は、神明社が小さな森をなす新町通りの西を南北に走る通り。『京町鑑《かがみ》』には「北は下長者町通」より「南は三条行あたり」と記され、「此通三条辺に釜を鋳《い》るもの多く住居せしゆへ号とす、今も釜屋あり」と書かれている。

突抜とは妙な呼び名だが、この通りは南に向かうにつれ、たびたび建物でさえぎられ、高辻通りからようやく菊屋町通りと名を改める。京の町は碁盤の目状に造られているが、この釜座（通り）に限り、突抜ではないと皮肉って呼んでいるのだ。

「市郎助どの、なにか困ったことがございましたら、大宮・姉小路、公事宿の鯉屋へおいでくださいませ。どんなご相談にも乗らせていただきますさかい。公事宿の鯉屋、鯉屋源十郎の名を、しっかり覚えておいてくださりませ。よろしゅうございますな」

源十郎は鯉屋の屋号をたびたび口にし、市郎助にいいきかせた。

「さあ、これを背負うがよい——」

菊太郎が束ね直した番傘を抱え上げた。

「いろいろお世話になり、ありがとうございました」

市郎助は番傘の束を背負うと、菊太郎と源十郎に一礼し、背を翻していった。

神明社の界隈はもとの静けさに戻っていた。

「源十郎、そなたわしの思いを汲《く》み、あれこれ市郎助にもうしてくれ、すまなんだな」

「若旦那が考えておいやすことぐらい、すぐにわかりますさかい」

「そうかともうし、あの男をお信の店で使い、団子を焼かせるわけにもまいらぬのでなあ」

「冗談にしても、滅相もございまへん。歳は若おすけど、あの市郎助どのは田宮抜刀流の遣い手どっせ。そんなんさせられしまへん」

「天下泰平の世の中、武芸一筋ではどうにもならぬわなあ。なんとか腕を生かせる途はないものか——」

　菊太郎は市郎助の後ろ姿を見送ってつぶやいた。

「困ったことがあったら鯉屋へおいでなはれといったもんの、ほんまに難儀なことどすわ。武士の誇りとはなんどすやろ」

　菊太郎と肩を並べた源十郎がつぶやいた。

「さようなもの、武士でもない半端者のわしに、わかる道理があるまい。だが武士の誇りとは、人の上に立って清廉潔白《せいれんけっぱく》に生き、いざとなったら腹を切るのみときいておる。ところが当節、そんな武士はどこにもおらぬ。奴らは武士の誇りと威張ってもうすが、ただの埃《ほこり》といい換えてもよかろう。その程度の誇りなら、商人《あきんど》のほうがよほど持っているわい」

「商人が誇りを——」

「商人の誇りとはな、それが食べ物屋であれば、きちんと作ったものを人に売る、暴利を貪《むさぼ》らぬ。まあそんなところだろうな」

　釜座の町角で、市郎助が立ち止まってこちらを向き、再び一揖《いちゆう》したため、菊太郎は手を高々と上げて振った。

蟋蟀《こおろぎ》が二人の足許で急に鳴きはじめた。

三

薄い行灯《あんどん》の火が、黄ばんだ畳の部屋をぼんやり照らしていた。

高田市郎助の父市左衛門《いちざえもん》が、丹波篠山《ささやま》藩六万石・青山下野守《しもつけのかみ》の京屋敷から永御暇を与えられたのは八年前。そのとき藩家から、市左衛門に当座の金として下されたのは二両二分、それに米二俵にすぎなかった。

急いで釜座突抜の裏長屋に住居を定め、親子四人がここに住み着いた。

市郎助は八歳、妹のお豊《とよ》は五歳であった。

「丹波はここ数年冷寒がつづき、藩庫が乏しくなっておる。国許でも四十人余りが、永御暇を賜ったそうじゃ。ご家老さま方は、藩の財政が豊かになり次第、そなたたちの帰参をかなえてとらせる、しばらくの間、辛抱してくれと仰せられたそうじゃ。それはわが家についても同じ。国許で豊作がつづいたら、また元通りの暮らしに戻れよう。三、四年ならどのようにしても耐えられる」

父の市左衛門はたいして落胆もせず、妻の於松《おまつ》と二人の子どもにいいきかせた。

「帰参の使いがまいったとき、見苦しい暮らしをしていては、藩家の面目にもかかわる。また町内で鼻摘《はなつま》み者になっていては、これも沙汰の限りじゃ。扶持を失ったとはもうせ、丹波篠山藩の家臣だったことを誇りに思い、市郎助は武道の稽古《けいこ》に励まねばならぬぞ。田宮抜刀流の遣い手として、わしとともに晴れて藩家に迎えてもらうためになあ。それがいつかはわからぬが、怯懦《きょうだ》な男に育っていては、上役方をがっかりさせよう。さすがに高田市左衛門の息子だと、感服していただかねばなるまい」

市郎助の父はかれに厳しくいいきかせた。

長屋に移った数日後から、『四書五経』の教授と同時に、狭い裏庭で気合の声を殺した武芸の稽古がはじめられた。

だが丹波の冷害が噂されなくなり、三年、四年が経っても、烏丸《からすま》六角に構えられる京屋敷から、帰参の声はかからなかった。

「節季ごとにご挨拶にまいっているともうすに蛙の面《つら》に水。素っ気ない扱いじゃ。わしと一緒に永御暇を賜った水野弥五郎《みずのやごろう》どのは、帰参に見切りを付け、篠山領内に戻ってやき物窯《がま》の手伝いをはじめられたそうじゃ」

五年目の年末、市左衛門は落胆した顔で長屋に戻ってくると、妻の於松にぽつりともらした。

同藩領には丹波焼があり、古くから六古窯《こよう》の一つとして知られていた。

「お留守居役さまはいかが仰せでございました」

於松が縫い物の手を止め、市左衛門をせっつくようにきいた。

「お留守居役さまは去年、役替えで替られ、いまは阿倍正左衛門《あべしょうざえもん》さまともうされる。玄関の衝《つい》立《たて》の前までお越し召され、節季の挨拶ご苦労、されど律儀もほどほどにいたすがよいと、まるで突き放すように仰せられた。上がれとも誘われなんだわい」

市左衛門は表情を曇らせ、弱々しい声で愚痴った。

於松はそんな夫を励ましようもなかった。

ただ藩家から見捨てられたことだけがはっきりわかった。

それまで彼女は、国許にいる身内に帰参の取りなしを、再三、書状で頼んでいたが、どの返書にもいずれ慶事のお使者が訪れようと、おざなりな言葉が記されているばかりだった。

市左衛門の武芸に言及した思わしい便りは、一度もなかった。

「わしの会得した田宮抜刀流、人に披露して自慢するものではないものの、それを認めて帰参をうながしてくださるお人はないと、思わねばならぬわい」

市左衛門は賄役《まかないやく》下役として二十九石の扶持をいただいていた。

長い浪々の生活が、長屋から調度品を少なくさせ、傘貼りをして暮らしていたかれが死んだときには、金目の品はすべて手放され、極貧の状態であった。

「わしが死んだとて、主家に節季の挨拶だけは欠かすではないぞよ。わしの嫡男として、いつかは必ず帰参をかなえさせるのじゃ。それにしても、そなたを早く元服させておけばよかったわい」

胸を患い、市左衛門は苦しい息の下で辛うじて妻の於松と市郎助にいい、目を閉じた。

それがかれの最期の言葉であった。

市郎助は衣服を改め、篠山藩京屋敷に父の死亡を知らせに出かけたが、一文の弔慰金《ちょういきん》も下されなかった。

あれからもう一年半が経っている。

夕食をすませた後、薄い行灯の光を頼りに、市郎助は傘貼りの内職をつづけていた。その奥の一室から、母親の弱々しい咳払いがきこえた。

あの田村菊太郎と名乗った武士は、どの藩でも家臣を遇するに、温情もなにもあったものではないぞ、世の中は縁故と引き、物事が公平に判じられるのは稀だといっていた。

公事宿鯉屋の主も、一旦、永御暇を賜ったお武家さまの帰参がかなえられたという話は、きいたことがないとつづけた。

二人の言葉は、篠山藩の対応に不信を覚えはじめていた市郎助に、強い疑問を抱かせた。

あの日からすでに数日が経っていたが、その疑いはますます深まるばかりだった。

――虚仮の一念ともうすが、世の中にはそれの通じる人も、通じぬ人も多くいるわなあ。父上は融通の利かぬお人であられた。主家を信じ、これまで父上のもうされる通りにしてきたが、二代にわたる浪人暮らし。わしもそろそろ覚悟を決めねばならぬかもしれぬ。

かれは紙を貼り終えた傘をくるっと廻し、刷毛《はけ》でまた傘骨に新たに糊を付けながら、心の中でつぶやいた。

向こうの一室から、咳払いがきこえなくなっている。母親の於松はすっかり生活に疲れ、いまは病んで臥《ふ》せっていた。

妹お豊も母親の看病と内職に追われ、年頃の明るさを全く失っているありさまだった。

——一文の弔慰金も出さぬ藩家。その藩家をわしの刀一つで仰天させてやるのも、腹いせに面白いかもしれぬ。天子さまはともかく、宮門跡《みやもんぜき》か五摂家さまの行列の前に立ちはだかり、犬か猫の一匹でも斬り捨ててやるのじゃ。篠山藩浪人と名乗りでもいたせば、効果は覿面《てきめん》だろうな。一つやってみるか。

不逞《ふてい》な笑みを顔ににじませ、かれは深い溜息をついた。

神明社の境内で二人の男に会ってから、市郎助の胸中で、これまでの考えがずたずたに引き裂かれていくのがはっきり自覚できた。

実のところ市郎助は父の死後、途方もない虚《むな》しさを覚え、自分が仮面をかぶって生きているように思われてならなかったのだ。

藩家の面目にもかかわる見苦しい生活をするな、町内の鼻摘み者になるな、武道の稽古に励み、晴れて篠山藩に迎えてもらうのじゃ——か。

市郎助は父親市左衛門の言葉を、ひたすら墨守《ぼくしゅ》してきた。それだけに一度その箍《たが》がゆるむと、後はもうどうでもいい気持になってくるのであった。

奔放なそれをかろうじて制御しているのは、母親と妹の存在だけ。母親たちがなんとか矜持《きょうじ》をつなぎ止めていてくれる。

彼女たちがいればこそ、三人の道楽者たちに謂《いわ》れのない因縁を付けられても、じっと堪《こら》えていたのである。

自分を若輩者だと侮ったあの三人、脇差をひらめかせたとき、斬り捨ててやってもよかったのだ。

自分の頰を撲った若い男は、駕籠屋多田屋の次男坊で七之助だときいた。やるならあの男を真っ先に斬ってやろうとも考えていた。

神明社での一件以来、市郎助は母親と妹お豊が寝静まったのをうかがい、釜座突抜の二条近くにある「こぬか薬師」に出かけていた。夜中、誰にも遠慮せずに、田宮抜刀流の一手を揮《ふる》うためだった。

神明社でもよかったが、ここは意外に人に気付かれやすい。こぬか薬師の裏手なら、縦横に刀を揮えるだけの広さをそなえていた。

——この稽古は、父の遺訓に従っているかに見えるが、いまではもうそうでもないわい。凶暴な自分の気持ちを矯《た》めるのと、腕に磨きをかけようとしているのかもしれぬ。

かれはこう思っていた。

刀の柄《つか》に手をかけて腰を据え、風が吹くのをただ待っている。

用いているのは、父市左衛門遺愛の刀であった。

一風くると、柏《かしわ》の葉がふと舞い落ちてくる。

それを狙い刀を一閃させる。柏の葉は見事二つになり、地面に舞い落ちた。

これを仕遂げるまで半拍もかからなかった。

風が大きく吹き、次々に落葉が舞うときには、奮迅に刀を揮った。

藩家の者や裏長屋の人々は、自分を十六歳の若輩者と侮り、本当はどれだけの遣い手なのか、誰も気付いていない。その不明さが市郎助には愉快に感じられ、心の底でいつもかれらを嘲笑《あざわら》っていた。

刀を揮ってびっしょり汗をかき、またそっと長屋に戻ってくる。そのとき市郎助は、いっそこのままどこかで辻斬りでもしたら、どれだけ快感が得られるだろうと、危険な思いに囚《とら》われたりもした。

後で慄然《りつぜん》とすることも再々であった。

だが自分にそなわる天稟《てんぴん》を、たった一人だけに鋭く見抜かれている。公事宿鯉屋の用心棒・田村菊太郎と名乗ったあの男であった。

幼い頃から世間の底を這うように生きてきた市郎助には、それなりに人を見る目が養われていた。

自分に憐憫《れんびん》の情をかけてくれた相手だが、あの人物と立ち合ったら、どちらが勝つだろうという不埒な想像が湧かないでもなかった。

その夜の市郎助は、後になって考えると、正常な判断力を失い、どこか惑乱していたのかもしれない。こぬか薬師の裏で何度も刀を揮った後、そのまま長屋に戻る気にならなかった。

釜座通りを上り、二条を東にと向かった。

父市左衛門に永御暇を与えた篠山藩。その死を知らせたにも拘《かか》わらず、弔慰金も出さないばかりか、憫笑を浮べて奥にと去っていった目付役。浪人だとみて、安い手間賃しか支払わない傘屋の主や番頭たち。自分に因縁を付けた七之助たち三人に対しても、怒りがない交ぜになって湧き、頭を火照《ほて》らせていた。

黒装束を着た数人の男たちといきなり出会《でくわ》したのは二条の富小路。時刻は四つ半（午後十一時）をすぎていた。

思わず双方がぎょっと立ち竦《すく》んだ。

「な、なんや、子どもやないか。子どもがこんな真夜中に長い刀を腰に差しおってからに――」

市郎助を見て驚いた男の一人が、相手を子どもだと見くびり、低い声で嘲笑した。

かれらは盗賊、見定めた質屋に押し込もうとしていたのである。

この嘲笑が市郎助の怒りに火を付けた。

「わしを子どもだと侮るのじゃな」

「ええい、こんな子ども面倒臭い。早う殺《や》ってしまえ。稼ぎの邪魔になるわい」

首領らしい男の指図に従い、二人の凶賊が匕首を構え、市郎助に襲いかかってきた。

だがそのとき早くも一歩前に出た市郎助の刀が鞘走り、二人を造作なく斬り放っていた。

「ぐわあっ――」

「ぎゃあ――」

二人の凶賊が絶叫を上げ、ひゅっと血を噴いて倒れ込んだ。

「これはあかんがな。退《ひ》け退くんじゃ――」

首領の声が暗闇の中にひびいた。

刀を早くも鞘に収めた市郎助は、何事もなかった体《てい》で、もときた道を長屋にすたすたと戻りかけた。

胸で騒いでいた血が幾分、おさまりつつあった。

やがてかれのはるか後方から、人の騒ぎ声がとどいてきた。

夜鴉《よがらす》が一声鋭く鳴き、南に飛んでいった。

四

「変なところで男がぶっ倒れているやないか――」

「どうせ祇園の色茶屋で夜遊びしてた男が、深酒でもしおってからに、酔い潰《つぶ》れて寝ているのやろ」

二人の男が三条大橋に向かい、縄手道（伏見街道）を牛車を曳いて上ってきた。鴨川に流れ込む白川の石橋を渡ってすぐ、一膳飯屋のそばの草叢《くさむら》に、男が横たわっているのに目を留めた。陽が昇ったばかりで、縄手道にまだ人や荷車の往来はまばらであった。

白川の水音だけが高くひびいていた。

もう少し北に進めば、三条大橋からのびる大津街道（東海道）に行き当り、南は祇園の参詣道（四条通り）になる辺りだった。

「そやけど、あの倒れようは少し変やで――」

目敏《めざと》く男に気付いた髭面《ひげづら》の男は、酒樽《さかだる》を積んだ牛車を一旦、止め、後ろの牛車の手綱を摑んだ男にいいかけた。

二つの牛車が連なるように止まった。

「なにが変やいな――」

「倒れてるあの男が履いていたらしい草履《ぞうり》が、あっちこっちに散らばり、男は足袋裸足《たびはだし》やからやわいさ」

髭面の男が相手に手綱を預けていい、倒れ込んだ男をちょっと覗きにいった。

そうしてすぐわあっと大声を発し、後ろに退いた。

「どないしたんやな――」

「この男、死んでる。こ、殺されてるみたいやわ」

「こ、殺されてるのやと――」

「そ、そうやがな。首からえらい血を噴き出したらしく、辺りは血だらけで、それがもう乾きかけてるわ」

「そら、えらいこっちゃ。早う番屋にお知らせしなあかんがな――」

二人の声をきき付け、たちまち辺りは騒然となった。

一膳飯屋から起き出してきた老爺が、死穢《しえ》を除くため、大振りの塩壺を抱え出してくると、死体の周りにそれをまっ白にして撒《ま》き散らした。

「町奉行所のお役人さま、早うきてくれへんかなあ。変なものを見付けてしまい、わしらここで足止めをくらい、動きがとれへん」

「なにを愚痴ってるんじゃ。変なものを見付けたうえ、それを確かめにいったのは、おまえやろ。わしは酔っ払いが寝込んでいるんやろと、いうたはずやで。余分なことをするさかい、こんな厄介な目に遭わなならんのやがな。お陰で縄手道は、番屋の衆の手で通行止めにされてしまったわいな。わしらあの死体を最初に見付けたいうだけで、詮議《せんぎ》を受けなあかんねんで。それがおまえにはわかってるんか」

「ああ、余計なことをしてしまい、すまんこっちゃ」

「その報いとして今夜、わしはおまえに酒を振る舞ってもらうさかいなあ」

「わしもそのつもりでいてるさかい、それで堪忍してくれや」

「世の中には、見てみぬふりをせなあかんこともあるねんで。だいたいおまえは、なにかに付けてお節介やさかい。これでよう懲りたやろ」

「ああ、もう懲りごりやわ」

縄手道に止められた牛が所在なさげに鳴き、身体に集《たか》る蝿《はえ》を、首やしっぽを振って追い払っていた。

幸い四《し》半刻《はんとき》（三十分）ほど後、町中にいた町廻り同心が、下っ引き（岡っ引き）を連れて駆け付けてきた。

「そなたたちがこの死体を見付けたのじゃな」

「わしではございまへん。先に見付けたのはこいつどす」

髭面の男に小言をいっていた男が、顎をかれに向かってしゃくった。

死体には誰が持ち出してきたのか、荒筵《あらむしろ》がかけられ、もう蝿が集りはじめていた。

「へえっ、わしでございます」

髭面の男は同心の前におずおずと進み出た。

「旦那、この仏は首筋を鋭い刃物でぐっと撫《な》で斬りにされてまっせ。懐の財布も帯のたばこ入れも盗まれてまへん。これは物盗《ものと》りの仕業ではなく、顔見知りによる怨恨か、喧嘩の上での刃傷沙汰でございまっしゃろ」

「それにしても、首筋の肝心なところをぐさっと斬るとはなあ。下手人の奴も相当、返り血を浴びているはずじゃ」

「死人は足袋裸足。草履が二つの方角に脱ぎ捨てられてます。必死で下手人から逃げようとしたんどっしゃろ」

「下手人は顔見知り。死顔にはそれを知って驚いたようすがうかがわれる」

こうした他殺死体をさほど見馴れていない同心でも、それくらいわかるようだった。

「旦那、見物のお人たちに死体はどこの誰か、見覚えはないか、改めてもらいまひょか。近くに住んでる男かもしれまへんさかい」

「そうじゃな。一通り顔だけでも見てもらうとするか——」

かれの声にもとづき、死体を取り囲んでいた老若男女が、その顔を順番におずおずと覗き込んだ。
七、八番目に覗いた二人連れが、おおこれはお店の若旦那さまやないかと、驚いた声で叫んだ。
「お店の若旦那さまだと。そなたたちはどこでなにをして働いているのじゃ」

同心が手掛りを摑んだとばかり、二人を詰問した。

「へえ、わしらは三条大橋東詰めに大きな屋形を構える駕籠屋の多田屋で、駕籠舁きをしている定吉《さだきち》と太助《たすけ》というもんどす。この仏はんは、お店の次男の七之助さまどすわ。それに間違いございまへん」

中年すぎの男が驚いた顔のまま答えた。

「駕籠屋の多田屋、次男坊で七之助ともうすのじゃな」

「はい、さようでございます」

こんなやり取りの最中、西町奉行所から吟味役与力の四谷《よつや》宗兵衛《そうべえ》が、同心四人を従え、駆け付けてきた。

町廻り同心から一通りの説明をきくと、十手を用い、七之助の顔を筵で覆《おお》った。

「店の奉公人がこの場に居合わせたとは幸い。早速、戸板にのせ、その多田屋にまいるといたそう。詮議はそれからじゃ」

かれの言葉ですぐ戸板が用意された。

番屋の男が、先に多田屋に七之助の死を知らせるため、縄手通りを三条に向かって素っ飛んでいった。

「田中友三郎《たなかともさぶろう》、ご苦労じゃ」

吟味役与力の四谷宗兵衛が、町廻り同心に声をかけた。

「いえ、滅相もございませぬ」

「下手人の詮議、多田屋で七之助の暮らしや身辺についてきき出したうえ、そなたにもあれこれ助《す》けてもらわねばならぬ」

「かしこまりました。それがしの受け持ち内での事件。鋭意、行うつもりでおりまする」

「頼むぞよ――」

宗兵衛にいわれ、田中友三郎は無言でうなずいた。

かれは父親の跡を継いで町廻り同心について三年目、こんな凶悪な事件は初めてだった。

「その辺りに凶器に用いられた刃物が打ち捨てられていないか、よく確かめておいてくれい」

四谷宗兵衛は配下の同心たちに命じ、戸板にのせられた七之助の後に従い、田中友三郎とともに多田屋に向かった。

多田屋では番屋の男からの知らせを受け、大騒ぎになっていた。

もう商いどころではなかった。

「みんな長屋に戻って着替えをして、それから急いで葬式の手伝いにきてくんなはれ」

番頭の久蔵《きゅうぞう》が、多くの駕籠を裏に運ばせ、駕籠舁きたちに命じていた。

表戸もばたばた閉じられ、暗い雰囲気であった。

「そなたは鋭利な刃物で首筋をざっと斬られたともうすのじゃな」

「いかにも、そうとしか考えられませぬ。七之助が履いていた草履が、二つに分かれて落ちていたのは、現場で争った跡。そう解すのが自然でございましょう」

「うむ、そなたが推察する通りであろう。それにしても殺された七之助、いくら裕福な駕籠屋の息子とはもうせ、絹物をぞろりと着て、堅実な男ではなかったようじゃ」

「財布の中身を改めましたところ、五両三分の金を所持いたし、きものはもうすまでもなく、帯もたずさえていたたばこ入れも、小粋なものばかりでございました」

「道楽者だったと、そなたも見るのじゃな」

「はい、さようでございます。これは七之助に怨みを抱く者の仕業に相違ございませぬ。五両三分も入った財布を残したままなのが、それを明かしておりまする。さらにもうせば、血の乾き工合からうかがい、犯行は昨夜の四つ半（午後十一時）すぎと思われます」

同心の田中友三郎は確信ありげな声でいった。

「生乾きの血に酒の匂いはしなんだか——」

「七之助はどうやら酒をあまり飲まぬようで、血に酒の匂いはいたしませんでした」

「道楽者でも、女を買うか博打をいたす程度のものか」

「世間では飲む打つ買うを道楽の三拍子ともうしますが、飲むぐらいたかが知れておりましょう。女と博打、これにすぎたる道楽はございませぬ」

「するとそなたはその二つのいずれかに、犯行に及ぶ理由が、ひそんでいるともうしたいのじゃな」

「はい、ともかくこれは、七之助になんらかの怨みを抱く人物の犯行と思われまする」

「七之助に怨みを抱く者なあ。下手人にたどり付くまで、それらしい人物を一人一人、虱潰《しらみ》しに洗うていかねばならぬのか。厄介なことじゃのう」

「探索は七之助の身の廻りからはじめ、昨夜はどこでどうしていたかを、まず調べまする。七之助とつるんで遊んでいた男たちにも、当らねばなりますまい」

「いかにもそれじゃな。さすれば案外あっさり、下手人がわかるかもしれぬ」

「御意——」

「この一件、わしの配下の者たちと組み、一日も早く下手人を探し出してくれ。それにしても、事件が鴨川の東でよかったわい。もし洛中であったら、京都所司代や禁裏付のお人たちの耳にも、届けねばならぬからのう」

「いかにも、鴨川の東でまことにようございました」

かれらも江戸幕府が原則として禁じていることを案じ、天子の御心の安寧《あんねい》をいっているのであった。

二人がこんな会話を交わしているうちに、七之助を横たえた戸板は、三条大橋東詰めの駕籠屋多田屋に到着した。

二本の長い角材に戸板をのせ、慎重にそれを運んできた町番屋の二人は、そのまま大きく開かれた多田屋の表口を通り、待ち構えていた店の奉公人に、それを粗相なく受け渡した。

そしてそれは一旦、表座敷に据えられた。

「お役目、ご苦労さまにございまする」

老若二人の男が、四谷宗兵衛と田中友三郎に両手をついて平伏した。

「そなたが七之助の父親か――」

「はい、多田屋清兵衛《せいべえ》ともうします」

「てまえは七之助の兄清十郎《せいじゅうろう》ともうします」

二人の表情には、困惑の色が深く刻まれていたが、なんとなく安堵《あんど》の気配もうかがわれないでもなかった。

厄介者が死んでくれ、ほっとしているのだ。

「わしは西町奉行所与力の四谷宗兵衛、これなるは町廻り同心の田中友三郎じゃ。七之助の死にお悔みをもうす」

「ありがたいお言葉を賜り、恐縮にございます。さあどうぞ、上がっとくれやす」

両手をついていた清十郎が身体を起こし、二人を上にと誘《いざな》った。

「だいたいの検死はすませておる。仏間に運び、納棺の仕度をはじめてもよいぞよ」

宗兵衛が腰から刀を抜いて上がり框に尻を置き、草鞋《わらじ》の紐を解きにかかった。

友三郎もこれにつづいた。

「死んだ七之助について、いまからいろいろきかねばならぬ」

宗兵衛が広い帳場の横で胡坐《あぐら》をかき、多田屋清兵衛に口を開いた。

「はい、そのつもりでおります。なんでもきいとくれやす。嘘偽りなど決してもうしませぬ」

「されば最初にたずねるが、七之助は相当な遊び人だったとみえるのう」

「遊び人、それほどではございませぬが——」

「父親としては認めたくなかろうが、身形を一見しただけでわかるわい。ならず者だと決め付けているわけではないぞ。わしは家業も手伝わず、遊び呆けていたのではないかともうしているのじゃ」

「はい、その通りでございました」

清兵衛がいい難《にく》そうに答えたとき、二人の男が荒い息を吐き、店に飛び込んできた。

「七之助はんが殺されはったいうのは、ほんまどすか——」

自分たちを制するように迎えた手代にきいたのは、知恩院の門前町で石屋を営む「石藤」の岩松と、祇園・末吉町の料理屋「花富」の芳太郎であった。

「あの二人は誰じゃ——」

四谷宗兵衛が清兵衛にたずねた。

七之助が親しくしていた遊び仲間だと、清兵衛が自分たちの名前を告げているのを、岩松と芳太郎は耳にした。それで初めて帳場の横に、町奉行所の役人が坐っているのに気付いた。

「こ、これはお役人さま——」

二人はぱっと顔を輝かせた。

「丁度、よいところにきてくれた。そなたたちからも話をきかねばならぬ」

「そら、よろしゅうおした。わたしらもお伝えしたいことがございますねん。七之助はんを殺ったのは、あのけったいな餓鬼に相違ありまへんさかい」

勢い付いて岩松が上り框に近づいた。

「けったいな餓鬼じゃと――」

「へえっ、全く変な奴どしたわ」

「まあここにきて、わしにその餓鬼の話を詳しくしてくれい」

四谷宗兵衛の言葉に従い、岩松と芳太郎は草履を脱いで板間に上がった。半月ほど前に、姉小路の新町に近い神明社で起こった高田市郎助との悶着《もんちゃく》を、自分たちの都合のいいように語った。

「背中に仰山の番傘を背負い、行儀悪う歩いていたもんどすさかい、神明社の境内に連れ込み、お説教をしてやったんどす。そしたら腰に帯びていた脇差を、ぱっと抜いて鞘にすっと収め、わたしらを脅しよったんどすわ。その刀さばきの速いこと。あれは奇妙な剣、なんとか抜刀流いうんどっしゃろ。とにかく十五、六の餓鬼の腕前とは思えしまへんどした。仲裁が入って無事にすみましたけど、あの頑固で執念深い餓鬼の仕業に違いございまへん。それなら七之助はんが斬られたのにも納得がいきます。その餓鬼、浪人の子どもで、どうやら神明社の近くに住んでいるようどす」

「こうなると、どこに逃げよるかわからしまへん。少しでも早う捕まえておくれやす」

岩松と芳太郎は順に言葉を急がせていった。

「田中友三郎、そなたはどう思う」

宗兵衛はかれに意見を求めた。

「浪人の子が脇差を腰に帯びているのはともかく、町人相手にその刀をひらめかせて鞘に収めたとは、きき捨てになりませぬな」

「さればみなの者から事情をきくのは後廻しにし、脇差をひらめかせおったその若輩の男を、まず当るといたそう。こ奴らのもうす通り、当の男が下手人で、逃げ失せられでもしたらまずいのでなあ」

宗兵衛と友三郎の意見はこれで一致した。

すぐさま町奉行所が蔵する「浪人御改帳留」が調べられ、若輩の男は、釜座突抜の長屋に住む高田市左衛門の息子ではないかと推察された。

「奴が七之助を殺害した下手人なら、死ぬ覚悟で抵抗するに決まっておる。同心・捕り方をもって長屋を囲まねばなるまい」

宗兵衛たちは急いで助勢をそろえ、同町の町年寄に案内され、亡き高田市左衛門が住んでいた長屋を目指した。

「主の市左衛門は、丹波篠山藩の浪人だったというわい」

「奇妙な剣とは、おそらく田宮抜刀流であろう。市左衛門はその秘伝を、わが子に伝えておいたものとみえる」

「その童が七之助殺しの下手人なら、破れかぶれとなり、この捕り物には死人が出るかもしれぬな」

「相手はまだ子ども、それほどではあるまい」

「いやいや、世の中には年は若くとも、天稟をそなえた恐ろしく腕の立つ者もいるというぞ」

案内の町年寄から当人の名は高田市郎助と告げられた四谷宗兵衛は、同心たちが小声でささやき合うのをききながら、市郎助が住む長屋に向かった。

長屋の木戸を最初にくぐったのは、家主の「酢屋」安右衛門《やすえもん》であった。

「ご免やす。高田さまの市郎助さま、いてはりますか――」

かれは宗兵衛にうながされ、表の腰板障子戸を半ば開いて声をかけた。

「はい、おりますぞよ。そのお声は家主の安右衛門さまでございまするな」

「さようでございます」

この一声をきき、田中友三郎ががらっと戸を開いた。

表に背中をみせ、前髪姿の男が傘の骨に刷毛で糊をたたき付けながら振り返った。

「な、なんでございます――」

市郎助は、役人らしき男とともに、数人の襷《たすき》姿の同心が狭い土間にどっと雪崩《なだ》れ込んできたのを見て、不審の声を発した。

「おてまえが高田市郎助ともうされるのじゃな」

四谷宗兵衛は意外に控えめな態度で、かれに声をかけた。

「さようでございますが、この物々しい訪《おとな》いは何事でございましょう」

こうたずねた市郎助の顔は、宗兵衛の想像とは全く異なり、澄明で凜《りん》とした清々《すがすが》しさをそなえていた。

「それがしは西町奉行所与力の四谷宗兵衛ともうす。昨夜、縄手通りの白川橋のかたわらで、三条大橋東に住まう七之助なる者が、首を斬られて殺害された。七之助が親しくする仲間の岩松、芳太郎なる両人が、半月ほど前、近くの神明社で諍いを起こしたそなたが、下手人ではないかともうし出た。それゆえ一応、事情を糺《ただ》すために、まかり越した次第でござる」

「半月ほど前、神明社での諍い。ああ、相手の一人は、確かに七之助と呼ばれておりましたな」

かれは邪気のない顔で答えたが、宗兵衛の目は、部屋の隅の刀架に、黒塗りの大小が横たえられているのを、目敏く認めていた。

「市郎助どの、そこに置かれた大小、念のために改めさせていただいてもようござるな」

宗兵衛がたずねると、市郎助はどうぞご覧くだされと答えたが、にわかに顔を翳《かげ》らせた。

それを眺め、宗兵衛たちはさっと緊張した。

友三郎たちが敏捷《びんしょう》に動き、十六にしてはやや小柄な市郎助の両腕に飛び付き、かれを押え込んだ。

「お父上どのは田宮抜刀流を心得ておられたそうじゃ。市郎助どのもそれを学ばれたはず――」

土足で上がり込んだ宗兵衛は、まず脇差の鞘を払い、鍔許《つばもと》から切っ先までを眺め上げた。血糊《ちのり》が付いていないか確かめたのである。

「日頃、腰に帯びておられるこれには、血糊を拭《ふ》き取った跡はございませぬな」

深い息をつき、つぎには大刀に手をのばしたが、鞘を払い、宗兵衛は今度はうっと声を詰まらせた。

そこには血糊を拭いた痕跡が、はっきりうかがわれたからであった。

「おたずねもうすが、この血糊、新しいものでござるな。どういたされたのじゃ」

市郎助の身丈にそぐわない大刀の切っ先を見て、宗兵衛は不審を糺《ただ》した。

「つい五日ほど前の真夜中、二条通りで質屋に押し入ろうとしていた盗賊を二人、斬ったのでございます」

かれは友三郎たちに抱え込まれた腕を振りほどこうと踠《もが》きながら、息を弾ませて答えた。

五日ほど前、二条・富小路の質屋「巴屋《ともえや》」の前で、黒装束姿の盗賊と思われる若い男が二人、一刀の下に斬り殺されていた。そんな事件が確かに起こっていた。

巴屋の奉公人や町内の人々が物音に気付き、路上を明かりで照らして見たとき、その男たちは血を流してすでに死んでいたのである。

「誰がこの二人を斬ったのでござろう」

「仲間割れではござるまいか――」

それ以上、詮索する術《すべ》もなく、一件はお預けとして処理されていたのだ。

「この血糊、いわれればそうとも考えられるが、若輩のそなたが、大刀を抜いて二人の盗賊を斬るのは、容易ではござるまい。お父上ならともかく、たとえそなたがいくら田宮抜刀流の手《て》練《だれ》でもなあ――」

四谷宗兵衛の口調は、明らかに七之助はこの刀で市郎助に斬られたのだと断じていた。

「わたくしにそれができるかどうか、実際に確かめられたらいかがでございまする」

市郎助の声が好戦的になっていた。

部屋の隅で母親の於松と妹お豊が抱き合い、双方のやり取りを瞬《まばた》きもせずにうかがっていた。

「いったいなにを騒いでおられるのじゃ」

このとき、表から明るい声がひびき、田村菊太郎の姿がのぞいた。

市郎助を励ますため、かれが長屋を訪れたのは、今日が二度目であった。

「まず腕をお放しなされませ。そんな理由から、市郎助どのに疑いをかけられ、捕えにまいられたのか。神明社での諍いを仲裁したわしがはっきりもうすが、この市郎助どのは盗賊の二人や三人、造作もなく斬って捨てられましょうぞ。市郎助どのが心得られた田宮抜刀流、相当な腕前でござる。人は見かけだけではわかりませぬぞよ」

今日の菊太郎は、市郎助によろこばしい相談を持ってきたのであった。

「田村菊太郎どののお名前はもちろん、そのお知恵とお腕前は、かねてよりきき及んでおりまする。されば菊太郎どの、この市郎助と立ち合われまするか」

友三郎が突拍子もないことをいい出した。

「ふん、では市郎助どのの冤罪《えんざい》を晴らし、合わせて腕前を披露していただくため、わしは立ち合わせていただきますわい」

菊太郎はあっさりいってのけた。

「場所は人目もあれば西町奉行所の裏庭。立ち合いはすぐでいかがでござる。わしは黒白《こくびゃく》を早く付けたい質《たち》でございましてなあ」

かれの言葉は誰にも有無をいわせなかった。

西町奉行所の裏庭は、みんなが武芸や捕り物の稽古をするため、それなりの広さが取られていた。

「田村菊太郎どのが、人殺しの冤罪を晴らすため、まだ十六歳の若輩と真剣で立ち合われるそうじゃ」

「それは妙な。どんな経緯《いきさつ》からのことじゃ」

「経緯などわしは知らぬぞ」

「わしらにも見せてもらえるのか――」

「さようなわけにはいかぬそうじゃ。なんでも見物人は十二人。ご用人さま方はご覧召されるというわい」

用人は町奉行の懐刀として睨みをきかせ、東西両町奉行所ともに四人いた。

高田市郎助は粗末な膝切り姿のまま、菊太郎の前に現われた。

「市郎助どの、存分にかかってまいられい。わしに手加減されてはなりませぬぞ」

「ありがたいお言葉。そなたさまを討ったとて、お咎《とが》めは受けぬとの約定をいただいておりもうす。遠慮などいたしませぬわい。恩を仇《あだ》で返すことにもなりかねませぬが、何卒《なにとぞ》、お許しくださりませ」

その言葉が終わるころから、市郎助の顔が次第に、不逞な面構えに変ってきた。

庭の空気がぴんと厳しく緊張した。

市郎助は大刀の柄に手をかけたまま、瞬きもせずに菊太郎の動きを凝視している。

その姿は狼が獲物を狙うのに似ていた。

菊太郎はそのかれに向かいさっと刀を抜き、裂帛《れっぱく》の気合を発して斬りかかった。

だが市郎助は数間横に飛び、すぐまた同じ構えをみせた。

十六歳とは思われない敏捷な動きであった。

二人の距離は数間離れていた。

「きゃおう――」

怪鳥に似た声が、市郎助の口から奔《はし》るのと同時に、刀が鞘走ってさっと鞘に収められた。

その一閃でなにかがぽとりと二人の間に落ちた。

目を凝らして見ると、宙に浮んでいた蜻蛉《とんぼ》であった。

「あの若者、蜻蛉を造作なく斬り捨てたぞ――」

誰かが感嘆の声でつぶやいた。

この動作一つだけで、かれが盗賊二人を斬ったことがはっきり証明された。

「市郎助どの、そなたはわしを疲れさせて斬るおつもりじゃな。この勝負、わしの負けじゃ」

菊太郎がかれにいい、鈍い音とともに刀を鞘に収めた。

庭の二人の姿を、固唾《かたず》を呑んで見つめていた十二人の口から、ほっと溜息がもれた。

「ご用人さま、あの高田市郎助、わが息子菊太郎がもうしていた通り、まさに小さな剣鬼でございましょう。愚息の代わりに、同心見習いとしてお召し抱えになられてはいかがでござる」

用人本田喜内《ほんだきない》の耳許で、同席した田村次右衛門がささやいていた。

菊太郎が刀を鞘に収めると、市郎助の顔付きが、またもとの澄明さを取り戻した。

「小さな剣鬼のう。いかにもそれじゃ。まだどこかに幼さを残してはいるものの、あの市郎助の一芸は、怖ろしいほどの技じゃわい。今日はよいものを見せてもろうた」

本田喜内がひたいの汗を拭《ぬぐ》いながら立ち上がった。

市郎助は自分が斬り捨てた蜻蛉の屍《しかばね》に近づき、胸許から懐紙を取り出して屈むと、それで優しく包み込んでいた。

七之助殺しの下手人は、かれにさんざん慰み者にされて捨てられた茶屋働きの女であった。

彼女は七之助殺しの一件で、市郎助が捕らえられたときき、番屋へ自訴してきたのである。

吟味の結果、お佳《よし》というその女には、二年の遠島がもうし付けられた。

賢女の思案

一

「おお寒《さむ》。急に冷え込んできたわい」

田村菊太郎は肩をふるわせ、嚔《くしゃみ》を一つうった。

旧暦十月中旬、いまの暦では十一月の末になる。

東町奉行所と目付屋敷とに挟まれる「神泉苑」の敷地の中に、銀杏《いちょう》の大木が聳えている。風で吹き飛ばされたその黄色い葉が、かれの足許や公事宿《くじやど》「鯉屋《こいや》」の店先で、ざわざわと小さく渦を巻いていた。

「神泉苑に聳《そび》えるあの銀杏、あそこに植わってどれほどになるんやろ。おそらく何百年やろなあ。ぎんなんでも実らせたらまあ許せるけど、幹は大人一人でやっと抱えられるほど太いくせに、実は一つも付けてえへん。この季節になると、黄色い葉っぱばかりを盛んに飛び散らせよる。お陰で風が吹くたび、界隈の公事宿に奉公しているわしらは、箒《ほうき》と塵《ちり》取《と》りを持って大忙しやわ。あんなもの、樋《とい》に詰まったら大事《おおごと》。屋根に梯子《はしご》をかけ、取り除かなあかんさかいなあ。ほんまに厄介な銀杏の木やわいな」

大宮・姉小路界隈に軒を連ねる公事宿の手代や小僧たちが、この季節には決まって怨めしそうな目で見上げる大木であった。

神泉苑は桓武《かんむ》天皇が平安京造営の際、中国の禁苑にならって造営したもの。当初は乾臨閣や楼閣、釣殿などをそなえ、桓武天皇のほか平城《へいぜい》・嵯峨《さが》・淳和《じゅんな》など歴代の天皇が、頻繁に行楽遊宴したと伝えられている。

貞観《じょうがん》年間（八五九―七七）には祈雨の霊場となったが、中世以降は荒廃した。特に徳川家康が征夷大将軍の宣下を受けるに当り、京都の宿館として二条城を造営したため、その苑域の大半を失った。

「そやけど、あそこにあれだけ立派な銀杏の木が亭々と聳え立ってるのは、なんや頼もしゅうてええもんやないか。春になって、青い葉をふき出してくるのを毎朝見てると、わし、辛《つら》い奉公も辛抱できるように思えてくるねん」

「そらそうやけど、あの銀杏、一粒のぎんなんも実らせへん、種なしやさかいなあ――」

「実がなるかどうかぐらい、問題やないがな。雄株の銀杏に実をならせというのは、無理なこっちゃで。あの銀杏の木は、男として堂々と何百年もあそこに根を張り、辺りを睥睨《へいげい》して生きてるのやさかい、たいしたもんやわいな。わしら頑張ってみたかてせいぜい六、七十年。百年は生きられへんのやさかい」

「いわれたらそうかもしれへんなあ」

小僧の一人が感じ入ってうなずいているのを、菊太郎は見聞きしたことがあった。

そのときさらにかれが感じ入ったのは、次の会話だった。

「長い日照りつづきのとき、昔から神泉苑で祈雨の祈禱《きとう》が仰々しく行われるけど、あれほんまに験《げん》があるのやろか——」

「空海さまがしはったとかいろいろいわれてるけど、そないにえらいお坊さまやのうても、わしにかてそれくらいできるわいな」

「へえっ、おまえにかいな——」

「大法螺《おおぼら》吹いたらあかんねんで——」

「大きな口を叩かんとけや。そんなん無理に決まってるさかい」

小僧たちが当人の顔を一斉に嘲るように眺め、声を上げて笑った。

「わしを小ばかにせんでもええやろな。そんなん、簡単なこっちゃわ。どんなに日照りがつづいていたかて、雨が降り出すまで何日でも、じっと祈ってたらええのやさかい。そして降ったら、験があったことになるやろ。天台のある偉いお坊さまは、十日も祈雨のお祈りをしはって、ようやく雨を降らせはったというわい。そやけど十日も祈ってたら、なにもお祈りなんかせんかて、そのうち雨が降ってくるのとちゃうか。こうして雨が降り出したため、そのお坊さまは立派な上人さまやと評判された。ときの天皇《みかど》さまから、お褒めのお言葉を賜ったというのやさかい、世の中はええかげんなもんやわいさ。祈雨の験とは、祈りはじめて半刻（一時間）か一刻（二時間）で、雨が降り出した場合を指すのとちゃうか。そやさかい雨ぐらいやったら、わしでも降らせられるというてるんじゃ」

かれの話をきく小僧たちは、みんなぽかんと口を開け、呆然としたようすでうなずいていた。

相手の言い分が意外ながら、あまりに尤もだからであった。

「世の中のできごとを真っ直ぐ見るのも必要やけど、ちょっとひねくれて考えてみると、案外、思いがけないことがわかるもんやと、わしはいいたいのやわさ。これは頓知とはちゃうねんで――」

かれの言葉に、今度はみんなが大きくうなずいた。

菊太郎はその日の光景を思い出しながら、寒々しい空から舞い下りてくる銀杏の葉を眺め、黒地に「公事宿・鯉屋」と白く染め抜かれた暖簾をはね上げた。

戸を開け、店の土間に足を踏み入れた。

「き、菊太郎の若旦那さま、お戻りやす」

丁稚の正太《しょうた》と手代の喜六が迎えてくれたが、二人の声はいつもとは違って威勢がなく、妙にひそめられていた。

帳場から立ち上がってきた下代の吉左衛門の挨拶も、声を低めたものになっている。

店の雰囲気がどこか常とは異なり、異様な静けさが漂っていた。

「そなたたち、今日はいったいどうしたのじゃ――」

戸惑いを感じ、菊太郎はかれらの顔を眺め渡した。

「若旦那さま、なんでもありまへんけど――」

「さようなことはなかろう。必ずなにかあったはず。源十郎はどうしているのじゃ」

「へえ、お客さまがきてはり、客間においでどす」

喜六がいい、かれの視線が土間に向けられた。

そこには、公事宿には不似合な履物が一足、きちんとそろえて置かれていた。

赤い緒のすげられた〈こっぽり下駄〉だった。

こっぽり下駄とは、歩くときの音から名付けられ、だいたいそこその家の娘が履くものとされていた。

下駄の底が高く作られ、そこが空洞に穿《うが》たれており、歩くたびに雅《みやび》た音を立てるのである。多くが黒か朱漆塗りであった。

「なるほど、客は妙齢の娘なのか――」

「へえ、さようどす。旦那さまがお人払いをしはりましたさかい、わたしは帳場にひかえさせていただいております」

上がり框まできた吉左衛門が小声で告げた。

「お人払いだと――」

「そやけど、お店《たな》（女主）さまがご一緒してはります。若旦那さまには丁度よい折にお帰りにならはり、わたしら安堵いたしました」

「安堵したとは、なんの意味だ。まさか源十郎の奴が町娘に手を出し、その娘が一人で文句を付けにきたわけでもあるまい。そうなら面白いのだがなあ。お多佳どのの脹《ふく》れっ面が、見られるというものじゃ」

菊太郎は腰から差料を抜き、右手に持ち替えながら、こっぽり下駄に目を這わせて床に上がった。

「菊太郎の若旦那さま、そんな粋《すい》な話ではございまへん。室町錦小路《にしきこうじ》・菊水鉾町《きくすいほこちょう》の呉服問屋『笹屋』のお嬢さまが、嫁ぐに当って是非とも相談したいことがあると、一人でおいでになったんどすわ」

「ふうん、そうか。室町錦小路の笹屋ともうせば、江戸店《えどだな》(棚)を持っているほどの大店《おおだな》。そのお嬢が供も連れずに公事宿にまいるとは、よほどのことじゃな。嫁ぐに当ってといまきいたが、嫁ぐ先になにか問題がありそうで、それを調べてもらいたいと頼みにきたのではあるまいかな――」

菊太郎も思わず声をひそめていた。

「いいえ、どうやらそんなんではなさそうでございます」

吉左衛門は小声ながらきっぱりといい切った。

江戸店とは、上方の商人が江戸に出している支店を、こう呼んでいたのである。

「そうでないのなら、お嬢の相談とはなんであろうな」

「さあ、なんどっしゃろ」

興味深そうにいい、帳場に戻る吉左衛門に従い、菊太郎もそこに腰を下ろした。

そのとき、中暖簾がすっと上げられ、お多佳の顔がのぞいた。

「菊太郎の若旦那さま、お戻りどしたら客間にきていただきたいと、旦那さまがいうてはりますえ。そないしておくれやす」

彼女の顔は、これで自分の役目はすんだといいたげに明るかった。

「帰ってひと眠りしようと思うていたのに、わしになにやら相談ごとか。居候とは辛いもので、気儘にはできぬわい」

「若旦那さま、いつも居候居候と嘆きながら、なにを勝手をいうておいやすのどす。それほど居候がお嫌なら、次右衛門の大旦那さまが勧めてはる通り、お奉行所にご仕官してしまわはったらどないどすな。その文句、ここでは通用しまへんえ」

「あっちでもこっちでもわしは苦情をいわれ、昨夜もお信《のぶ》の店で随分、油を絞られたわい」

「それにしては、まだお酒の匂いがしてまっせ」

「右衛門七《えもしち》の奴と夜遅くまで飲んでいたからよ」

右衛門七は、お信が営む「美濃屋《みのや》」の用心棒を兼ね、普段、店では団子を焼いて売っている。

年こそ取っているが、腕っ節は滅法強く、お信とは古くからの馴染みだった。

「夜遅くまで飲んでいたとは、羨《うらや》ましおすなあ。居候のできるところが、あっちにもこっちにもあり、若旦那は幸いどすがな。さあ、しゃんとして客間に出かけとくれやす」

「そなたにまで皮肉を浴びせられ急《せ》かされるとは、わしも虚仮《こけ》にされたものじゃ」

「わたしは菊太郎の若旦那さまを、虚仮になんかしてしまへんえ。その変ちくりんなお人柄を、誰よりも慕うているつもりどすわ」

吉左衛門が苦笑しながらいった。

「まあ、そうかもしれぬな。では吉左衛門どののもうし分をきき入れ、出向くとするか——」

菊太郎は笑っていい、すっくと立ち上がった。

中暖簾をくぐり、声をかけて客間の襖を開いた。

「ああ、やっぱりお戻りどしたか——」

鯉屋源十郎が項《うなじ》を廻して腰を浮かせ、かれを迎えた。

床を背にし、髪は娘らしい華やかさをそなえた手まり髷、身形《みなり》は絵模様を施した友禅に、京鹿の子の総絞りを結んだ目鼻立ちのととのった娘が端坐していた。

両手の指をそろえ、丁寧に頭を下げた。

「菊太郎の若旦那、とにかくそこに坐っておくれやす。このお嬢さまは、室町・錦小路で大きな呉服問屋を営んでおいやす笹屋のお加世《かよ》さまどす。うちの先代の宗琳《そうりん》が、まだ武市《ぶいち》というてた頃から、なにかとお世話になってたお店のお嬢さまで、今日突然、一人でおいでになり、びっくりしているところどすわ」

源十郎はお加世をまずこう紹介した。

「笹屋の娘加世どす。どうぞお見知りおきのほどをお願いします」

彼女は源十郎の顔をうかがい、また両手の指をそろえて名乗った。

「すでにわしのことをきいているやもしれぬが、わしはこの鯉屋で厄介になっている田村菊太郎ともうす」

「はい、お名前はかねがねうかがっておりました。お腕前のほうは、江戸の柳生さまにもひけを取らぬとか――」

お加世は口許に左手をかざし、軽く微笑んだ。

江戸店を持つほどの大店の娘なら、だいたい権高い物言いをするものだ。だが彼女のそれには全くそんな気配はなく、清々しい感じさえした。

「わしのことを存じておられるとは、宗琳どのが店に立ち寄った折にでも、ばらされたのであろう」

「若旦那、そうかもしれまへんなあ」

「いいえ、この狭い京では、人の噂はなんとなくきこえてくるものどす」

「それにしても、わしの腕が江戸の柳生さまにもひけを取らぬとは、いささか大袈裟でござる。それはそれとして、笹屋ほどの大店のご息女が、なにゆえ禍々《まがまが》しい公事宿などに、供も連れずにお訪ねなされたのじゃ。おそらくご家族にも無断であろう」

笹屋のお加世は菊太郎のこの質問にはすぐ答えず、源十郎に向かい微笑みかけた。

その笑みには、思いなしか寂しげな気配がうかがわれた。

「菊太郎の若旦那、それはわたしの口からいわせていただきますわ。このお加世さまは来春、同業者の一人息子と祝言を上げることになったんやそうでございます」

「それはめでたいではないか。お祝いもうし上げねばなりませぬな」

「ところがお加世さまには、一つどうしても気になることがあって、それを公事宿を営むわたしに調べてもらいたいと、お忍びで依頼においでになったんどすわ」

源十郎の言葉をきく彼女は、顔をかすかに伏せていた。

「一つどうしても気になることがあるとは難儀じゃわい。ずけっとたずねて悪いが、いったいなにを気に病まれているのじゃ。祝言を上げる相手の家か当人に、なにか不行跡でもうかがわれるのかな――」

「いやいや、そうではございまへん」

「ではなにを調べてほしいのじゃ。お加世どのを見初めた身持ちの悪い男が、今後、身持ちを改めるゆえ、嫁にしたいと望んできたのなら、それは多くの場合、断わるに限るぞよ。身持ちの悪いのは、博打に女子、それに酒としたものじゃ。一旦は止めると誓うたとて、身に染みた身持ちの悪さなど、容易に改められぬのでなあ。またひょいと芽を吹き出し、やがてはどうにもならなくなるものじゃ」

菊太郎はそうだろうと決めつける口調で、お加世に弁じ立てた。

彼女があまりにも可憐《かれん》で美しいせいか、いつもの菊太郎のようではなかった。

「若旦那、そない先走って考えていただいたら困りますわいな。お加世さまのご相談いうのは、自分は笹屋の本当の娘ではなく、捨て子だったはず。実の娘としてそれはかわいがられ、乳母《おんば》日傘《ひがさ》で育てられてきたものの、それは確実。いつとはなく、世間からこっそり教えられたというてはりますのや。それで家族には素知らぬ顔で嫁いでいくにしても、やっぱり是非とも本当の親を探し出し、自分の身許を知りたい。そう相談にきはったんどすわ」

「自分は捨て子、本当の親を探し出したい――」

菊太郎は唖然《あぜん》として、彼女の顔を見つめた。

かれの言葉をきき、お加世の顔が悲しげに歪んだ。

三人の間に数拍の沈黙がつづいた。

「お加世どの、それは思いすごしではございませぬのか。とかく嫁ぐ日を前にした女子は、あれこれ要らぬことまで考えるもの。乳母日傘で育てられながら、なにをもうされるのじゃ」

不快をあらわにのぞかせ、菊太郎は叱責する口調だった。

乳母日傘とは、乳母に抱かれ日傘をさしかけられるなどして、大事に育てられることをいう。

「いいえ、うちが捨て子やったのは確かどす。自分が捨て子でもかましまへん。そやけど本当の親、身許を確かめてはっきりさせな、嫁入りなんかできへん気がするんどす。曖昧《あいまい》なままでは、これから先しっかり生きていけしまへん」

お加世の表情には固い決意がのぞいていた。

「もしお加世どのがもうされる通りであれば、身許を調べるのは、わが子同然に育ててくだされた親御どのに、悪くはござらぬか――」

菊太郎が強い声でたしなめた。

お加世がうっと声を上げ、両手で顔を覆った。

「若旦那さま――」

源十郎が菊太郎を強く制した。

客部屋の外では、吉左衛門が中の話にそっと耳を傾けていた。

二

翌日もまた小寒い風が吹いていた。

「いくら若旦那さまが、お加世さまをたしなめられましても、いざ嫁ぐ間際になったら、自分は捨て子、本当の親に一度は会うてみたいと考えるのは、人の情でございまっしゃろ。旦那さまが制しられたため、菊太郎の若旦那さまはお黙りになり、わたしはそこでほっと安堵しましたわいな」

薄暗い大きな部屋。多くの棚に、京都の町内で起こったできごとを、町年寄たちが記した古めかしい文書や町式目、また東西両町奉行所の記録が、町内ごとに分けられ、積み重ねられていた。

これらの文書は、一括して東町奉行所に蔵されていた。

「吉左衛門、わしにもそれはよくわかっている。だが育ての親の身にもなってみろ。捨て子をわが子同然、いやそれ以上に慈《いつく》しんで育て上げ、よい嫁ぎ先を選び、祝言の日取りまで決めている。そうだともうすに、その娘が自分を捨てた実の親に、一目にいたせ会いたいといい出したら、さぞかしがっかりいたそうでなあ。商売柄、源十郎にはそれをたしなめられまい。わしぐらいその不心得を指摘してやらねば、どうにもならぬわい」

「菊太郎の若旦那さまは、それを不心得ともうされますのか——」

「わしはお加世の行いのすべてを、不心得と思うているわけではないぞ。自分が捨て子だと知った者なら、ほとんどの人間が必ず考えることだというぐらいわかっている。それが人の情であり、当然じゃ。あのときわしはお加世の言葉をきき、まことのところあれ以上、いい募らずによかったと思うたぞよ」

二人のそばで、物書き役を兼ねた中年すぎの文書番役・佐藤庄兵衛《しょうべえ》が、棚の一つひとつをしきりに覗き込んでいる。

二十年前、室町錦小路の界隈で起こった捨て子の一件を記した「御仕置裁許帳」を、探していたのだ。

今度のような娘単独の相談は異例だが、この種の話が公事宿に持ち込まれてくるのは、さして珍しくはなかった。

菊太郎や吉左衛門が、東町奉行所のこんな場所にまで入れるのは、菊太郎が町奉行所から特別に扱われている人物だからであった。

「あれはあれでようございました」

吉左衛門が古びた紙の匂いを嗅《か》ぎながら、菊太郎につぶやいた。

あのとき、うっと声を上げ、両手で顔を覆ったお加世は、嗚咽《おえつ》を堪《こら》えながらこういったのである。

「本当の親を探し出し、一目でも会いたいと思うたりするのはうちの我儘。死んだお父はんにもいまのお母はんにも、さらには店の旦那さまとしてうちを大事にしてくれてはる兄さまにも、もうしわけないことやと思います。ご恩に背き、後ろ足で砂を引っかける以上の悪い行いやと、自分でもようわかってます。そやけど、うちの会いたい見たいというこの気持、自分ではどないにもならしまへん。こんな気持を抱いたまま、とても嫁には行かれへんと思い、やっと決意して鯉屋はんへご相談に上がったんどす。そこのところをどうぞわかっておくんなはれ」

それからしばらく、お加世は小声で泣きつづけた。

彼女のその姿を見て、菊太郎も源十郎も心の中でうなずき、黙って落ち着くのを待つしかなかった。

呉服問屋笹屋の当代、お加世の兄になる七右衛門《しちえもん》は四代目。すでに妻帯して三十五歳になり、お店さまのお路《みち》との間に、一男一女をもうけていた。

先代は二年前に死去していた。

お加世の母親になる伊勢《いせ》は五十八のいまでも元気闊達《かったつ》。天性そうなのか、人に対してひどく優しかった。

台所女中が、大事な五客揃《ぞろ》いの伊万里の皿の一つを割ったりしても、決して叱らない。やきものはいつかは割れるもの、詫びて今後、気を付けたらよいのだと、諭すにすぎなかった。

それどころか、広い店や奥内の片付けや掃除はしないものの、自分たち家族だけではなく奉公人が用いる厠《かわや》まで、襷をかけきものの裾をまくり上げ、手伝いの小女《こおんな》とともに毎日、掃除する女性であった。

「お店さまがきれいにしてくれはった雪隠《せっちん》やさかい、もったいなくて汚く使われしまへん。わたしはいつも、罰が当るような恐縮の気持で、用を足させてもろうてます。それでほんまのことをいえば、お店さまにあれだけは止めていただきたいと、総番頭はんにお頼みしましたのや。そやけど、これはお店さまが笹屋へ嫁いできはって以来の仕来《しきた》りどすさかい、どうにもならしまへんと、きいてもらえしまへんどした」

「お店さまが、奉公人が用を足す雪隠まで拭き掃除をする店など、この広い京の商家のどこにもあらしまへんやろ。人間、その心掛けが大切なんどすわ。わたしらは、そんなお店さまにお仕えしていることをありがたく思い、その分、正直にご奉公させていただきまひょ」

伊勢が嫁いできてからの番頭や手代たちは、一様に口をそろえてそういっていた。

笹屋の奉公人は台所女中やお仲居、店で働く男たちをふくめ、四十人ほどいた。

その誰もが、女主の伊勢を崇《あが》めていたのであった。

この影響を受けてか、日本橋に設けられる笹屋の江戸店でも、番頭の仕事の第一は、雪隠をきれいに掃除することだとされていた。

「扱ってるのが呉服どすさかい、お客さまは買い物に長居をしはります。手洗いのご用をおうし付けになるのも、たびたびどすわ。そのとき、花でも活けてあるきれいな雪隠を使うていただいたら、ああこの笹屋を贔屓《ひいき》にしたろと、思うてくれはりまっしゃろ」

笹屋の江戸店は小売商いを専門にしていた。

店での食事は主の家族も奉公人も同じで、質も量もほどほど。伊勢は通いの女中には、余り物を持って帰らせるほどだった。

こうなると、奉公人たちが店に忠節を尽くそうとする気持が当然、強まった。

そのためもあってか、伊勢が笹屋のお店さまになってから、商いは飛躍的にのびていた。

「この広い世の中には、ええお人と悪いお人が半々にいてはります。そやけどどれがええお人で、どれが悪いお人かわからしまへん。なんかの事情で、それがころっと入れ替る場合かてありますさかいなあ。それに人の妬みや怨みいうもんは、ほんまに強おす。自分にとってええことは、人に妬まれんように、決して軽々しく明かしてはなりまへん。反対に人の工合の悪いことや不幸は、迂闊に話題にするものではありまへんえ。また人間の繋《つな》がりは、親子や兄弟という血で結ばれているのではありまへん。人間はこの広い世の中から、自分と同じ考えを持ち、共に暮らせるお人とめぐり合うて夫婦《めおと》になったり、友達になったりしていくんどす。血が繋がっていたかて、考え方や生き方が違うてたら、親でも子でもありまへんのや」

伊勢は優しいところはどこまでも優しいが、奉公人にちょっと訓戒を垂れるときには、つい口が滑るのか、こんな明け透けな言葉を平然といってのけた。

呉服問屋の笹屋への輿入れは、商家から商家へのそれではなく、異色だった。彼女は大和・郡山藩十五万二千石・柳沢甲斐守《かいのかみ》の京屋敷に目付として仕える住吉民部の娘だったのだ。

「田村さま、ようやく見付かりましたわい。これに記されているに相違ございませぬ」

二人がひかえ目に交わす言葉をきくともなくききながら、棚に積まれた冊子を熱心に当っていた文書番役の佐藤庄兵衛が、歓声を上げんばかりの声で告げた。

「佐藤どの、ございましたか――」

「はい、二十年前の捨て子の一件、おそらくこれに記されておりましょう」

かれは一冊の冊子を菊太郎たちに示した。

古びた美濃紙の表紙に、年号と「室町・菊水鉾町」とまず書かれ、左に大きく「御仕置裁許帳」と太い筆跡で記された一冊であった。

そこには、菊水鉾町で起こったさまざまな事件、とりわけ町奉行所の裁許を仰がねばならない事件の概要とその始末が、記されているはずである。

当時、捨て子は町奉行所の裁許を仰がねばならない明確な事件であった。

子どもを捨てる親には、それぞれ深い事情があるに決まっている。

生れて程ない子どもを育てられない貧困、子どもにとって理不尽な夫婦の別れ、不義の子を産んだための処置——など、さまざまな理由が数えられた。

親はこうしてやむなく子どもを捨てねばならなかった。

中には貧しい親が、せめて子どもには少しでもましな暮らしをさせるためにと、心を鬼にして捨てる場合もふくまれていた。

貞享《じょうきょう》四年（一六八七）正月、徳川綱吉によって「生類憐み令」が発布され、つづいて「捨て子禁止令」が出された。

生類憐み令は犬や猫、牛馬だけではなく、病人や捨て子、入牢者などまで対象とし、京都では同年二月四日以降、町奉行所に捨て子の届け出があいついだ。

町番屋や町年寄から、町内における捨て子の届け出がなされると、町奉行所は役人立ち会いの許で、その場所や状況を正確に検分した。

捨て子の健康や着衣、添えられた品の有無、また身体の特徴などを改めた。

そしてただちにその子を、どこの誰がどう育てるかの相談に入った。

捨て子は生後間もなくか、七、八ヵ月を経過している子どもが多く、誕生して数年の者もいた。

腹を空かせて赤ん坊が泣き叫んでいる。

冬なら凍え死にそうになっている危うい場合も見られた。

このため、早急に養い親を決める必要があった。

結論は捨て子が置かれていた町内の者に、委ねられる場合が多かった。

養育のもうし出があれば、当人の身許の確認、しっかり育てられるかどうかなどを、町役や町年寄たちと協議し、貰い人の住所、氏名、職業を記した証文を提出させた。

そのうえで養育料として米三俵、金子一両をそえ、養い親に預け渡された。

このとき、捨て子を育てるのに乳が出るか、あるいはその調達ができるか、それとともに養い親が確かな人物かどうかが、最重要視された。

天明六年（一七八六）八月十日、江戸・浅草寺地内教善院の門前に捨てられていた三歳ぐらいの女子の養い親になるについて、浅草寺善竜院の借地に住んでいた実子のない平六は、教善院に対して一通の証文を出している。

――当女を随分愛憐《あわれみ》を加え守育《まもりそだて》、成人後《せいじんしたあと》、遊女《ゆうじょが》ヶ間《ま》敷奉公《しきほうこう》をいたさせず、女子について今後、貴院にご苦労を被《か》けもうさず。

こうした証文の必要は、養育費を貰うのを目的とし、捨て子をすぐにまた遠くに捨てたり、扼殺《やくさつ》したりする悪人たちがいたからだった。

幕府や全国の諸藩は、捨て子は難儀な存在だが、かれらや彼女たちに対して、「生類憐み令」が廃止された後も、深い慈悲をもって当っていた。

養育費を受け取った後、貰い子を捨てた場合は獄門か磔《はりつけ》の極刑と、罰則は厳しかった。

さらには捨て子をさせないよう、長屋住いや地借りしている貧民層の人々には、女性が出産してその子が乳幼児になるまで、大家や地主に成長のようすを報告する義務を、課しているほどだった。

「菊太郎の若旦那さま、ございましたか——」

かれと吉左衛門が文書部屋から出てくると、外にひかえていた喜六が、声を弾ませて長廊の隅から立ち上がった。

「おお、笹屋が店を構える菊水鉾町の二十年前の御仕置裁許帳が見付かったぞ。文書番役の佐藤庄兵衛どのが、控え部屋でゆっくりお調べになられたらいかがでござるとお勧めくだされたゆえ、出てきたのじゃ」

「それはようございました。では早速にそのご裁許帳を読み調べさせていただきまひょ」

佐藤庄兵衛が案内してくれた控え部屋は、文書部屋のすぐ近く。長廊の角部屋になり、採光が利いて明るかった。

「さればここでご覧召されませい。それがしは座をはずさせていただきまする」

庄兵衛は公事に関わることだけに、同席を辞退したのであった。

「では裁許帳を改めさせていただきまする」

菊太郎は庄兵衛に低頭すると、すぐさまそこに用意されていた長机に向かった。

裁許帳を長机に置き、まず開いた。

両脇から吉左衛門と喜六が、その手許をのぞき込んだ。

一枚二枚とめくる。

「二月三日の朝に、菊水鉾町の路上で行き倒れ人が見付けられたそうじゃ」

「二十一日には、ならず者たちが町辻で出会《でくわ》し、派手な喧嘩をしたようでございますな。全員お召し捕りのうえ、入牢をもうし付けらると書かれておりますわ」

「三月十日、地蔵堂の賽銭《さいせん》箱が盗み取られたと書かれているわい。賽銭はいくら入っていたのだろうな」

「地蔵堂というても、小さな辻堂でございまっしゃろ。それほどお賽銭があったとは思われしまへん」

吉左衛門がはっきりといった。

「そやけど、居酒屋で銚子一本を飲むぐらいの銭は入ってましたやろ。菊太郎の若旦那さま、そう思わはらしまへんか」

喜六が菊太郎にあいづちを求めた。

だがかれはもうそれには答えずに冊子をめくり、四月の項目をたどっていた。

菊水鉾町は室町通りを南北に貫く両側町。寛文期（一六六一―七三）頃までは別名を「ゑびす（夷）の町」ともいわれていた。

室町時代の末、千利休の師になる武野紹鷗《たけのじようおう》は、ここに京での住居を構え、そこを大黒庵と称していた。

「二人とも見てくれ。お加世のもうす一件は、これに相違あるまい。読んでみるがよい」

しばらく黙って冊子を読んでいた菊太郎が、冊子から顔を上げ、四月の項の最後を指で示した。

「若旦那さま、とうとう見付かりましたか――」

「ああ、あったわい」

かれの声にうながされ、吉左衛門が冊子に手をのばした。

「四月二十七日払暁《ふつぎよう》、呉服問屋笹屋の店先に藁籠《わらかご》に入れられたる生後七ヵ月頃と思われる女子の捨て子あり。発見せしは町番屋の甚八なり。泣き声をききて遺棄に気付ける。捨て子の着衣は太織り襦袢《じゆばん》。そえられていたものは産髪《うぶがみ》、臍《へそ》の緒《お》、祇園社の守り袋の三品。笹屋は大店なれば、子を捨てし親は、同店において養育されるものと期待し、その店先に置きたると考えられるべし。笹屋の女主伊勢、これを哀れみ、わが子として養育せしむと、たちどころに月番西町奉行所にもうしいでたり。同店の資産、町内における信用、さらには伊勢の人柄などから鑑《かんが》み、これに勝る者なし。西町奉行所用人・大森清左衛門《おおもりせいざえもん》、ただちに当人並びに笹屋の当主七右衛門に証文を記さしめ、これを許せり――」

下代の吉左衛門は、なるほどといわぬばかりに、これを声に出して読んだ。

「こない裁許帳に書かれているからには、やっぱりあのお加世はんのいわはった通りなんどすわ。思いすごしなんかではあらしまへん。これはえらいことどすがな」

「うむ、されどこの記述から、お加世の産みの親を探す手掛りは得られぬなあ」

「産髪や臍の緒はともかく、祇園社のお守り袋の中に、それらしいものが入れられておりまへんやろか」

「祇園社のお守り袋か。それがあったにもせよ、お加世を腹を痛めて産んだ子も同然に育ててきた伊勢どのが、わしらに問われ、はいこれがそうでございますと、差し出すであろうかな。店のお多佳どのや宗琳どのからきくかぎり、笹屋の伊勢どのは、相当なご人物らしいぞよ」

「大和郡山藩・京屋敷のお目付の娘はんやったそうどすさかいなあ」

誰からきいたのか、喜六がつぶやいた。

「さてここには手掛りになりそうなことは記されておらぬ。子どもを捨てる親は、安心できる人物が、拾うて育ててくれそうな場所を選ぶはずじゃ。それにしても、ちょっと考えてみると、この裁許帳の文面はあまりにできすぎている。捨て子を見付けた動揺や、誰がどう育てるかの戸惑いや混乱が、いささかもうかがわれぬわい。お加世の産みの親を探し出すのは容易ではなかろうが、場合によっては案外、容易《たやす》いかもしれぬなあ」

「菊太郎の若旦那さまは、なにを理由にそう思わはるんどす」

吉左衛門が詰問する口調でかれにきいた。

「いや、なにかの根拠があるわけではない。ただ長年の勘でさように思うたまでじゃ」

「それでどうしたらようございまっしゃろ」

「うむ、わしはいまご隠居の伊勢どのに、この裁許帳に記される文面をそのままお伝えもうし、当時の状況をくわしくきき出すほか道はないと考えている。さすれば意外な事実が、明らかになるのではないかと思うているわい」

「意外な事実とはなんどす。若旦那さま、わたしにもきかせとくれやすな——」

吉左衛門が膝を乗り出した。

「いや、まだそれをもうすわけにはまいらぬわ。笹屋のご隠居の伊勢どのに、誠意をもって当ってみる。当って砕ければそれまで。貝のごとく口を堅く閉ざされたら、それもまたそれまでのことじゃがなあ」

菊太郎は懐から懐紙を取り出し、それを小さく裂いた。

四月二十七日の条、菊水鉾町における捨て子の一件についてと記された冊子の箇所に、それを挟み込んだ。

文書番役の佐藤庄兵衛に頼み、この部分を写してもらうためであった。

三

「くっくっ、くっくっ——」

たくさんの鳩が小さな声を上げ、近所の子どもや参拝者が投げてくれた豆や雑穀を啄《ついば》んでいる。

六角堂頂法寺の境内で、日常に見られる光景であった。

参拝者のそれは、大概、西国三十三所をめぐる巡礼たちが、あちこちの軒先でご報謝として受けてきた米や麦、粟《あわ》や稗《ひえ》などであった。

かれらは胸にかけた頭陀袋《ずだぶくろ》から、それらをひと摑み取り出し、そこに群がる鳩に撒き与え、南を向いた総門で、また六角堂に両手を合わせる。

そして門前の巡礼宿のどこかに、足を運んでいくのであった。

同寺は菊水鉾町からどれだけも離れていない。年寄りの足でも半刻の四分の一とかからなかった。

同寺は西国三十三所の十八番札所。それだけに門前旅籠ともいわれる巡礼宿が、西の烏丸通りを突き抜け、骨屋町にまで及んでいた。

この西六角の界隈は堂之前町といい、三条大橋西詰め、五条大橋東詰めとともに、洛中最大の旅宿町を形成し、二十数軒の旅籠がずらっと建ち並んでいたのであった。

六角堂が史上に現われるのは平安中期。本堂の構造が六角になっているため、俗に六角堂と呼ばれてきた。

草創は「六角堂縁起」によれば、聖徳太子が四天王寺建立のため、用材を求めて同所にきた折、太子七生の守本尊・如意輪観音を安置して小堂を建てたのにはじまるという。

この寺は因幡堂や革堂、広隆寺などとともに、一般庶民から広く信仰され、応仁の乱で灰燼《かいじん》に帰した後も、京の町の人々によって一気に復興整備が果された。「町堂」の性格を持っていた。

当寺執行（法院）の住居は、本堂の後方に営まれ、華道の家元池坊として、いまも隆盛を誇っているのは、周知のことだろう。

雑穀を啄んでいた鳩たちが、なにに驚いたのか、一斉にぱっと秋の空に飛び立っていった。

菊太郎はそんな鳩たちを見上げ、懐手をしていた腕を両袖口からすっと出し、頂法寺の大きな四脚門をくぐった。

近頃、かれは正午《ひる》すぎ必ずここに現われる。

そうして六角堂へ行き、お賽銭を投げて合掌した後、基壇の周りをゆったりした足取りで一周し、正面の階《きざはし》からさほど広くもない境内に下りてきた。

細巾の帯に手をそえ、それを緩めるようにして身体をゆすったり、足踏みをしながら境内を歩いたりするのであった。

「あのお侍、身形はきちんとしてて、お賽銭も必ず上げてくれているようどす。けど妙な恰好で境内を歩くのは、どうしたこっちゃろ。なんや胡乱《うろん》やわいな。お堂にろうそくで火でも点けられたら大変やさかい、警戒せなあかんのやろか」

当初、巡礼者にお札を与えたり、参拝の記帳を委されたりしている納所《なっしょ》坊主の一人が、菊太郎の行為を怪しんだ。

「おまえ、あのお侍さまは少しも変ではありまへんえ。ちょっと物臭《ものぐさ》で、風変りなだけどっしゃろ」

「どうしてそないいえるんどす」

訝《いぶか》しい声で、かれは相手の坊主にたずねた。

「あのお人は、顔付きや身形の良さからうかがい、どこかのお公家さまに仕えてはる公家侍やろ。なにかの願いごと、たとえば身内の病が癒《い》えるようになどと、ご本尊さまに毎日、お参りにきてはるのやわ。ただ風変りで物臭。そやさかい、あないおかしな恰好で歩かはるんどす。あのお侍さまの歩かはった跡を、しっかり見てみいな。お米や豆が、きものの裾《すそ》からこぼれてますやろ。おそらく懐の中にそれをどさっと入れ、六角堂へお参りにきてはるんどっしゃろ。それであんな物腰で、鳩たちに餌《えさ》を撒いてはるだけのことどす」

「懐の中に鳩の餌とは、妙なことをしはるのやなあ。面倒でもせめてきものの袂《たもと》にしはったらええのに――」

「そうせんと、懐の中に入れてきはるのが、あのお侍さまの風変りのところやわ。歩いて帯をゆるめたり、後ろ腰まで手をのばしたりして餌を摘み出し、それをひょいと鳩にやってはる。身体をゆすったら、きものの裾からばらばらと餌が落ちてくるとは、面白いやないか。境内で細帯を解いて裸になり、ぱっと一度に餌を撒いたりしてはらへん。楽しんでしてはるみたいで愉快やがな」

「なるほど、じっと見てるとそうやなあ。仰山の鳩の奴らが、あのお侍さまの跡につづいてますわ」

記帳所にひかえた納所坊主の一人は、あきれた表情で、菊太郎の歩く姿を見つめていた。

六角堂に毎日やってくる菊太郎には、やはり一つの目的があった。

呉服問屋笹屋の隠居伊勢が、ほぼ毎日、ここへお参りにくることを知ったからだった。

ときにかれは、鯉屋からやってくる途中、饅頭屋で竹皮包みの饅頭を一包み買ってきた。

境内の石に腰を下ろし、それを小さくちぎって鳩にやる日もあった。

ある日、盲《めし》いた母親の手を引き、巡礼姿の女の子がお参りにきたのに出会した。

母親の手を引く女の子が、饅頭を鳩に与えているかれの姿を見て、切なそうな表情をちらっと浮べた。

菊太郎はそれに気付くと、竹皮を急いで包み直した。

巡礼姿の母娘が、記帳をすませてかれの近くを通りかかった。

「卒爾《そつじ》ながら――」

かれは母娘にこう呼びかけ、立ち上がった。

巡礼姿の母娘、とりわけまだ十歳にもならない娘は、侍姿のかれに声をかけられ、表情を強《こわ》張《ば》らせた。

「お侍さま、なんでございましょう」

娘は必死な声で答えた。

盲いた母親はわけがわからないまま、杖を持った手で娘を自分に引き寄せた。

そのとき、左手に携えていた鈴が、ちりんと一つだけ鳴った。

「そなたは母親の目が見えるようになるのを願い、観音霊場を巡礼しているのじゃな」

「はい、さようでございます」

「まだ幼いともうすに、感心なことじゃ。健気な娘よ。わしはここに饅頭をまだ七つほど持っておる。そなたにつかわすゆえ、巡礼宿に戻ってからでも食べてくれい。それにわずかだが、そなたの苦労に報いるため、これを報謝の銭として受け取ってもらいたい」

かれは懐の印伝革の財布から、小粒金を二つ取り出し、彼女に差し出した。

「饅頭に添え、これほどのご報謝を――」

まだ幼い娘は、驚いた表情で菊太郎を見つめた。

「盲いた母親の手を引き、西国三十三所の霊場をめぐるのは大変であろう。誰が見たとて親孝行な娘じゃ。どうぞ後の十五箇所の霊場も、無事に廻ってもらいたい。わしはそなたたちを守って付いていくわけにもまいらぬゆえ、毎日、この六角堂の観音さまに無事を祈っていてつかわそう」

菊太郎は小娘を怯《おび》えさせないよう、微笑していった。

目の見えない母親を連れ、西国札所を廻っている娘だけに、幼いとはいえ、それなりの度胸がそなわっているのだろう。

彼女は手甲《てっこう》を付けた手で、菊太郎が差し出した竹皮包みの饅頭と二枚の小粒金を、しっかり受け取った。

ご報謝のほどありがとうございますと、盲いた母親から離れてはっきり挨拶し、鈴をちりんちりんと鳴らしたうえ、小さな頭を深々と下げた。

巡礼をしていれば、いわれのない災難にも遭わされる。

心ない子どもたちに石を投げ付けられたり、川のそばに腰を下ろして休んでいると、早う向こうに行ってくれと、村人から追い立てられたりもした。

雨に降られる日も、銭がなく橋の下で寝なければならない夜もあるだろう。

鈴を鳴らし、菊太郎に挨拶する幼い娘の目には、涙がぷっくり浮んでいた。

「では息災になあ。母上どのの目は観音さまの験をもって、必ず見えるようになるだろうよ。

わしに礼など無用。これも観音さまのお引き合わせじゃ。さあ、まいられるがよい」

菊太郎は慇懃《いんぎん》な口調で母娘の巡礼を南門にと送り出した。

そのとき、六角堂へお参りにきていた笹屋の伊勢は、境内の休み茶屋の床几《しょうぎ》に腰を下ろし、かれの行いをじっと見ていた。

「あのお侍さまとはこの六角堂で何度か出会い、風変りなお人やと思うてました。けどほんまは心優しいお人どすのやなあ」

彼女はちょっと心に引っかかるものを覚えながら、休み茶屋の老爺《ろうや》にいった。

「笹屋のご隠居さま、あのお侍さまは妙に心を引き付ける面白そうなお人で、お参りのお姿を拝見すると、なんやわしはうれしゅうなってくるんどすわ」

老爺は伊勢に楽しそうな口調で答えた。

伊勢の参拝には、いつも小女が供に付いていた。

伊勢はこのときはっと気付いたのか、携えている巾着からやはり小粒金を三つ取り出して小女に渡し、盲いた巡礼母娘の跡を追わせた。

小女が母娘に銭を渡して戻ってくる。

その姿を見て、そのまま境内の石に腰を下ろしていた菊太郎が、彼女を呼び止め、なにかひと言ふた言たずねていた。

「おまえ、あのお侍さまになにをきかれたんどす」

自分の許に帰ってきた小女に、伊勢はすぐさまたずねた。

「はい、お侍さまに、そなたはなにゆえ巡礼母娘を追っていったのだと問われましたさかい、お店さまから預かったお金を渡してきたのでございますと、お答えもうし上げました」

「それであのお侍さまはどういわはりました」

「へえ、それが妙なことをもうされました」

「妙なこととはなんどす」

「わしの意がこれで通じたとみえるといわはったんどす。うちにはなんのことか、さっぱりわからしまへん」

「わしの意がこれで通じたとみえると、確かにもうされたんどすな。人の気持を引くため、風変りを装っているのやないかと思うてましたけど、あれがあのお侍さまの地なんどっしゃろ。ああ、そうや。おまえ、あのお侍さまの許に行き、うちが銚子の一本も差し上げたいというてると、お伝えしてきてくれまへんか――」

「あのお侍さまにどすか――」

「はい、そうどす」

「そやけど笹屋のご隠居さま、この茶屋では酒なんか売ってしまへんで。ご無理をいわんといておくれやす。それともわしが、急いで買いに行くんどすか」

茶店の老爺が口を挟んできた。

「いいえ音松《おとまつ》はん、境内のこの腰掛け茶屋に、酒がないのは知ってます。うちはお茶と煎餅《せんべい》でちょっと今日のお日和《ひより》でも語り、それからお侍さまとともに、どっかに出かけるつもりどす。相手がどんなお人柄でも、六十近くにもなるこんなお婆を、口説かれしまへんやろ。またうちをかどわかし、お店から金を強請《ゆす》るようなお人には見えしまへん。うちはあのお侍さまがなんのつもりで、この六角堂の境内を、毎日のようにうろついてはるのか、きいてみとうなったんどす」

「毎日うろついているといわはるんどすか――」

「へえ、そうどす。お札所のお坊さまによればこの五、六日、雨の日も風の日もきてはるそうではございまへんか」

「それはそうどすけど、その間、この茶屋には一度も立ち寄ってくれはらしまへん。面白そうなお人どすのになあ」

「有難い観音さまのおそばで商いをさせてもらいながら、音松はん、そんな吝嗇《けち》な文句をいうてでどないになります。吝嗇は商いの神さまが、最も忌《い》まはるもんどっせ。お侍さまは六角堂へお参りにきはるたび、必ずお賽銭箱に大事なお鳥目《ちょうもく》を上げてはりますがな。商いは損して得《とく》取れといいまっせ。あんさんが先に声をかけはるのが肝要なんと違いますか。毎日のお参りご奇特なことでございます。どうぞうちの茶店でお茶の一杯も飲んでいってくれやす。銭などいただこうとは思うておりまへんさかいとでも、誘わはったらよろしおすがな。商いをしながら、お客はんになりそうなお人を見て、声一つかけはらへんのは、どうかと思いますえ」

伊勢の言葉は辛辣であった。

彼女に命じられた供の小女が、菊太郎に駆け寄り、伊勢の意向をもうし伝えていた。

菊太郎は石から腰を上げ、伊勢に向かい軽く低頭した。

小女に伴われ、襟許を合わせながら、こちらに歩きはじめた。

二人が茶屋に近づくと、伊勢は床几から立ち上がり、丁重にお辞儀をして菊太郎を迎えた。

「不躾《ぶしつけ》に迎えの者を差し向け、失礼いたしました。ときどき境内でお姿をお見かけするさかい、ついお馴染みみたいに思い、お酒でもご一緒にと考えてしもうたんどす」

伊勢は満面に笑みをたたえ、かれにいいかけた。

「いやはや、どこのご隠居さまか存じませぬが、それがしに一杯の酒でもとお誘いくださるとは、かたじけのうございまする」

菊太郎は頭を下げ、礼をのべた。

思っていた通り、呉服問屋笹屋の隠居は自分に興味を抱き、声をかけてきた。

これからがいよいよ本番になる。

かれの懐には、東町奉行所文書番役の佐藤庄兵衛が、御仕置裁許帳から写し取ってくれた菊水鉾町捨て子の一件についての一枚が、薄い奉書紙に包まれ、仕舞い込まれていた。

「そのように恐縮しはるには及びまへん。若い女子はんではなしに、うちみたいなお婆に声をかけられ、ほんまは迷惑してはるのと違いますか――」

「いやいや、いささかもさようには思うておりませぬぞ。ただいまご自分を指してお婆と仰せられましたが、まだまださようなお年ではございますまい。それがしは田村菊太郎ともうします」

相手を警戒させせないよう、かれは身許も公事宿鯉屋の名も明かさなかった。

「うちはすぐ近くの菊水鉾町で呉服問屋を営む笹屋の隠居で、伊勢ともうします」

「呉服問屋笹屋のご隠居どので、伊勢どのと仰せられまするか――」

菊太郎はわずかに頭を下げてつぶやいた。

茶店の老爺の音松が、お茶と煎餅を二人分、伊勢のかたわらに置き、急いで引っ込んだ。

「そなたさまはいま、うちが店と自分の名前をもうしたところ、初めてそれを知ったようなお顔でつぶやかれました。けどほんまはそうではございまへんやろ。そなたさまはうちに近づくため、毎日のように六角堂の境内をうろついてはったのに違いありまへん。うちは当初から、なにかあると感じてたんどす。うちがそなたさまを釣り上げるか、それともそなたさまがうちを釣り上げるか、そのいずれかのはずどした。先程、ふっとはっきりそれに気付きましたさかい、うちが先にそなたさまを釣り上げさせていただいたんどす」

伊勢は湯呑茶碗を両手で包み込み、六角堂の屋根を飾る宝珠を見上げながら、小声でいった。

「それがしを釣り上げていただき、まことに結構でございました。連日の六角堂通い、神仏を尊んでも、その力を恃《たの》む気持などいささかも持ち合わせぬそれがしにとって、正直、苦痛になってきたところでございました」

「このお婆が六角堂に参るのは、二年前に死去した夫の七右衛門どのの菩提《ぼだい》を弔うのと、来春、嫁ぐと決まっている娘のお加世が、気鬱《きうつ》の病のようになっているのを、なんとか治していただきたいためどす。それにもう一つ、観音さまにいつまでもご加護をお願いいたしたいお人が、いるからどすわ。そなたさまはうちの娘のお加世が、気鬱の病にかかっているのを、おそらくご存じのはず。そのお加世から悩みの原因を突き止めてほしいと頼まれ、うちに近づこうとされていたのでございましょう。ここ数日、お加世のようすもふくめ、あれこれずっと考え、それに相違ないと、うちは遅まきながら気付かせていただきましたよ」

彼女は心に引っかかるものが、間違いなかったとひそかに確信しながら、菊太郎にお茶を勧めた。

「ご隠居さまからさようきかされ、それがしはほっといたしましたわい。それがしの六角堂詣ではお言葉通り、ご隠居さまに近づくためでございました。お加世どのからこっそり相談を受けましてのう。町奉行所に蔵される二十年前の御仕置裁許帳の捨て子の一件まで行き着きましたが、お加世どのの身許を明かす手掛りは、なにも記されておりませなんだ。自分の身許をはっきり知って嫁いでいきたいともうされるお加世どののお気持、若い娘として当然でござる。養い親を決して徒《あだ》や疎《おろそ》かにしたものではございませぬ。これをまずもってご承知いただきとうございます」

菊太郎は懐から奉書紙の包みを取り出し、お加世が捨て子として笹屋の店先に置かれていた状況や、その後の始末を記した写しを、手早く両手で広げ、伊勢に示しながらいった。

「おまえさまは、こんな写しまで手に入れておられたんどすか。それならただの鼠ではございませぬな」

「いかにも、本名は先程名乗りました通りでござるが、いまは大宮・姉小路の公事宿鯉屋に居候をしている者でございます」

隠居とはいえ伊勢はまだ五十八歳。凜然とした態度や柔らかい物言いに敬服し、菊太郎は素直に自分の正体を明かした。

「やっぱりさようでございましたか。お加世はかわいそうにそうまで悩み、公事宿の鯉屋さまに相談にまいったのどすな。そない独りで悩まず、思い切って母親のうちに、なにもかも打ち明けてたずねてくれたらようございましたのになあ。やっぱり遠慮があるんどっしゃろか」

「さような事柄、なかなか明け透けにはたずねられますまい」

「そうでございますかねえ。それにしてもおまえさまも、度胸のないお人どすなあ。こんな御仕置裁許帳の写しまで手に入れてはるのなら、事情の説明を求めるため、どうして真っ直ぐうちの許にきはらなんだんどす」

「それも考え、最後にはご隠居さまに直接ぶち当るよりほかにないと、決めておりましたわい」

菊太郎は彼女の態度から明るいものを感じ、口調をいくらか崩していた。

一方の伊勢は、さすがに大和・郡山藩京屋敷目付の娘、菊太郎とのやり取りにも、臆するところがなかった。

「うちはお加世がなにも知らんと大きくなり、そのまま嫁いでいってくれるようにと、世間の口にしっかり戸を立て、鍵をかけてきたつもりどした。けど実際は、そうはいかなんだんどすなあ」

伊勢はここで深く溜息をもらした。

「ご隠居さま、世間は難儀なもの。それは神仏といえども容易にはかなえられますまい」

「うちは娘お加世の身だけではのうて、死んだ七右衛門どのの世間体も考え、処置したんどすけどなあ――」

「亡き七右衛門どのの世間体――」

伊勢の口から、思いがけなく亡夫の名が出され、菊太郎の表情が急に引き締まった。

「はい、七右衛門どのの世間体と、お加世を本当に産んだ女子はんの将来を、じっくり考えたんどす。さてこんなところで、ややこしい話などしてられしまへん。おまえ、青山さまの斜め向かいにある料理屋の『花末』はんまで、ひとっ走り先に行ってくれまへんか。笹屋の隠居とお侍さまが、離れでゆっくり話をしたいといい、ちょっとした料理とお酒を頼んできとくれやす」

伊勢にいわれ、供の小女は、いくつか離れた床几からはいと答えて立ち上がった。

六角堂の四脚門に向かい小走りに去っていった。

彼女が青山さまといったのは、烏丸六角下ル西側に京屋敷を構える丹波・篠山藩六万石・青山下野守を指していた。

「さあ田村さま、これから花末はんに行き、七右衛門どのの世間体を考えたうちの愚痴を、きいてくれはりますか。そしたらお加世も必ず納得してくれるはずどす」

菊太郎は伊勢にうながされ、無言で立ち上がった。

伊勢が巾着から小銭を取り出し、床几の上に置いたとき、茶屋の暖簾の奥から、音松が顔をのぞかせた。

笈《おい》を背負った一組の巡礼が、四脚門をくぐって現われ、多くの鳩が羽音をさせ、菊太郎の足許に集まってきた。

巡礼の振る鈴の音が、辺りに寂しくひびいた。

――秋風や鈴の音ひびく花の寺

菊太郎の胸裡《きょうり》に、すかさず一句がひらめいた。

四

花末の仲居に出迎えられ、離れに案内される。

床には与謝蕪村筆の「秋景赤壁図」とも名付けられる大幅がかけられていた。

菊太郎と笹屋の伊勢は、赤漆を施した食卓を挟んで坐った。

まずお茶が運ばれ、次に花末の主が挨拶のため、離れに姿をのぞかせた。

花末は出前料理を専門にしていた。

呉服問屋の笹屋では、遠来の客があったり、特別な客が大勢訪れたりすると、ここから出前料理を頼んでいたのであった。

「ご隠居さま、それではどうぞごゆっくりしていっておくれやす」

花末の主が挨拶して退いていくまで、伊勢は一言も口を利かなかった。

菊太郎がみたところ、彼女の胸には、他人には一口で語れぬ長年にわたるさまざまな出来事が、一挙に去来しているようすだった。

しばらく後、銚子四本と骨まで透けて見える新鮮な若狭鰈《わかさがれい》の焼き物が運ばれてきた。

「それぞれ自分で注《つ》いで飲みまひょか――」

伊勢は二本の銚子を手許に引き寄せ、菊太郎にもそれを勧めた。

「これは驚きもうした。ご隠居さまは酒を嗜《たしな》まれるのでございまするか」

「女子が酒を飲んではならぬいうことはありませぬやろ。すでにご存じやと思いますけど、うちは大和・郡山藩の京都目付役の娘どした。娘時分、中間《ちゅうげん》に一斗でも飲むという大酒飲みがいてましてのう。重蔵という名の者どした。その中間とこっそり飲み競べをしたことがありましたけど、結果はうちが勝ちましたえ。後で目付の親父さまに知られ、それは厳しく咎められました。そやけど最後には、わしも頼もしい娘を持ったものじゃと、満足そうどしたわ。いまでも時々大酒を飲んでます」

伊勢はいきなり本題に入らず、銚子二本を空け、次にまた四本を頼んだ。

それでも態度には少しの変化もなかった。

その銚子を空けてから、伊勢はおもむろに口を開いた。

「おまえさまは、公事宿の鯉屋はんに居候をしている田村菊太郎さまどしたなあ」

「いかにも、さようでございまする」

「田村さま、先々代の頃、笹屋に武市という賢い十手持ちが出入りしておりましてなあ。東町奉行所の同心組頭・田村次右衛門さまというお人から十手を預かり、やがてその武市は田村さまの肝煎《きもいり》で公事宿株を買い、新たに鯉屋という公事宿をはじめたときいておりました。あれこれつなぎ合わせて考えると、おまえさまはその田村次右衛門さまと、関わりのあるお人ではございませぬかえ」

菊太郎をぐっと見据えてたずねる伊勢の表情には、微塵《みじん》のゆるぎもなかった。

「はい、それがしはその田村次右衛門の庶子でございます」

「ああ、やっぱり。これでなにもかも合点がまいりました。お加世は武市の名を思い出し、公事宿の鯉屋はんへ相談に行ったのでございましょう」

「その通りでございます」

「そやけどそなたさまが、町奉行所に仕えているとはとても思えませぬ。なにを処世としておられますのじゃ」

「武市が宗琳と名を改めてはじめたその鯉屋で、用心棒をいたしております」

「公事宿の用心棒なあ――」

彼女はしげしげと菊太郎の顔を眺めた。

二人の間に重い沈黙が漂った。

「そしたら田村さまのお家は、どなたがお継ぎなされたのじゃ」

伊勢の口振りには、武家の女言葉が混じっていた。

「腹違いの弟・銕蔵が田村家を継ぎ、いまは同心組頭をいたしておりまする。それがしには再々、町奉行所から出仕の誘いがかけられておりもうすが、さっぱりその気になりませぬゆえ、鯉屋で居候をし、勝手気儘にすごしております」

菊太郎は生母が生きていたら、こんな自分を厳しく叱るだろうとひそかに思いながら、慇懃に答えた。

「うちはもとは武士の娘。侍の腕前どしたら、少し見ただけでだいたいわかります。そなたさまは柔弱を装っておいでどすけど、決してそうではございまへんやろ。腕前は一騎当千、並みの侍が一斉にかかっても、斬り伏せられますまい。あの御仕置裁許帳の一文を読んだ後、うちに当って砕ける覚悟を付けられるほど、知恵もお持ちのようす。普通のご仁であれば、笹屋に出入りする者たちを捕まえ、あれこれきき出すはずどすさかい――」

伊勢は自分の盃に酒を注いでいった。

「たった二十年前のできごと、当時のようすを知る者が、まだあちこちに残っておりますわなあ。それも考えぬではございませなんだ。されどそれでは、笹屋に要らぬ波風を立たせるのではないか、お加世どのの輿入《こしい》れに、支障をきたすのではないかと案じ、ひかえさせていただいた次第でござる」

「それはありがたいご配慮、お礼をもうします。お加世の嫁ぎ先は同業者の一軒でございますが、あれの身について、笹屋の店先に捨てられていたことから、一部始終をお話しもうし、了解を取り付けております」

「それはまた念の入ったことで――」

「お加世はうちが腹を痛めて産んだ子ではございませぬが、死んだ夫七右衛門どのの子なのは、確かだからですよ」

伊勢はあっさりいってのけた。

「ご隠居さま、なにを仰せられますのじゃ」

意外な言葉をきき、さすがの菊太郎も狼狽した。

「うちはありのままをもうしております。他意はなにもございませぬ」

「ならばどうしてお加世どのを、あのようにいたされたのじゃ」

あのようにとは、彼女を捨て子として笹屋が引き取り、養育をはじめたことを指していた。

伊勢はこれをきき、また深い溜息をついた。

「それについてもうせば、ああでもいたさねばどうにもならぬ、込み入った事情があったからどす。こうなったらなにもかも、田村さまに打ち明けねばなりませぬなあ」

「いかにも、おきかせいただかねば、納得いたしかねまする」

「先程、うちはお加世を夫七右衛門どのの子ともうしました。実は七右衛門どのには、うちが笹屋に嫁いで当代の七右衛門を産んだ後、外に懇意の女子がいたのでございます。そのお人は、以前は近衛家に仕えていた諸大夫《しょだいぶ》の娘。親父さまがやむない事情から、諸大夫の職を辞した後、さまざま悪いことが重なり、貧乏の底に転落しておられました。一時、祇園の料理茶屋で働いておられたそうでございます。親父さまを存じ上げていた夫の七右衛門どのは、そのありさまを不憫に思い、情けをかけたのが、そもそも間違いのはじまり。こうして生れたのがお加世でございます」

伊勢の表情には苦渋の色が濃く浮んでいた。

諸大夫とは、武士の家でなら家老職ともいうべき役目。近衛家はこのほか六位の侍・用人・近習《きんじゅ》・中小姓・勘定方・青士《せいし》などの士分と、小頭・中番・下僕、それに奥・下《しも》の女中などを抱えていた。

「近衛家に仕えた諸大夫の娘とは意外な。それでその女子は、いまも健在でございまするか」

「はい。息災にお暮らしでございます。名はお高《たか》どのともうされ、富之助《とみのすけ》という放蕩《ほうとう》ばかりをつづける一つ違いの弟がおられます。その富之助、お高どのが住む長屋にきて、お高どのに相手の男はどこの誰だ、金持ちの旦那なら幸い、屋台骨まで食い潰してやれると、執拗にきき出そうとしたそうでございます。お加世の父が呉服問屋笹屋の主とわかったら、金を目当てにどんな強請《ゆすり》をかけてくるかしれぬ状況が、生じていたんどす。お高どのはうちにももうしわけないと考え、お加世を自分の手一つで育て上げると、たびたび七右衛門どのにもうされていたそうでございますが、厄介なのは放蕩者の弟。いつお加世の父親が、笹屋七右衛門だと嗅ぎ付けるかわかりませぬ。それでお高どのはついに七右衛門どのに相談をかけられました。自分はかわいい娘を手離し、この京から立ち退くと決められ、うちに助けを乞うてまいられたのでございます。富之助が姉のお高どのに銭をせびるのが、それほどたびたびだったんどすなあ」

伊勢は吐息を一つもらし、またつづけた。

「うちも女、信じていた夫の七右衛門どのが外の女子に子まで産ませていたときき、そのときはかっといたしました。されど数回、お高どのに会うて話をきくにつれ、お高どのが心卑しからざる女子とわかりました。七右衛門どのの親族への手前や世間体も考えたすえ、お高どのと二人でさまざま相談したんどす。結果、お加世を笹屋の店先に捨てさせ、うちが拾うて養育すると決めたのでございます。勿論、七右衛門どのの与《あずか》り知らぬ処置どした」

菊太郎は伊勢が語る長い話を、黙ってきいていた。

どの家でも外から眺めれば、一見平和そうだ。だが内側に入ってみると、大小にかかわらず、いろいろな問題を抱えているものだ。

呉服問屋の笹屋は、こんな修羅《しゅら》を秘めていたのであった。

「さような込み入った事情があったのでございまするか。なるほど――」

菊太郎はほかにいうべき言葉を失っていた。

「うちが産んだ当代の七右衛門には、髪上げ（町人の元服）の後、うちの口からお加世の身許を明かしました。うちはお加世を笹屋に引き取ってから、二度、懐妊しましたが、もし女の子が生れたら、わが子をかわいがってしまうのではないかと恐れ、二度とも堕胎《おろ》してしまいました」

伊勢はしみじみとした声でいった。

「なんと、痛ましいご処置でございますわい。それでお高どのは、その後どういたされたのじゃ」

「固く断わるのをうちがよくいいきかせ、東海道の大津宿と草津宿の途中、瀬田の唐橋のそばで、小さな腰掛け茶店を営むように計らいました。旅のお人たちを相手に、甥《おい》とともにいまも元気で生業《なりわい》をつづけておられます」

「姉に金をせがんでいた富之助はいかがでござる」

「賭場で人を二人も殺《あや》め、粟田口で処刑されたときいております。お高どのと一緒に暮らしている甥とは、刑死した富之助の子でございます」

「それはそれは。哀れというべきか、当然の報いというべきか、放蕩者にはやむをえぬ最期でございましたなあ。その子をお高どのが引き取られましたのか——」

今度は菊太郎がもの悲しい声でいう番だった。

「ところで田村さま、明日か明後日にでも、そなたさまとうちでお加世を伴い、日帰りの旅に出ませぬか。瀬田の唐橋にまいり、お高どのの営む茶屋から琵琶湖や、比叡山から比良につづく山脈《やまなみ》を眺めましょう。いま頃、比良の山脈は、もう冬景色に変りはじめているかもしれませぬねえ」

「瀬田の唐橋の袂には、名物の蜆汁《しじみ》を売る茶店がござる。それがしは数度、それを啜《すす》った覚えがございますわい」

菊太郎は急に明るい声になっていった。

伊勢がいい出した日帰りの旅は、茶店を営むお加世の生母お高に、娘が明年嫁ぐのを知らせ、同時にお加世を納得させるために相違なかった。

涙を流して抱き合う母娘。その姿をそばで育ての母の伊勢が、微笑して見守っている。

自分にもあの世の人になってしまった産みの母と、育ての母政江がいる。

あれやこれやの感慨が、菊太郎の胸をぐっと締め付けていた。

瀬田の唐橋に行った土産として、鮎の甘露煮でも義母の政江に買ってきてやろうと、菊太郎は思っていた。

遠い椿

一

部屋の外から付き女中のおよねが声をかけてきた。

二条・布袋屋町《ほていやちょう》の金物問屋「十八屋」の隠居お蕗《ふき》が、居間で黒楽の茶碗で茶を点《た》てていると、

「ご隠居さま——」

「およね、どうしたのどす」

お蕗は茶筅《ちゃせん》を膝許に置き、項を廻した。

風炉《ふろ》にすえた茶釜が、かすかに湯気を立てている。

振り向いた彼女の白髪の混じった髷に、はっきりと老いがうかがわれた。

「へえ、台所に上嵯峨村のお杉《すぎ》はんがきてはりますけど、どないさせていただきまひょ」

およねは襖を少し開け、そこに軽く両手をついて彼女にたずねた。

ここ七日余り、上嵯峨村からいつも野菜売りにやってくるお杉が現われない。どうしたのだろう。病気でもしているのではないか。もし彼女がきたら自分に知らせてほしいと、お蕗はおよねに頼んでいたのであった。

「野菜売りのお杉はん、やっときはったんどすな。やっぱり病んででもいはったんどすか」

お蕗はどこかほっとした表情になり、およねにたずねかけた。

「いいえ、そうではないそうどす。けどなんぞ悪いことでもあったとみえ、顔をちょっと翳らせてはりました」

「悪いこととは、なんどすやろ――」

お蕗は小さくつぶやき、黒楽に点てた茶を一気に飲み干した。茶碗を湯で濯《すす》ぎもせずにそのまま置き、立ち上がった。

すかさずおよねが身を退《の》け、襖を大きく開けた。

「いつも気を遣わせますなあ。おおきに――」

およねに労《ねぎら》いの声をかけ、お蕗は台所に急いだ。

金物問屋の十八屋は、多種多様な物を扱っている。大きな物では、百人余りの汁が炊ける大釜から五右衛門風呂《ごえもんぶろ》、画幅をかける金具から大小の釘まで、その品目は数百にも及ぶ。それだけに、奉公人は男女合わせて十五人もいる大店であった。

上嵯峨村は北は梅ヶ畑、南は天竜寺門前・下嵯峨の両村、西は北部が水尾村、南部が上山田村、東は山越《やまこし》・中野の両村に接する大きな村だった。

村内の大部分を愛宕《あたご》山東南部の山地が占め、『嵯峨誌』は「背面に高山ありて険《さが》しきが故に、単にさがと呼びし」とのべ、『嵯峨名勝誌』も地形がその名の起こりだと記している。

有名な嵐山、小倉山、天竜寺、大覚寺、清涼寺などのほか、広沢池や大沢池、また二尊院から念仏寺に至る小倉山東北一帯の〈化野《あだしの》〉も、上嵯峨村の一部になり、京の人たちはこれらをすべて嵯峨野に位置するものと考えていた。

台所に急ぐお蕗の胸裏に、京の北東に聳える比叡山に対して、北西にやはり屹立《きつりつ》する愛宕山の山塊が、大きく浮び上がっていた。

「ご隠居さま、お出かけでございますか」

途中で出会った手代の和助《わすけ》が、あわててお辞儀をし、彼女の顔を見つめた。

「いいえ和助、うちはそんな身形《みなり》をしてしまへんやろ。台所にいくだけどす。もっとしっかり相手を見なはれ。それも商いの心得の一つどすえ」

お蕗は柔らかく和助を諭した。

「へえ、ぼんやりしてて、もうしわけございまへん」

「うちこそ憎まれ口を叩いたかもわかりまへん」

和助に詫びるようにお蕗はつぶやいた。

「とんでもございまへん。わたしが迂闊で——」

かれはまたお蕗に頭を下げ、店に向かっていった。

十八屋は長く町内や同業者たちの間で、あそこはお蕗はんの甲斐性でもっているのやと評されてきた。

彼女は家付き娘。兄の宗之助《そうのすけ》がいたが、生れ付き蒲柳《ほりゆう》の質《たち》のため、お蕗が手代の辰次郎《たつじろう》を聟に迎え、店の跡を継いだのである。

宗之助は東山・高台寺の別構えで、年寄りの女中の世話を受け、ひっそり暮らしていた。だが五年前、夫の辰次郎が悪い風邪をこじらせて死んだのにつづき、寂しいその生涯を終えていた。

この頃には、お蕗と辰次郎との間に生れ、四代目を襲名した長男の仁左衛門《にざえもん》が、弟の辰三郎《たつさぶろう》とともに、手堅く店の切り盛りを果すまでになっていた。

そのため還暦を目前にした彼女は、安心して家業の第一線から、身を退くことができたのであった。

「十八屋の二代目の仁左衛門はんは、手代の辰次郎はんを見込み、お蕗はんの聟にしはったんやわ。辰次郎はんは律儀で真面目なお人。それでもあそこは、お店《たな》（女主）さまのお蕗はんで繁盛しているのやで。お蕗はんの商い振りには感心させられるさかいなあ。仕入れにくる客に、ちょっとおまけを付ける。たとえば三寸釘を百本といわれたら、五、六本余分に添えて渡す。相手が大工の見習い奉公をしている若い奴なら、台所に招いて冬なら熱いうどん、夏なら冷たい物でも食わせたうえ、駄賃をこっそり握らせるときくわいな。こんなことがつづいているうちに、そいつが一人前になったら、仕入れはやっぱり十八屋でとなるやろ。相手が金物屋の奉公人なら、尚更のこっちゃ。損せぬ人に儲けなしいう諺があるけど、十八屋のお店さまは、どうやらそんなんを、企《たくら》んでしているわけではなさそうや。心底から人に気配りができるのやわ。人間、なかなかああはいかへん」

それがお蕗に対する世間の評価だった。

こんな声が生れると、二十《はたち》の頃、彼女に付いて廻っていた醜聞は、いつしかどこかに消し飛んでしまった。

あれから四十年近くがすぎ、当時を知る人々は多くが他界し、関係した者たちももうほとんどいなかった。

死んだ夫の辰次郎は、お蕗の父親にどういい含められたのか、彼女をそれは大切にし、誠心誠意、労ってくれた。

——うちは若かったとはいえ、みんなに対して悪い女子どした。いまは滅罪のつもりで生きているのどす。

お蕗はいつも胸の中でみんなに詫び、とりわけ十八屋の入り聟になってくれた夫の辰次郎や、死んだら地獄に堕《お》ちまっしゃろ。その覚悟でいてます。

その人生をすっかり狂わせてしまった平蔵《へいぞう》に対して、心の中で謝りつづけていた。

自分があんなことを仕出かした後、平蔵の消息はぱったりと途絶えてしまった。行方はまるでわからず、生国の丹波国・篠山に帰ったという話もきかなかった。

あの頃の自分を考えるたび、お蕗の胸はいまでも激しく疼《うず》いた。

上嵯峨村から三日に一度、京の町まで野菜を売りにくる二十すぎのお杉は、そんな彼女をなんとなく癒やしてくれる娘だった。

地味な短袖に股引き袴をはいたお杉が、どことなく平蔵の面影を感じさせるからかもしれなかった。
――あんなふうに終ってしまいましたけど、うちはおまえさまのことを、いまでも決して忘れていいいしまへん。どこでどうしてはるのやら、ひょっとしたら、もう死んでしまわはったのかもしれまへん。それでも死なはった旦那さまには悪おすけど、いまでもうちはおまえさまが大好きどす。これはほんまの気持どす。なにもかもこんなうちに免じ、どうぞ許しておくれやす。

胸の中でこう念じ、お蕗は何気ない顔で毎日をすごしていた。

平蔵は、金物問屋十八屋が店を構える布袋屋町の北、笹屋町で小間物屋を営む「鏡屋」の手代だった。

お蕗より二つ年上で、彼女が見初め、あれこれあったすえ、ついには駆け落ちを図って捕らえられたのである。

二人は若狭の小浜《おばま》城下で小商いをする平蔵の従兄弟《いとこ》を頼って逃げようと考え、京から小浜に通じる初冬の若狭街道をたどっていた。

だが、早咲きの椿が花を咲かせはじめた比良山麓の葛川《かつらがわ》で追っ手に追いつかれた。

東に武奈ヶ岳《ぶながたけ》、西には白倉岳《しらくらだけ》が峨々《がが》と聳え、安曇川《あどがわ》が急流をなし、若狭街道に沿って流れている。

鉛色をした空から雪がちらついていた。

「わたくしが浅はかでございました。何卒、堪忍しておくれやす」

平蔵は追手の主力となった町番屋の男たち数人に、両手足を雁字搦《がんじがら》めに縛られてしまった。抵抗したとき口の中でも切ったのか、唇の端から血を流し、髷を崩した姿で取り囲む男たちに詫びつづけた。

そのとき、花文庫に結んだ帯の上から縛られたのはお蕗も同じだが、彼女には舌を噛み切られるのを恐れてか、口の中に手拭いが詰め込まれた。

「今更、謝ったかて遅いわい。お嬢さまを内緒で連れ出しおって、これはかどわかしも同じなんやで。恐れながらと町奉行所に訴え出たら、おまえは晒首《さらしくび》に処せられるのが、わからへんのかいな。まっとうな面をしているくせに、横着な奴ちゃ」

痩せた男に罵倒された平蔵は、狐目をした頭分の男から、この野郎と激しく足蹴にされ、地表に転がった。街道を往来する旅人が足を止め、この修羅場に目をこらしていた。

それから二人は駕籠に乗せられ、後にしてきた京に連れ戻された。

手荒く駕籠に押し込められるとき、平蔵の口惜しそうな眼差しとお蕗のそれが、激しく交差して絡み合った。

それが結果的に平蔵を見た最後だった。

大原の辺りまできたとき、後ろの駕籠舁《か》きの声が不意に消えたのを、呻き泣いていたお蕗ははっと気付いたが、どうすることもできなかった。

布袋屋町の店内《みせうち》に駕籠ごと運び込まれた彼女は、急拵えの座敷牢に押し込められ、半月ほど泣きつづけた。

二ヵ月余りすぎてから、お蕗は平蔵と夫婦になることにようやくあきらめを付けた。

そして二年後、周囲から何度も執拗に説得され、手代の辰次郎を聟として迎えたのであった。

当時の自分を考えるたび、きっとひどく痩せ衰え、鬼気迫る姿だっただろうと、六十近くになったいまも、お蕗は思い返したりしていた。

品よく老いた彼女に、そんな醜聞にまみれた過去があったなど、もう店で知る者はいなくなっていた。もし人からきいたにもせよ、そんなん嘘に決まってるわいと、疑いを口にするのも憚られるほど、お蕗は落ち着いた美しい老いを刻んでいた。

そんな彼女の姿が台所に現われた。

台所では間食（昼食）の用意がはじめられている。むっとするほどの熱気とさまざまなものの匂いが、お蕗の全身を包んだ。

「お杉はんはどこにいはるんどす」

彼女がつぶやいて台所を眺め渡すと、お杉は土間の竈《かまど》の前に屈み、その火に薪を焼《く》べたところだった。

「ご隠居さま――」

賄《まかな》い女の声で気付き、お杉はそこから急いで腰を上げた。

「ご隠居さま、お久し振りでございます。今日もご贔屓にしていただき、ありがとうございました」

「これはこれはお杉はん、心配してましたのえ。七日余りも顔を見せんと、どうしたんどす」

お蕗は、前掛けに両手をそろえ、丁重に挨拶する彼女にたずねかけた。

知らせてきたおよねが言った通り、お杉の顔がどこか暗かった。

「へえご隠居さま、ちょっと——」

「ちょっとではわからしまへん。こっちにきて、そのわけをうちにきかせなはれ」

お蕗は台所の端に坐り、彼女をうながした。

「言うのが恥ずかしおすのやけど、実はこの間、商いをさせていただいて村に戻る途中、広沢池を目の前にした山越《やまこし》の竹藪道で、数人のやくざな男たちに乱暴されかけたんどす。恐《こお》うて恐《こお》うてなりまへんどした」

「それで、どうもありまへなんだか——」

お蕗は自分が乱暴者に囲まれたように、一瞬、息を呑み、お杉にたずねた。

「へえ、幸いどっかのお寺の荒法師さまが数人、上嵯峨村の方からおいでになり、その男たちを一喝して追い払ってくれはりました」

「それはようおしたなあ。怪我はなかったんどすな——」

お蕗は眉をひそめてまたたずねた。

「お陰さまで怪我はしまへんどしたけど、恐うて恐うてその夜は眠れしまへんどした」

「それはそうどっしゃろなあ。若い娘はんだけに当然どす。その後はなにも起こっていいしまへんのやな——」

一旦、ゆるめた眉をお蕗は再びひそめた。

「へえ、そんなことがありましたさかい、嵯峨野界隈からこの京へ野菜を売りにくる女子衆《おなごし》はんが、みんなで一緒に往き来することになりました。もう安心してます」

「それはよかったやないか。それでもすべてのお人が、まとまって仁和寺街道を往き来するのは、なかなかむずかしおすやろ。いつまた危ない目に遭うかわかりまへんなあ」

「ご隠居さま、そんな恐いことをいわんといておくれやす」

「うちはお杉はんを脅《おど》しているのではありまへんえ。おまえさんの戻りを、案じて待っているという年取ったお父はんの気持を、思いやっただけどす」

お蕗はお杉の顔を眺め、やっぱりどこか平蔵に似ていると思いながら、諭すようにいった。

お杉の父親の名は徳兵衛《とくべえ》。年は自分より二つ上だという。

その徳兵衛が、病で寝たり起きたりしているのも、すでにお蕗はお杉からきいていた。

これまでもしかすると、お杉は行方知れずになっている平蔵の子ではないかと、再々、思わないでもなかった。だが父親の名前が違うだけにそんなはずはないと、お蕗はいつもその妄想を打ち消していた。

自分にお杉のような娘か孫がいたらどんなによかろう。自分がもし平蔵と夫婦になっていたなら、きっとお杉に似た気立てのいい娘が生れていたはずだと思うにつけ、老いたお蕗の胸はきゅっと痛んでならなかった。

お杉は面長な顔で、目鼻立ちがととのっている。

笑うと、両頬にえくぼがはっきり刻まれた。

それらがお蕗には無性に愛《いと》おしかった。

上嵯峨村から京にやってくるには、嵯峨野の大沢池の南をへて、山越道、宇多野村、福王寺村をたどる。次に仁和寺の大きな四脚門の前を通り、南に妙心寺・北に妙心寺墓地をのぞむ街道をたどり、大将軍村に着く。そこから紙屋川の橋と、豊臣秀吉が築いたお土居を見て、洛中に入るのであった。

紙屋川のかたわらには、腰掛け茶屋が店を出しており、北野天満宮の石造りの鳥居が北に見えていた。

「お杉はん、今日はうちの店の者に仰山、買うてもらいましたか。残りものがあったら、みんなうちの店で買わせとくれやす。遠慮なんかせんかてええのえ。それに今日は上嵯峨村にみんなで帰ったらよろし。そやけど今度京へ商いにくるときから、なんの心配も要らんように、うちが按配《あんばい》しておいて上げますさかい——」

「心配が要らんように按配どすか——」

「はい、うちがお杉はんに用心棒を付けて上げます」

「ご隠居さま、野菜売りのうちに用心棒など、とんでもございまへん――」

お杉は用心棒とききき、狼狽気味になった。

「遠慮なんかせんかてええといいましたやろ。うちに委せておきなはれ」

お蕗は下歯の欠けた口を開けて笑い、お杉をあわててなだめた。

お蕗の胸裏には、この一件を公事宿《くじやど》の「鯉屋《こいや》」に頼んでみようとの思いが、すでに浮んでいた。

主の源十郎と連れ立っているとき、一度だけ挨拶を受けたが、鯉屋で居候をしているときいたあの侍なら、快く引き受けてくれそうだと思ったのだ。

その相手は、いうまでもなく田村菊太郎であった。

二

「ご隠居のお婆どの――」

鯉屋の客間。床を背にし、金物問屋十八屋のお蕗が、品をたたえて坐っていた。

相談に訪れたお蕗から、主の源十郎とともにだいたいの話をきいた菊太郎は、こんな無造作な言葉で彼女に話しかけた。

「菊太郎の若旦那さま、ご隠居さまにそないな呼び方はありまへんやろ」

源十郎がきまり悪げな顔で菊太郎を諭した。

「ご隠居のお婆どのでは悪いのかな」

「そんなん、あたりまえどすがな。ご隠居さまには違いありまへんけど、お婆どのとはあんまりどっせ」

源十郎はまいったなあといいたげな表情で愚痴った。

「まあまあ鯉屋の旦那はん、そないなこと、どうでもよろしゅうおす。隠居もお婆もほんまどすさかい——」

「それがしがそなたさまに失礼な言い方をしたのであれば、お許し願いたい」

菊太郎はちょっと二人の顔色をうかがい、お蕗に素直に頭を下げて詫びた。

「いいえ、おまえさまはうちに失礼な言い方なんかしてはらしまへんえ。それで結構どす」

「それでは十八屋のご隠居さま——」

菊太郎がいい直した。

「いやいや、この田村菊太郎さまというお侍さまに、悪気なんか少しもあらへんことはようわかってます。思うたことをそのままいわはっただけどっしゃろ。なにも詫びていただくにはおよびまへん。もとの通りでよろしゅおす」

お蕗は明るい顔に微笑を浮べていった。

「それでもなんどすわ――」

源十郎が曖昧に否定した。

「鯉屋の旦那はん、ほんまにもとのままでえぇのどす。敬って呼ばれるより、いっそ十八屋のお婆どののほうが、うちにはよっぽど親しみが感じられます。なあ菊太郎はん」

彼女が菊太郎と顔を合わせるのはこれが二度目。最初、町辻で出会い、言葉も交わさずに会釈されただけだが、そのときからその風貌《ふうぼう》に、なんとなく魅せられていたのであった。

菊太郎はんと念を入れて呼んだ声には、深い滋味がうかがわれた。

「十八屋のお婆どのでございますか。それも悪くはございませぬな。されどそれがしの雇い主の言葉に従い、以後、十八屋のご隠居どのと呼ばせていただきまする」

かれは殊勝な顔でこうつづけた。

お蕗はかれに引き合わされる前、この客間ですでに源十郎から、菊太郎の身許をあらましきいていた。

「若旦那さま、それでえぇのどす。これからはご隠居さまのことをそう呼んでおくれやす」

ほっとした顔で源十郎がうなずいた。

「それでは改めて十八屋のご隠居どの、ご隠居どのは上嵯峨村から野菜売りにくるお杉とやらもうす娘を、山越道まで送り迎えしてほしいともうされますのじゃな」

「迎えは結構。大事なのは送りの方どす。京にくるときには、いつも五、六人のお連れさまがいてはりますさかい。けど戻りには、どうしても時刻がまちまちになり、ばらばらで帰ることになりますさかいなあ。そこでいまも鯉屋の旦那はんと相談してたんどすけど、村への戻りにこの鯉屋はんに立ち寄らせていただき、ここから山越村の山越道をすぎるまで、菊太郎はんに送っていただいたらどないどすやろ」

「迎えは不要で、安心できるところまで送ってもらいたいと、仰せられるのじゃな――」

「へえ、そうどす。これから陽はもっと短うなり、陽暮れが早まりますさかいなあ」

「いまも相当、短くなってますわ」

ここで源十郎が口を挟んできた。

「それぐらい引き受けるとして、難儀なのはお送りする日がいつか、はっきりわかりかねることでございますな。居候の身とはもうせ、それがしにもいくらか都合がございましてなあ」

菊太郎の胸の中を、お信の白い顔がさっとよぎっていた。

「それそれ、それどすがな。決して毎日ではございまへん。そやけど山越道をいつ越えて京まで物売りにくるのか、前もってもっとよくたずねておかなあきまへんなあ。これまでは三日に一度ぐらいの割りで店に寄らはりましたさかい、それにはあんまり変りおへんやろ。それはそれとして、村のお人たちと京へ物売りにくる日が定まっているのかどうか、正確にきいておきますさかい、それから決めさせていただきまひょか――」

お蕗はさばさばとした口調でいった。

山越村は御室御所《おむろごしょ》の領地で、北は音戸山《おんどやま》山麓、西は広沢池、南は中野村、東は鳴滝《なるたき》村に接していた。

ここの山越道は、京と嵯峨野を隔てる小高い山道をいい、平安時代には禁裏から嵯峨野に通じる「千代の古道《ふるみち》」といわれていた。

山道の両脇には鬱蒼《うっそう》と竹藪が繁り、昼間でも薄暗いほどだった。

京からきてここをすぎると、西に嵯峨野の眺望が広がり、小倉山の右に丹波国と山城国にまたがって聳える愛宕山が、大きく望めるのであった。

東の鳴滝村は、鳴滝大根や鳴滝砥石《といし》の産地として知られている。

ここで採れる砥《と》石は、〈真礪《まと》〉といわれ、刀剣の研磨《けんま》に最適であった。

刀剣の手入れや研磨、また鑑定家として有名な本阿弥光悦の本阿弥家は、かつて足利尊氏に仕え、後の代々も室町幕府の御用をうけたまわっていた。幕府滅亡後は豊臣・徳川家に仕え、その名を長く伝えてきた。

この本阿弥家が、鳴滝砥石の採取権を江戸幕府から認められ、採石商売は同村在住の砥屋五左衛門に委されていたという。

「山越道、千代の古道どすなあ」

源十郎が遠くをしのぶ目になり、つぶやいた。

「さすがに鯉屋の旦那はん、雅たことを知ってはりますのやなあ」

お蕗がすかさず感嘆の声を放った。

「いいえ、とんでもございまへん」

「ほな、この厄介な頼みを承知していただけるものとして、月に十両、それでなんとかお願いいたします。別の五両は、うちのお礼として貰うておいておくれやす」

お蕗はそのつもりで用意してきたのだろう、二つの紙包みを巾着から取り出し、源十郎の膝許にすすめた。

「月に十両とお礼に五両、それはとんでもない。こんなにいただけしまへん」

「旦那はん、銭は邪魔になるものではございまへん。それに菊太郎はんみたいな立派なお侍さまに、お願いするんどすさかい、うちとしてはそれ相応のことをせなあきまへんわ」

源十郎がどう断わろうとも、十八屋の隠居お蕗は、それを退《しりぞ》ける声色であった。

「ご隠居さまがそないにおいいどしたら、遠慮なくお受けさせていただきます」

かれはちらっと菊太郎の顔を一瞥《いちべつ》し、お蕗に向かい低頭した。

「それでは日取りは、十八屋の者に鯉屋はんまで伝えさせますさかい、どうぞよろしくお頼みいたします」

お蕗は源十郎と菊太郎の顔を交互に眺め、張りを失った両手の指をついた。

「ほな、これで去《い》なせていただきますさかい、後はどうぞよろしゅうにお計らい願います」

座布団から立ち上がりながら、彼女はまた二人に頼んだ。

「十八屋のご隠居どの、お役目は必ず十分に果させていただきますわい」

月十両の報酬ときいたからでもあるまいが、菊太郎の声はどこか弾んでいた。

店の表、帳場のそばにひかえる十八屋の三十歳前後の付き女中でも、給金は年に四両ほどだろう。些細《ささい》な役目で月に十両とは、破格の報酬であった。

襖を開け、源十郎が彼女を見送るため、帳場に向かっていった。

「大方の世捨人には心せよ、衣は着ても狐なりけり、か」

源十郎が見送りを終えて客間に戻ってくると、菊太郎が腕を組み、神妙な顔できいたこともない狂歌を口遊《くちずさ》んでいた。

「菊太郎の若旦那、その世捨人には心せよ、とはなんどすな」

かれは目に不審な色を浮べてたずねた。

「この狂歌、誰が作ったのか知らぬが、古くから口遊まれてきたものじゃ。大方の貴紳《きしん》坊主に心せよ、身形よくとも狐なりけりとでも、大方の隠居隠者に心せよ、風流面《ふりゅうづら》でも狐なりけりなどと、ちょっと字句を変れば、どのようにでも用いられるわい」

「大方の世捨人には心せよ、衣は着ても狐なりけり、どすか。そらいえてますわ。西行法師はんは歌詠みとして有名どすけど、ほんまのところは、なにをしてはったかわからしまへんさかいなあ。後白河法皇さまも衣を着てはりました」

「源十郎、その通りじゃ。後白河法皇さまは、今様を撰じた『梁塵秘抄《りょうじんひしょう》』ともうす歌謡集を編まれたが、天皇五代、三十四年にわたって院政を行われた。ご禁裏さまや源氏平家の武者たちを、陰で操っておられたともうすからのう」

「若旦那は十八屋のご隠居さまを、狐やといわはるんどすか——」

「ああ源十郎、その金包みを開けてみるがよい。重く感じられたとて、もしかすると、枯れ葉が五枚十枚と重ねられているだけかもしれぬぞ」

「じょ、冗談どっしゃろ」

「冗談をもうしているわけではない。たかが上嵯峨村から野菜を売りにまいる小娘一人を、山越道を無事に越えさせるため、月に十両の用心棒代を出すとは、尋常ではない。十両は大金じゃぞ。いくら裕福でも、道楽や思い付きでできることではなかろう。月に十両の金、いっそそのまま、小娘に貢いでやったらどうなんだ。さすれば野菜を売りにくることもなかろうに。わしが不審に思うのはそこのところよ」

「なるほど、確かに若旦那のいわはる通りどすわなあ。そやけど、ご隠居さまがそういい出さはったものの、その娘はんが頑《かたく》なに辞退しはるさかい、そない計らわはるのかもしれまへんえ——」

源十郎はうむとうなり、座布団に腰を下ろした。

——大方の世捨人には心せよ、衣は着ても狐なりけり
この狂歌は、幕末に生きた大徳寺住持・大綱和尚《たいこうおしょう》の茶席に掛けられた一幅、「白蔵主図」に

記されたものだとされている。だが同歌はすでに古くから人々の間に伝わり、円山応挙はこれにもとづき、「狐尼僧図」を描いている。

「それにしても、五両のお礼と十両の報酬なあ」

菊太郎は思案に耽る表情を見せ、そこに置かれた二つの金包みを摑み取り、封をびりびりと破った。

それだけの重みを感じさせていたが、二つの中から現われたのは、もちろん木の葉ではなく、正真正銘の一両小判であった。

「若旦那、木の葉ではございまへんなあ」

「うむ、まさしく本物の小判じゃ。十八屋のお婆はなにを考えているのであろう」

「お婆ではなく、ご隠居さまどっしゃろ」

「ああ、これはまたもうしわけない。つい口が滑ってしまったわい。十八屋のご隠居どのだったのう」

照れ笑いを浮べ、菊太郎はいい直した。

「それにしても、いくら気に入っていたかて、野菜売りにくる農家の娘に毎月、用心棒代として十両も出さはるのは、普通ではありまへんなあ。これにはなにか深い仔細が隠されているのかもしれまへん」

源十郎は腕を組んで首をひねった。

「深い仔細か。それは隠されているに決まっておる。一月十両、一年もつづいたら百二十両にもなる勘定じゃ。警固するのは仁和寺街道の出入り口、一条の紙屋川から山越道の先まで、しかも数日に一度だけ。こんな楽でうまい仕事は、どこにもなかろう。ところでそなた、その農家の娘の名を、ご隠居どのからきいているのか」

「はい、お杉はんというそうどす」

「お杉なあ。あのご隠居どのがそうまでして守ってやろうとしているのじゃ。裏になにがあろうとも、杉が天にのびるごとく、まっすぐな娘に相違あるまい」

「へえ、きっと気立てのええ娘はんなんどっしゃろ。それほど気に入られた娘はんどしたら、あのご隠居さまのことやさかい、すでにどこかに嫁入りさせるつもりがあっての処置かもしれまへん。それどしたら、毎月十両の用心棒代も納得できますわ」

「そうじゃわなあ。大事な嫁入り前の娘を、ならず者たちに疵物《きずもの》にされてはかなわぬからのう」

「考えてみたら、十八屋には店の跡を継がはった若旦那の仁左衛門はんの下に、辰三郎はんといわはる弟はんが、まだ独身でいてはります。ひょっとしたら、ご隠居さまはその辰三郎はんの嫁女として、お杉はんを貰おうと思うてはるのかもしれまへん。どんな大店の箱入り娘を嫁に迎えたかて、その娘はんの根性がひん曲ってたら、どないにもならしまへんさかい。商家の女主は、奉公人たちからなにかと慕われ、崇《あが》められる女子でなくてはなりまへん。辰三郎はんの嫁女ではないにしても、お杉はんはきっとご隠居さまの眼鏡にかのうた娘はんなんどっしゃろ」

源十郎は自分の膝を叩かんばかりにいった。

「さように考えれば、ご隠居どのの思い入れの深さも十分に理解できるが、そういう事情からかのう。わしにはまだ納得できかねるわい」

菊太郎は源十郎が声を弾ませていう言葉を、すんなりとは受け入れられなかった。

どうしても胸に蟠《わだかま》るものを感じていた。

「若旦那が納得できへんいうのは、なんでどすな。まだまだ、大方の隠居婆には心せよ、優しげなれども狐なりけりどすか――」

かれの顔には、ありありと不満がにじんでいた。

「ああ、そうだ。十八屋のご隠居どのがもしさように考えておられるなら、どうしてそれを率直に、わしらにお伝えにならぬのじゃ。その旨をきかせてもらえば、同じ用心棒をいたすにしても、心構えが違うものじゃぞ」

今度こそ菊太郎ははっきり顔を翳らせた。

「いわれたらそうどすわなあ。いま思い返すと、ご隠居さまは月に十両も用心棒代を支払うについて、その理由や事情の説明を、なにもしはりまへんどしたわ。いきなり金を出され、わたしは狐につままれた気分で、あれこれたずねられしまへんどした」

「それはわしも同じじゃ。十両と五両の金の出しようを見て、わしとて魂消《たまげ》てしもうたわい。あれこそ狐が人を化かしているところだったかもしれぬぞ」

菊太郎の言葉で、源十郎がますます表情を暗くさせた。

「これ源十郎、急にそれほど考え込む必要はなかろう。いずれお杉を山越道まで送るようになれば、十八屋のご隠居どのの真意がどこにあるのやら、自ずとわかってまいる。そなたは毎月十両を、ありがたくいただいておけばよいのじゃわい」

「わたしが毎月十両を。若旦那の取り分はどないなるんどす」

「わしの取り分だと。そなたは公事宿鯉屋の主、わしはそこの居候じゃぞ。金が要る折は、いつもそなたにせびっているだろうが。それで十分よ」

「そないいわはりましても——」

「そなたは意外に遠慮深いのじゃなあ。されば礼金の五両から、三両だけもろうておこう」

菊太郎は膝許に散らばった十五両の中から、三枚だけを拾い上げた。

その頃、十八屋のお蕗は、付き女中のおよねを従え、店に戻るため堀川沿いの道を北に向かっていた。

堀川では、西陣の染め職人が川の中に入り込み、膝まで水に漬かっている。両岸に渡した竹に友禅染めの布を引っかけ、滔々《とうとう》と流れる水を利用し、手際のいい手付きでそれを水洗いしていた。

冬の気配をひめた北山が、東西に連なっている。

北西には、愛宕山が東の比叡山に対するように大きく眺められ、老いた胸がまたきゅっと痛んだ。

四十年近く前、自分は他家の手代の平蔵とともに、あの比叡山の麓を通る若狭街道を、小浜に向かい逃げていた。

若狭街道は東は比叡山から連なる比良山地と、西は丹波山地からのびる北山の山塊に挟まれ、峡隘《きょうあい》であった。

初冬の空が、山間にほんのわずかだけ広がっていた。

「お、お蕗さまあ――」

追っ手に引っ立てられながら、平蔵が自分に放った絶叫が、いまでもお蕗の耳にはっきり甦《よみがえ》ってくる。

その声が、どうしたことか北西に聳える愛宕山に連亘《れんこう》し、上嵯峨村のお杉の顔になっていくのであった。

どう見ても、お杉はあの平蔵に似ていた。

だが父親の名は徳兵衛だときいている。

小間物屋鏡屋の手代平蔵は、どこに消えてしまったのだ。

二十年ほど前、お蕗はひそかに金を使い、平蔵の生国丹波の篠山に人をやり、かれの消息を調べさせた。

無事に暮らしているかどうかだけでも知りたかった。しかし、かれについてはなんの消息もたどれないで終った。

両目を閉じると、悲痛に叫んでいた平蔵の顔や声が鮮やかに甦ってくる。

そのかれの顔が、なぜかお杉のそれと重なってならなかった。

そんな平蔵のそばに、濃紅色の椿が雪崩《なだ》れるように咲いていた。後で知ったが、その早咲きの椿は〈なおい紅〉というのだそうだ。

――これはいったいどうしてなのか。

お蕗は目を閉じ、ふとふらついた。

「ご隠居さま、どういたされました。ご気分がお悪いのではございまへんか」

およねがあわてて彼女の身体を支えた。

「いや、どうもあらしまへん」

彼女は毅然とした態度に戻り、一声およねに答えた。

足許を銀杏《いちょう》の葉がひと塊《かたまり》になり、ざわっと吹きすぎていった。

三

「ごめんやす――」

数日前につづき、今日も鯉屋の表戸がそっと開かれ、上嵯峨村から野菜売りにやってきたお杉の声が、ひかえ目にかけられた。

彼女がそろそろ現われるのではないかと、菊太郎が普段着から伊賀袴姿に着替えた八つ半（午後三時）すぎであった。

広い土間には、鶴太の手で草鞋《わらじ》がそろえられている。

お杉は裾の短い木綿絣《もめんがすり》の膝切り、帯は矢の字結び。両脚に脚絆《きゃはん》を付けた草鞋姿だった。

背中に空《から》の大きな籠を負い、両手にやはり空籠を下げ、陽に焼けた顔にほっとした気配を浮べていた。

お杉たち売り仲間の村娘は、夜明けとともに起き出し、前日、畠から収穫してきた大根や芋、南瓜《かぼちゃ》や秋菜、さらには栗や茸など山野の実りを荷物としてまとめる。広沢池に近い稚児《ちご》の森で、いつも六つ半（午前七時）頃に集まった。

それから約半刻（一時間）かけ、山越道を越えて仁和寺街道をたどり、京の一条口に架る紙屋川橋を渡り、洛中に入るのであった。

「うち、今日は上京のお得意さん廻りだけやさかい、昼すぎに先に一人で戻ります。そやさかい、心配せんといてや」

「うちは西陣のお得意さんを廻ってから、相国寺近くのお客はんところへ、頼まれてた山芋を届けに行くねん。戻りは遅うなるかもしれへんさかい、誰か紙屋川のそばの腰掛け茶屋、『甚兵衛』はんとこで待っててくれへんかあ。陽が西に傾くまでには戻るさかい」

紙屋川畔《たもと》で五、六人の村娘たちは、互いにこれからの行き先を告げ合う。

荷物の多いときには、お杉でも天秤棒を用いる場合もあった。

「ほな、お互い気を付けてなあ」

「無理せんときや――」

それから村娘たちはこうした声をかけ合い、京の町中に散っていくのである。

販路や得意先は別々に固めていた。

夫婦八反――という言葉があるが、これは夫婦で耕作でき、四、五人の家族が年貢を納めたうえ、まずまず暮らしていける面積を指す言葉。ところが大覚寺近くに住むお杉の家の耕作地は五反。兄の修平《しゅうへい》と二人でその田畠を耕し、なんとか暮らしをまかなっていた。

ここ数年、古い打ち疵が痛み出して動きに不自由をきたし、さらには病で臥せりがちになった父親の徳兵衛を、兄妹して労《いたわ》っての毎日であった。

母親のお里《さと》は七年前に亡くなり、お杉が頼りにするのは兄の修平だけだった。

徳兵衛の古疵は右足の骨折。若いとき負ったというそれが、十分に手当されなかったせいか、五十をすぎた頃から痛み出し、近年、杖をついて辛うじて歩くまでに悪化していた。

「お父はんは自分の若い時分のことを、なにも話さはらへん。二十すぎまで、京の商家に奉公してはったらしいと、誰かにきいた覚えがある。そやけどなにをたずねても、忘れてしもたといい、すぐ口を噤《つぐ》んでしまわはるねん。ときどき愛宕山の向こうの方を、哀しそうに見てはるのが、わしにはなんや気になるわ」

お杉と修平の兄妹にとって徳兵衛は、働き者でそれは優しい父親であった。

死んだ母親のお里にも文句のない夫で、彼女が寝付いたとき、必死に看病していた姿が、お杉にはいまでも忘れられなかった。

「おまえんとこの徳兵衛はんは、わけありの入り聟やったんやわ。先代の徳兵衛はんは慈悲深いお人でなあ。そやさかい、身許の不確かないまの徳兵衛はんでも、入り聟にしはったんや。そやけど先代の目は確かやったわいな」

お杉は誰からともなくそう教えられていた。

お杉の家は大覚寺宮領に属していた。先代の徳兵衛は、宮領を掌管《しょうかん》する坊官の野路《のじ》井大蔵卿に懇願し、当代の徳兵衛の身許をととのえたのであった。

それほどかれは好ましい人柄で、村中総出で行うさまざまな仕事や役目も、率先して果していた。

こんなかれだけに、悪くいう村人は少なかった。

だが夫婦が先代から受け継いだのは、粗末な藁葺《わらぶ》きの母屋と納屋、五反の田畠だけで、暮らしは決して楽ではなかった。

そのため若い徳兵衛は、天竜寺村の角倉屋敷へ手伝い仕事に出かけた。桂川を利用し、木材や薪炭《しんたん》、そのほか多くの物資を丹波から船で運んでくるその陸揚げに雇われ、お里との間に生れた二人の子どもを養っていた。

「村の若い奴の中には、角倉さまのところで日傭い仕事をさせてもらいながら、すぐすってんてんになってしまう者もいるそうや。折角、いただいた銭を褌《ふんどし》の中に隠し、船頭たちが通う博打場に行ってるのやわ。そいつらにくらべ、徳兵衛はんは一日の仕事がすむと、脇目もふらんと家に戻り、また草鞋や筵編みに励んではる。怠け者たちに徳兵衛はんを見習ってほしいわい。博打に夜遊び、こんなことが坊官の野路井さまに知られたら、預うている宮領の田畠を召し上げられてしまう。みんなもっとしゃんとせなあきまへん」

村年寄が若い徳兵衛を範とせねばならぬと、引き合いに出すのは再々であった。

そんなかれは村の集まりでは、いつも部屋の隅にひかえ目に坐っていた。

だが、決してぼんやりしているわけではなかった。

嵯峨野特産の〈嵯峨菊〉を、もっと積極的に栽培してはどうかと、提案したのはかれだった。

嵯峨菊は地質の関係から、嵯峨辺りでしか育たない中菊。十一月頃が最盛期で、花は全体が箒作りというやせ姿。花弁は初め縮れて繰りだし、伸びるにつれて垂れ、やがて上に向かって立ち上がる。丁度、茶筅を立てたような姿になった。

雅て品のある独特の菊だった。

「わたしは、村のみなさまが、それぞれ嵯峨菊を作らはることをお勧めします。あの菊はたくさんある品種の中でも、一番雅た菊やないかと、わたしは思うてます。そやけど土質のせいか、ほかでは栽培できしまへん。京の町のお人たちは、嵯峨菊を大変貴重な花として尊んではります。花を活《い》ける。下々《しもじも》の者にはその気持がようわかりまへんけど、京で暮らしてはる普通のお人たちに、花を活けるのは自然のことなんどす。そやさかい、その菊を商品として栽培し、京の町に持っていったら、きっとよう売れるはずどす。そないしたらいかがどっしゃろ」

かれが村人が多く集まった席で口を利いたのは、これが初めてであった。

「嵯峨菊、そんなん徳兵衛がいうように、簡単には売れへんやろ。あいつは田畠仕事が嫌なんと違うかいな」

「だいたいあいつ、自分のことを上品ぶってわたしというのが気に入らへん。郷に入っては郷に従えいう諺もあるやろな。なんでみんなと同じように、自分をわしといえへんのじゃ。わしは商人染みたあいつの青瓢簞《あおびようたん》みたいな面が、気にくわんわいな」

最初の年、こんな口調で非難する村人もいた。

だが徳兵衛の言葉に従い、栽培に取り組んだ何人かは、野菜売りに出かける村娘たちにそれを託した結果、意外にたくさんの人々がこの嵯峨菊を賞《め》でるのと、得た収入が多かったのに驚いた。

次の年には手がける農家が倍になり、憎まれ口を叩いていた村人まで、その栽培をはじめた。これによって大覚寺宮領の村人たちの収入はぐっと増え、徳兵衛が自分を指してわたしというのを、苦々しく思う人も少なくなった。

坊官の野路井家の当主も、京の人たちや公卿衆の間で嵯峨菊が好評だときき、鼻高々だった。

「嵯峨菊はわが家の庭でも栽培ができるときいた。来年には是非ともそれをしたいものよのう。以後、宮さまに献上いたさせねばなるまい。さらには天皇《みかど》さまにもじゃ」

坊官・野路井大蔵卿の言葉が村に伝えられると、徳兵衛は大覚寺宮領の村人から、敬愛の念をもって挨拶されるようになった。

「実をいえばあの徳兵衛はんは若いとき、誰に折檻されたのやら、えらい乱暴を受け、広沢池のそばの稚児の森の前で、倒れてはったそうやわ。どうしてか背中に小さな荷を結び、おそらく丹波に向かうつもりが道を間違え、嵯峨野にふらふらと迷い込んできはったんやろ。それを先代の徳兵衛はんが憐れみ、背負うて家に連れてきはった。ところがその夜からひどい熱を出し、寝込んでしまわはったというわい。どこの誰かもわからんそんな余所者《よそもん》の若い男を、娘のお里はんが甲斐甲斐しく看病に当ってはるうちに、深い仲になってしもうたというわけやわいな。先代の徳兵衛はんは、仏の徳兵衛はんといわれてはったお人や。いまの徳兵衛はんを、仏さまから授かった男はんやとまでいい、とうとう家の聟にしてしまわはったんやがな。死ぬときには自分の名前を継がせたくらい、惚れ込んではったのや」

　年寄りの一人が、村人からたずねられて語りつづけた。

「いまの徳兵衛はんのほんまの名は、確か平蔵はんときいてたなあ。坊官の野路井大蔵卿さまは、すべてをご存じのはずやけど、この話は一応、内緒の約束やさかいな。とにかく村のお人たちに嵯峨菊の栽培をすすめ、毎年毎年大きく儲けさせてくれてる徳兵衛はんのことやさかい。あのお人は大覚寺宮領だけではなく、上嵯峨村全体の恩人なんじゃ。先程、わしはつい折檻を受けてなどというてしもうたけど、それかて徳兵衛はんが、なにか悪事を働いてというわけやないねんで。あのお人がごろつきみたいなことをして、折檻される道理がないさかいなあ。それでも迂闊に人には語れへんなにかがあるのやろ。いまでもときどき徳兵衛はんは、寂しそうな顔で京や丹波の方をじっと見てはるわ」

「そういうたら徳兵衛はんは、この宮領にきてから、一度も京の町には行ってはらへんなあ。いったい京でなにがあったんやろ」

「それはわからへん。そやけどそんなことを嗅ぎまわるのは、止めておくこっちゃ。坊官の野路井大蔵卿さまが、胸の中にすべてそっと仕舞い込んではるのやさかい。下手に噂にしたりすると、宮領から所払いにされてしまうねんで——」

「それはご免やわいな」

「わしもついいうてしもうたけど、これから見ざる・言わざる・聞かざるでいくさかいなあ。いま口を滑らせたのを後悔してるわ」

徳兵衛がどうしてお里の聟になったかを語った年寄りは、苦渋の溜息をついてつぶやいた。

「わしもいまの話はみんな忘れてしまうわい。しつこくたずねて悪かったのう」

年寄りから経緯《いきさつ》をきき出した男は、顔に改悟の色を浮べて誓った。

だがこんな噂話は、すぐ静かに広まる性質のもので、大覚寺宮領の村人なら、誰も敢《あ》えて口にしないだけで、ひそかに衆知のことであった。

菊太郎も五、六度お杉を山越道まで送るうち、連れ立つ村娘たちから、なんとなくその噂をきいていた。

そして源十郎の手で、それなりに調べさせていたのであった。

「お杉はん、お茶でもいっぱいどうどす」

菊太郎が帳場のそばから立ち上がりかけたとき、奥からお店さまのお多佳が現われ、お杉に声をかけた。

「これはお店さま、いつもお世話になります。折角どすけど、お茶は遠慮させていただきます。それより今朝、お届けした嵯峨菊をあんなにきれいに活けていただき、ありがとうございます」

お杉は目を輝かせて礼をいった。

帳場のかたわらの信楽《しがらき》の大壺に、嵯峨菊が凛然と活けられていたのだ。

「おお、まことに見事じゃ。嵯峨菊を活けてはじまる京の冬。まあそんなところじゃな」

駄句をひねり、菊太郎は差料を摑んで立ち上がった。

上がり框に腰を下ろし、草鞋の紐を結びにかかった。

「お店さま、陽はまだそれほど傾いてまへんけど、お杉はんは病で寝付いてはる親父さまの工合を、心配してはるんどすわ」

下代《げだい》の吉左衛門がお杉を取りなした。

「お杉はん、それでお父はんのごようすはどないどす」

お多佳が案じ顔でたずねた。

「へえ、ありがとうございます。さほど悪いとは思われしまへんのやけど、食べたらもっと元気になるいうのに、食《しょく》がなかなか進まへんのどす。お店さま、これはどうしたことどすやろ」

「さあ、どうしてどっしゃろ。とにかく口当りのええものを、少しでも多く食べていただくしかありまへんなあ」

そこでお多佳は、ちょっと待ってなはれといい、奥の台所に急いで引っ込んだ。進物として貰った鮎の甘露煮を五匹、平深鉢に入れ、竹皮で覆って持ってきた。

「この鮎の甘露煮、口当りがようて旨《うも》おすさかい、お父はんに食べてもろうておくれやす。食が進み、ちょっとは元気にならはるかもしれまへん」

「こんな高価なもの、気にかけておくれやしておおきに。遠慮なくいただかせてもらいます」

お杉はお多佳に一礼していい、帳場にひかえる吉左衛門や、土間に立つ鶴太や正太たちにも、にこやかな顔で頭を下げた。

「お杉どの、さればまいりましょうぞ」

草鞋の紐を結び終えた菊太郎が、差料を摑んで立ち上がった。

伊賀袴に野羽織を着た姿は、かれの男振りを常にもまして際立たせていた。

これに網笠をかぶり、菊太郎はいつもお杉からやや離れて山越道をたどり、大沢池の近くまで彼女を送り届ける。

距離をあけて歩くのは、ならず者たちに隙を与え、かれらがもし乱暴をするために現われたら、懲らしめてやろうと企んでいたからであった。

二人は鯉屋の暖簾をつづいてくぐり、外に出た。

紙屋川の一条口までの道程《みちのり》は、西町奉行所の四脚門の前を、南北にのびる千本通りを北上し、下立売通りで西に曲がり、北野馬場通りをさらに一条まで北上する。

そこで再び西に折れると、紙屋川の一条口はすぐであった。

「お杉どの、今日、甚兵衛茶屋で待ち合わせているのは、おみちどの一人だともうされていたな」

「はい、さようでございます」

菊太郎の先を足早に歩くお杉の返事が、後ろに返されてきた。

かれは彼女を送るうちに、ともに村から物売りにくる若い娘たちの名前を、すっかり覚えていた。

紙屋川畔で茶店を営む甚兵衛とも親しくなり、軽口を利くほどであった。

千本通りから西を見ると、三条台村が大きく広がり、太秦《うずまさ》村からさらには西山が遠くに眺められ、双ヶ岡《ならびがおか》の向こうには愛宕山が高く聳えていた。

陽が西に傾きかけ、晩秋のそれが眩《まぶ》しかった。

菊太郎の前を歩くお杉の髷で、赤いものが鈍い光を放っていた。

堆朱《ついしゅ》の玉簪《たまかんざし》であった。

「お杉どの、つかぬことをおたずねもうすが、髷の玉簪はいかがされたのじゃ」

「はい、十八屋のご隠居さまが、今日、うちにくだされたのでございます。これは自分が若い頃、大事なお人からいただいたものどす。それもいまは遠い日のなつかしい思い出になってしまいましたけどなあ。おまえさんはなぜかそのお人にそっくり。年寄りのうちには、この玉簪はもう使えしまへん。おまえさんには似合うはずどす。これを縁やと思うて上げますさかい、大切にして、必ず幸せになるのどすといわはり、なんだか涙ぐんでうちの髷に挿してくださいました」

「ほう、高価な堆朱の玉簪をなあ——」

菊太郎は一旦、お杉に近づいて玉簪を確かめ、また足をゆるめて声を放った。

徳兵衛と名乗るお杉の父親は平蔵といい、若い頃、金物問屋十八屋に近い笹屋町の小間物屋鏡屋に、手代として奉公していたと、源十郎の調べですでにわかっていた。

その平蔵と十八屋の隠居お蕗は、かつてなにか深い関わりがあったのではないか。その不審がこれで解け、謎めいた符牒《ふちょう》がかっちり嚙み合う感じだった。

お杉を遠くから温かく見守ろうとしている隠居の意図も、これで察せられてきた。

お杉と隠居お蕗との出会いはほんの偶然。たびたび十八屋へ野菜を売りに立ち寄っていたお杉を、台所に姿をのぞかせたお蕗が、見かけたにすぎなかった。

それからお蕗は、お杉が店の台所に訪れるのを待つようになったのである。

堆朱は彫漆の一種。朱漆を百回ほど塗り重ね、その漆の層に山水や花鳥などの絵模様を彫り出したものをいい、宋代以降、中国で盛んに行われた。室町時代、その技術が日本に伝えられ、お盆や香合、簪などが作られた。

小間物屋に奉公していた平蔵が、金物問屋の独り娘お蕗に、思いを込めて贈った品だと考えてもおかしくはない。いや、それに決まっている。

その後、二人がたどった軌跡は全く別々のものになってしまった。

そこにはどうやら、哀しい物語がひめられているようだった。

甚兵衛茶屋で村娘のおみちと出会い、菊太郎は仁和寺街道を西に進むお杉たちの後ろを歩いていた。そのかれには、身分が大きく異なる二人の間に起こったに違いない悲劇的な別れの光景が、鮮やかに見えてきた。

どうしてかは不明だが、ともかく平蔵は上嵯峨村にきて、先代の徳兵衛の許に身を寄せた。そして入り聟となり、娘のお里と夫婦になったのだろう。

哀しい軌跡をたどった平蔵の思いを宿した若い娘が、偶然、隠居お蕗の晩景に光を放って入り込んできた。

菊太郎は自分や源十郎たち鯉屋の人々が、この宿命的な邂逅《かいこう》に立ち会っているのを、いま堆朱の玉簪を目にし、はっきりと感じていた。

十八屋の隠居お蕗は、お杉を平蔵の娘と承知し、好意を寄せているわけではなかろう。

一方、お杉の父親は、娘が金物問屋の十八屋に出入りしているのを知っているのだろうか。

それについてはどんなに考えても、菊太郎には答が出せなかった。

御室御所ともいわれる仁和寺の門前を通り、福王寺村、宇多野村をすぎた。

一町ばかりの距離をおき、菊太郎はお杉とおみちの後につづいた。

間もなく山越道にさしかかった。

狭い山道の両側には、藪が深く繁っている。

曲がりくねった山道。お杉たちの姿が藪の向こうに消えてすぐ、悲鳴が上がった。

脱兎の勢いで菊太郎は駆け付けた。

縞のきものを着たならず者が四人、お杉とおみちの二人を抱きすくめていた。

「わしの企みが図に当り、ついに現われおったな――」

「て、てめえはなんじゃい。大覚寺の寺侍かいな。余計な手出しをすると、痛い目に遭わなならんのやで――」

「わしがただの寺侍に見えるのか。余計な手出しをするなとは、笑止な奴らじゃ」

「これが見えへんのか。下手に動いたら、この娘たちの命はないのやぞ」

ひたいに青筋を浮き立たせた若い男が、懐から匕首《あいくち》を抜き出し、お杉の胸に突き付けながらわめいた。

「ふん、殺《や》れるものなら殺るがよいわさ。その代わり、後でわしがそなたたちの耳や鼻を次々に削《そ》ぎ落し、嬲《なぶ》り殺しにしてつかわす。わしは大覚寺の寺侍ではなく、この女子たちに付けられた用心棒じゃ。それもただの用心棒ではないぞよ」

菊太郎はいうや否や、腰にさっと手をのばし、お杉とおみちを抱え込んだ二人のならず者に、つづけざまに鋭く小柄《こづか》を飛ばした。

小柄は狙いをたがわず、二人の手首に突き刺さった。

「うわあっ――」

「ぎゃあ――」

二人が悲鳴を迸《ほとばし》らせたとき、菊太郎は素速く走り寄って白刃をひらめかせ、かれら四人を峰打ちにしていた。

ほんの一瞬といってもいいほどの速さだった。

四人のならず者がばたばたと倒れ込むのを、お杉とおみちは肩を寄せ合い、呆然として眺めていた。

「これで片付いたわい。お杉どのたち、安心いたされるがよい」

菊太郎は網笠の紐を解きながらいった。

近くにはならず者たちが倒れている。

丁度そのとき、嵯峨野の方からなにかを運んだ空の荷車が、馬に曳かれて登ってきた。

とっさに菊太郎は、倒れている男たちを東町奉行所に送り届けることを思い付いた。

「おい、そこにまいる馬方、ちょっと頼まれてくれまいか。わしは東町奉行所同心組頭・田村銕蔵の手の者じゃが、ここに転がっている男たちを、町奉行所まで運んでもらいたいのじゃ。ただでいたせとはもうさぬ。一両の運び賃を先に払ってとらせよう」

菊太郎は異腹弟銕蔵の手下だと、臆面もなく名乗った。

女に乱暴を働こうとしたならず者を捕えたのだ。町奉行所に文句のあるはずがなかった。

一両ときき、馬の轡《くつわ》を取った男の顔が輝いた。

「お奉行所の旦那、それはありがたいことどす。させていただきますわ」

菊太郎はその言葉をきくと、ならず者のきものを引き剝ぎ、かれらを褌一つにした。帯や下着の紐で、四人の手足を堅く結んだ。

きものを頭からかぶせたのは、馬方の顔をかれらに見られないようにするためだった。

裸にされた男たちが、かれと馬方によって次々と荷車に運び上げられ、荷縄でなお縛り付けられた。

「こ、これはどうなったんや。助けてくれい——」

途中で我に返った一人が、悲鳴を上げて叫んだ。

「黙れっ、おのれたちを町奉行所まで運ぶのじゃ。これから一声でも発したら、次には叩き斬ってくれるぞ」

菊太郎は鋭い声でならず者たちを恫喝《どうかつ》した。

馬方が幾分、怯えた顔でかれを見つめていた。

「馬方の親父、わしはこの娘たちを大覚寺のそばまで送り届け、すぐ京に引き返すつもりじゃ。こ奴らを一人で運ぶのが躊躇《ためら》われるなら、わしに付いてくるか——」

かれの問いかけに、馬方はこくんとうなずいた。

時刻柄、普通なら京から上嵯峨村や近辺の村に戻る人々がいそうなものだが、その日にかぎり不思議に人影がなかった。

「では大覚寺のそばまで、わしに付いてちょっと無駄足を運び、それから京に戻るとするか」

馬方にいい、菊太郎はお杉どのたち、さあまいりましょうと声をかけた。

「菊太郎さま、すんまへん」

お杉はいつの間にか親しみを込め、かれをこう呼んでいた。

「いやいや、これがわしの役目、なにも詫びることはないぞよ。今日は家の近くまでお供をするといたそう」

かれはお杉たちに優しくいい、上嵯峨村に向かった。

山越道を通りすぎると、広沢池が右手に大きく広がり、秋の落暉《らっき》が水面で光っていた。

お杉の父親が行き倒れていたときく稚児の森をへて、上嵯峨村に入った。

大覚寺の伽藍が、藁屋根が並ぶ向こうに聳え立っていた。

「菊太郎さま、うちの家はあの大きな松の木の北へ三軒目、おみちはんはその少し先どす」

「松の木から三軒目と少し先か。ならばもう大丈夫じゃな。わしと馬方はここで引き返そう。今日はいささか恐い思いをさせてしもうたのう」

「いいえ、せめて家に立ち寄り、お茶などいかがでございます。お父はんや兄さまが、一度、ご挨拶したいともうしておりましたさかい」

「堅苦しい挨拶など無用じゃ。ではこれでご免こうむるといたす」

菊太郎は素っ気なくいい、踵《きびす》を返した。

光を鈍くさせた落暉が、西山の尾根に触れかけていた。

四

旦暮《たんぼ》（朝夕）、冷えが厳しくなっていた。

愛宕山はすでに三度、頂に雪をかぶった。

薄陽の射す部屋で寝床から半身を起こした徳兵衛は、軽い咳をもらし、お杉の動きを目で追っていた。

お杉はまだ気付いていないが、父親の目が娘の後ろ姿を追うのは、山越道でならず者たちに襲われて戻ったその夜からであった。

徳兵衛は、絶えずお杉の髷に挿された堆朱の玉簪を見ていたのだ。

かれはお杉に声をかけかけては思い止《とど》まり、顔を伏せて深い吐息をつき、また布団に横たわった。

だが今日のかれは少し違っていた。

「さあお父はん、煎じ薬を飲んでおくれやす」

お杉が台所で煮立てた煎じ薬を筒茶碗に入れ、お盆にのせて持ってきた。

徳兵衛は半身をゆっくり起こし、ごほんごほんと力のない咳をつき、両手でそれを受け取った。

年と季節のせいか、右足の古疵がずきんと痛んだ。

「お杉、面倒をかけてすまんこっちゃ」

「お父はん、なにをいうてはりますのや。うち少しも面倒とは思うていいしまへんえ。薬や滋養になるものをもっと摂《と》り、早う元気になっとくれやす。そしたら仰山、畠仕事をしてもらいますさかい。お父はんが育てた嵯峨菊を、来年は見せておくれやすな。誰が作らはった菊より見事どすさかい――」

「嵯峨菊なあ、あれはほんまにええ菊やわ」

徳兵衛は煎じ薬を一口飲み、弱々しい声でつぶやいた。

「その嵯峨菊の栽培、お父はんが村のお人たちに勧めはったそうどすなあ。いまでは京へ持っていくと、あっという間に売り切れてしまうほどどす。村のお人たちが、これも徳兵衛はんのお陰やといわはり、兄さまやうちは鼻が高うおす」

「そうかあ、それはよかったなあ。わしはさして深う考えて勧めたわけやないけど、いくらかでも村のお人たちのためになり、幸いどしたわ。それよりお杉、おまえがこの間から髷に挿している玉簪、どこかで買うたんか、それとも誰かに貰うたんか。お父はんにきかせてくれへんか。前から話にきいてる公事宿鯉屋のお店さまに、貰うたのではないやろなあ」

徳兵衛は声を震わせ、お杉にたずねた。

どこか熱を帯びた声であった。

「お父はん、この玉簪――」

「ああ、そうや」

「これはうちをご贔屓にしてくれはる大店のご隠居さまが、うちに似合うはずやというてくれはったんどす」

お杉は父親からきかれ、髷に手をのばして堆朱の玉簪を抜き取った。

彼女はこれまで自分が廻っている京の顧客について、父親の徳兵衛にはなにも話していなかった。

「大店のご隠居さまがくれはったのかいな――」

「へえ、ご禁裏さまに近い布袋屋町の金物問屋十八屋のご隠居さまどす」

「十八屋のご隠居さまやと――」

お杉から簪を受け取った徳兵衛の顔と声が、ここで凍り付いた。

痩せ衰えた両手で、玉簪を受け取った徳兵衛の目に、涙が滂沱《ぼうだ》とあふれ出てきた。

この簪はまさしく笹屋町の小間物屋鏡屋に手代の平蔵として奉公していた自分が、十八屋の独り娘お蕗に贈ったものに違いなかった。

なんという因縁の深さだ。

十八屋の隠居お蕗は、お杉を自分の娘だと知っているのだろうか。長年、胸の奥に秘めてきたさまざまな哀《かな》しい記憶を一挙に甦らせ、かれは顔をうつむけ、蕭条《しょうじょう》ともいえる声ですすり泣きはじめた。

やがてそれは慟哭《どうこく》に変った。

「お、お父はん、急にどないしはったんどす」

お杉は玉簪を手にして慟哭する徳兵衛に驚き、あわてててすり寄り、背中をさすってたずねた。

だが慟哭が再びすすり泣きに変っただけで、徳兵衛はなにも答えない。玉簪をお杉の手に戻し、横になると、布団を頭からかぶってしまった。

布団がかすかに動き、徳兵衛はまだ慟哭しつづけている。

お杉はただ呆然と、その声をきくだけであった。

その日から嵯峨野だけではなく、京の町の冷えが一段と厳しくなってきた。

鯉屋で働く鶴太や正太たちにも、足袋の使用が許された。

「足袋はやっぱりぬくたいわ。大事に履かなあかんなあ」

鶴太が正太にいい、朝の掃除をすませたとき、十八屋の隠居お蕗が、およねを伴い訪ねてきた。

「これは十八屋のご隠居さま——」

正太があわてて吉左衛門に取り次ぎ、朝寝を決め込んでいた菊太郎も叩き起こされた。

ここ七日、上嵯峨村からお杉は全くきていなかった。

「菊太郎はん、お杉はんはどないしはりましたんやろ。もしかして風邪でも引き、寝ておいやすのやろか。うちは心配でかないまへん」

急いで客間に姿をのぞかせた菊太郎に、お蕗の放った最初の声であった。

「十八屋のご隠居どの、それがしもさように思わぬでもございませぬ。されどそれより、病んで寝付いているお杉どのの父親の徳兵衛どのの身に、なにかあったのかもしれませぬなあ」

「お杉はんのお父はん——」

お蕗ははっとしたようにつぶやいた。

主の源十郎が客間に入ってきて、無言のまま彼女に低頭した。

「それほどご心配なら、それがしがご隠居どののお供をいたしますゆえ、上嵯峨村まで確かめにまいってもよろしゅうございますぞ」

「菊太郎はんはお杉はんの家をご存じなんどすか——」

お蕗は暗い顔で菊太郎にたずねた。

「いかにも、存じております」

「では早速、駕籠を雇い、上嵯峨村まで連れていってくれはりますか。うちはなんや愛宕山の方で、誰かが呼んでいるように思われてなりまへん」

彼女の一声で鶴太が駕籠屋に走った。

仁和寺街道を通り、お蕗を乗せた町駕籠が、大沢池のかたわらから稚児の森をすぎたのは、一刻（二時間）ほど後だった。

愛宕山の空が重く鉛色に曇り、空から白いものがちらちら舞いはじめていた。

少し先に大覚寺宮領に住む人々の藁屋根が見え、街道沿いの竹藪から、赤い椿の花が群れをなし、雪崩れるようにのぞいていた。

町駕籠から降りたお蕗の耳に、弔《とむら》いの鈴の音が、寂しくちりりんと鳴りひびいた。

「十八屋のご隠居どの、あの松の木から北に三軒目。そこがお杉どのの家だそうでございます」

菊太郎の言葉に、お蕗は無言でうなずいた。

彼女の耳にまた弔いの鈴がちりりんと鳴った。

喪服姿の数人につづく弔いの行列が畦道《あぜみち》をいくのが、お蕗や菊太郎の目に付いた。

行列の先頭には青竹が立てられ、白いあの世裂《よぎれ》が北風に激しく靡《なび》いている。

「およね、あのお弔いの主《ぬし》はだれか、たずねてきてくれまへんか」

お蕗にいわれ、およねは街道沿いの一軒に向かい走った。

その行列の中に、お蕗はうなだれたお杉の姿があるのをすでに認めていた。

ぞくっとした悪寒が彼女の背筋を震わせていた。

「ご隠居さま、お弔いは徳兵衛さまともうされるお人のもので、徳兵衛さまはお杉はんの父親だそうでございます」

急いで戻って告げるおよねの声を、お蕗は黙ってきいていた。

「十八屋のご隠居どの、ここで明かすのもなんでござるが、その徳兵衛どのは若い頃、布袋屋町の北、笹屋町でいまも商いをいたしている小間物屋の鏡屋に、平蔵の名で奉公しておられたそうじゃ」

菊太郎は沈痛な口調でお蕗に告げた。

かれのその言葉が、お蕗の胸に錐《きり》で揉むように突き刺さった。

ああ、なにもかもあの折と同じだ。

あのとき、悲痛な声で自分の名を呼んだ平蔵のかたわらで、濃紅色の椿が咲き乱れていた。

遠い日の椿。お杉はその平蔵の娘だったのだ。

——本当ならうちが産んでいたはずの娘。

うっと嗚咽をもらすお蕗の耳に、また弔いの鈴の音が寂しく鳴りひびいた。

鉛色の空から、雪が急に激しく降りはじめた。

愛宕山の頂が雪雲で見えなくなっている。

一羽の鴉が哀しそうに鳴き、雪の舞う西の空に飛んでいった。

黒猫

一

師走まであと五日余りに迫り、町の中がなんとなくあわただしくなっている。

昼間でも冷え、吐く息が白く見えるほどだった。

田村菊太郎は祇園・新橋で団子屋を営むお信の許から、公事宿《くじやど》「鯉屋《こいや》」に戻るため、寒さをこらえながら、姉小路通りを西に向かっていた。

遠くに見える愛宕山が雪をかぶり、丹波はもう雪に覆われているだろう。

いまになって考えれば、それはおよそ一年ほど前のことであった。

菊太郎が東洞院《ひがしのとういん》通りをすぎようとしたとき、路地の奥から急に、黒い物が地を跳《は》ねるようにして飛び出してきた。

つづいてけたたましい女の声がひびいた。

「泥棒、泥棒猫——」

路地から走り出てきたのは黒猫。口汚く罵《ののし》りながらそれを追ってきたのは、中年すぎの女であった。

その黒猫はどうしたことやら、走り出た勢いのまま逃げ失せず、菊太郎の後ろに廻り込んだ。

にゃあごと鳴き、口からぽとりと灰色の塊《かたまり》を落した。

「なんだ、小鼠《こねずみ》ではないか――」

黒猫に噛まれ、ぐったりした鼠を目で確かめ、菊太郎はつぶやいた。

黒猫を追ってきた女も、それを見て自分の早とちりに気付き、手にしていた擂粉木《すりこぎ》をあわてて下ろした。

彼女は顔に、間違いを恥じる照れ笑いを浮べていた。

「窮鳥懐に入れば猟師も殺さずともうす諺がある。この黒猫、そなたの家の台所から、なにを盗み取ってきたわけでもなく、啣《くわ》えているのが鼠では、どうにも叱ることはできぬわなあ――」

菊太郎は背後に蹲《うずくま》る黒猫と、女の顔を交互に見て微笑した。

かれが口にした諺は、追い詰められた鳥が猟師の懐に飛び込んでくれば、鳥を撃つのが仕事の猟師でも、これを殺したりできない意。そこから窮地に陥《おちい》った人が、助けを求めてくれば、事情がどうあれ、すげなく扱うことも、黙って見すごすこともできない譬《たと》えに用いられている。

「お侍さま、野良猫にたびたび総菜を盗まれてますさかい、その黒猫を家の中で見て、つい野良猫と間違えてしもうたんどす。うちの粗忽《そこつ》を堪忍しておくれやす」

「この黒猫、おそらく小鼠を追い、長屋のどこかにひそんでいたのであろう。まあ、早とちりは誰にでもあることじゃ。詫びるには及ばぬわい」

「そういうてくれはると、ほっといたします。近くから誤って見てたら、擂粉木を持った女子が、お侍さまに打ちかかろうとしてたように映りましたやろ。ばさっと斬られたかて、仕方のないありさまどした。いまになったら、おお恐《こわ》どすわ」

「わしは刀こそ帯びてはいるが、咄嗟《とっさ》に人を斬るほどの手練《てだれ》ではないわい。それにこの差料も、人を斬るにはまるでおぼつかない鈍《なまく》らでなあ」

左腰に差した業物《わざもの》を手で軽く叩き、菊太郎は苦笑して女を慰めた。

「そんな鈍らな刀を、腰に差しておいでなんどすか――」

「ああ、わしは人を斬るのが嫌いでなあ。さらにもうせば、斬られるのも嫌じゃ。いざとなったら、専《もっぱ》ら逃げることにしておる」

「その心掛け、お侍さまには大事かもしれまへんなあ。そやけど、そんな心掛けのお侍さまは、見た目には臆病者でも実は凄腕やと、大家《おおや》の善兵衛《ぜんべえ》はんがいうてはりましたわ。物の本に書かれているそうどす。お侍さまもそんなお人かもしれまへん」

擂粉木を持った女は、意外に人の好い人物だとみえ、率直なことを口にした。

「いやいや、わしはそうではないわい。いざとなって逃げ出すのは、まことに臆病者ゆえで、腕に全く自信がないからじゃ」

女に自分の腕前を否定する菊太郎の足許で、黒猫は小鼠を食っていた。

「その黒猫、お侍さまのお人柄に安心したのか、まるで飼い主のそばにいるみたいに、小鼠を食べてますやないか。普通、猫は捕まえた獲物を、人前では食べへんといいますわなあ。この黒猫は賢いのかばかなのか、ようわかりまへんわ」

彼女は饒舌《じょうぜつ》であった。

「わしが思うに、おそらく賢い猫なのであろう。わしは甘い人間だと、この猫に思われているのじゃ」

「そんなことはありまへんやろ」

こうつぶやき、猫が鼠を食うさまを見ようと屈み込みかけた女は、あっと小さく叫び、路地にあわただしく駆け戻っていった。

物の焼け焦げる匂いが、菊太郎の鼻孔に漂ってきた。

黒猫は首をゆすり、なおも小鼠を食べている。

菊太郎は、往来の人の目から猫を庇《かば》うようにして屈み込んだ。

そんなかれを黒猫は一旦、顔を上げて眺め、にゃあごと甘えた声で鳴き、また獲物に食い付いた。

全身が真っ黒、銀色に光る目が怪しいほど美しかった。

野良猫ではなく飼い猫。毛並みがきれいにととのえられている。身体はしなやかで弾力に富み、獲物を追って広い場所を疾駆《しっく》させたら、さぞかし躍動感に満ちていようと、菊太郎は黒猫のそんな姿をふと想像した。

「これ、そなたの名はなんともうすのじゃ」

鼠を食い終えた黒猫に、かれは声をかけてみた。

答えるはずがないことはわかっていた。だがそうしたいほど、美しい肢体の黒猫であった。

「にゃあご――」

黒猫は、菊太郎になにをたずねられているのか、わかっているのかどうか、舌舐《したなめず》りをして小さな声で鳴き、喉《のど》をごろごろと鳴らした。

信頼の気持を示しているのは明らかだった。

猫は肉食動物。ネコ科の哺乳類で身体はしなやか。鞘に引き込むことのできる爪、ざらざらした舌、鋭い感覚のひげ、足の裏の肉球などが特徴であった。

エジプト時代から鼠害《そがい》対策として人間に飼われて家畜化し、神聖視された。

日本では奈良時代に中国から渡来したとされ、聴覚が鋭く、瞳孔は明るさに応じて大きさを変え、夜でもよく見える目をそなえている。鋭い鉤爪《かぎづめ》を持った前肢で、獲物を巧みに捕えた。

人間と密着して生きてきた愛玩動物で、夜行性などの特徴から、わが国では人知では解明できない奇怪な一面をそなえる生き物、妖怪に変化し得る小動物として扱われた。

さまざまな妖怪変化の物語に、登場させられているほどであった。

全身真っ黒な猫ともなれば、ほかの毛並みのものとは違い、その奇態性が一層際立っていた。

「そうかそうか。そなたはわしを信頼してくれるのじゃな」

菊太郎は黒猫の喉に手をのばし、指で軽く掻き上げてやった。

黒猫は目をつぶり、気持よさそうに甘えて首を左右にひねった。

そうしている最中、黒猫はいきなり四脚でぐっと立ち上がった。

「お侍さま、わしの猫を庇うてくれはっておおきに――」

飼い主とわかる八歳ぐらいの少年が、不意に現われたからであった。

かれは寒いのに膝切り姿。足袋も履かず、青洟《あおばな》をすすり上げていた。

当初からどこかでこれまでの経緯《いきさつ》を見ていたらしく、いまになりようやく、菊太郎に声をかけてきたのである。

「おう、これはそなたの飼い猫なのじゃな」

「へえ、そうどすねん」

少年は胸に飛び上がってきた黒猫を愛しそうに抱え、小さなその頭を撫でながら答えた。

「見事な猫で、どこかの大店の娘か、それともご禁裏さまにお仕えいたすお局《つぼね》さまが、飼うておられたとしても訝しくはあるまい。そなたのような童の飼い猫だとは驚いたわい」

「へえ、わしがこの猫を飼うてますねん。名前はお玉《たま》、わしは孝吉《こうきち》といいます」

「お玉に孝吉か。どちらもよい名じゃな」

「褒めてくれはっておおきに――」

「孝吉、そなたはこの黒猫をどうして飼いはじめたのじゃ」

「三年ほど前、鴨川の二条河原へ遊びに行ったときどした。そこに捨てられ、ぴいぴい鳴いてかわいそうどしたさかい、中から毛色の変ったこのお玉だけを一匹、拾うてきたんどすわ」

「お玉だけを一匹とは、ほかに何匹かいたのじゃな」

「全部で五匹いてましたけど、みんな生れたばかりで、腹を空かせているみたいどした。全部拾うてきてやりとうおしたけど、うちは貧乏どすさかい、そうもいかしまへん。後に残してきた四匹は、きっと鼬《いたち》か野狐にでも食われてしもうてまっしゃろ」

「五匹の中で、そのお玉だけが真っ黒だったというわけじゃな」

「へえ、そやさかいわしは、このお玉がなんや神々《こうごう》しく思え、拾うてきたんどす。そやけどお父はんやお母はんは、生き物は食わせなならんさかい、貧乏人が飼う物ではないと、叱らはりますねん。それでわしは当初、こっそり飼うてたんどす。けどお玉が鳴くさかいばれてしまい、嫌々、捨てさせられました。ところがお玉は、わしが何遍遠くに捨てても、必ず家に帰ってきてしまうんどすわ。一度なんか、遠い大原まで捨てに行きましたけど、四日目には帰ってきてしもうたんどす。雨の夜でお玉はずぶ濡れになり、かわいそうに家の表で鳴いてました。それからお父はんもお母はんも、捨ててこいとはいわはらんようになりましたわ」

　孝吉はなぜか困惑した顔でいった。

「その黒猫のお玉、よほどそなたが好きなのであろう」

「わしはこの三年ほど、自分の食い物を減らしてでも、お玉に食わせてきました。お玉はわしのような者にも懐《なつ》いてくれ、それはかわいい猫どす。それはそれとして、わしはいま困っているんどす」

「いま困っているのだと。それはなにかは知らぬが、孝吉、どうじゃ。ついそこのうどん屋が、表に暖簾を出しおった。あそこにまいり、温かいうどんでも食いながら、その話をきこうではないか。お玉にはうどん屋の親父に頼み、油揚げでも馳走してとらせよう」

「お、お侍さま、ほんまどすか――」

お玉を抱えた孝吉の声が弾んだ。

「おお、まことじゃ。これも見事な黒猫を飼いつづけてきた賜物《たまもの》かもしれぬぞ。小汚い野良猫なら、わしとてさような気にはなるまいでなあ」

菊太郎は苦笑を浮べ、目に付いたうどん屋に向かった。

「お侍さま、おおきに。こんな真っ昼間からうどんをご馳走してくれはるんどすか。わしには夢みたいで、お玉も喜んでまっしゃろ」

お玉を抱えた孝吉が、菊太郎の後ろではしゃいでいた。

そのうどん屋には、「大黒屋」の看板が下がっていた。

「親父、もう商いをはじめているのじゃな」

暖簾をくぐり、菊太郎は店の中に声をかけた。

「へえ旦那、いま暖簾を揚げたところどすわ。早々にきてくれはって、ありがとうさんどす」

「客はわしとこの坊主の二人じゃ」

菊太郎は狭い大黒屋の店の中を見廻し、奥の飯台に孝吉を誘った。

「天婦羅うどんを食いとうおすけど、お玉の食べるのを考え、わしは油揚げの入ったきつねうどんにさせていただきます」

孝吉は遠慮気味にいった。

「ならば孝吉は天婦羅うどん、お玉はきつねうどんじゃ。わしは素うどんでよいわい」

「ご馳走してくれはるお侍さまが、素うどんどすか。そしたらわしも、素うどんにさせてもらいますわ」

腰を下ろした床几の横にお玉をちょこんと坐らせ、孝吉は小声で告げた。

「孝吉、遠慮せずともよいのじゃ。わしが素うどんを頼むのは、うどんは素うどんに限ると思うているからよ。うどんの味は、出し汁によって大きく左右される。昆布と鰹《かつお》の削り出し。その善し悪しで店の評判が決まるのじゃ」

菊太郎は自分たちを快く迎えたうどん屋の主に、その三品を大声で告げ、合わせて油揚げをそのまま売ってはくれまいかと頼んだ。

「旦那、生の油揚げをどすかいな。それはまたなんでどす」

うどん屋の主は、奥の暖簾から顔を突き出してたずねた。

「客はわしとこの坊主の二人ともうしたが、猫を一匹連れているからよ」

「ああ、そうどしたんかいな」

「油揚げ一枚は、きつねうどん一杯の勘定にしておいてくれればよいぞ」

「猫に油揚げ。そら粋なご注文どすなあ。けど、そないに気を遣うていただかんでもよろしゅうおすわ。油揚げはわしの奢《おご》りにさせていただきまひょ」

「それではすまぬわい。気持だけいただき、勘定は払わせてもらうぞよ」

孝吉は菊太郎と店の主とのやり取りを、興味深そうに眺めていた。

やがて天婦羅うどんにきつねうどん、さらには素うどんと、皿に一枚のせられた油揚げが運ばれてきた。

お玉がごろごろと喉を鳴らし、床几から飯台にのび上がった。

「さあ孝吉、食べてくれ。勘定の心配などいたすまい。油揚げはお玉に。きつねうどんは鉢から出し、お玉にくれてやるがよかろう」

「へえ、そうさせていただきます」

孝吉は床几に油揚げをのせた皿を移し、きつねうどんの鉢から、湯気を立てるそれを箸で切って取り出し、皿の隅に置いた。

銀色の目で二人を見ていたお玉が、生の油揚げをまず口に啣えた。

「お侍さま、ご馳走になります」

「ああ、遠慮なく食べるがいい。油揚げのないうどんも、そなたが食うのじゃぞ」

「へえ、いただきます」

孝吉は頭を下げていうと、天婦羅うどんの出し汁を一口啜り、中に浮かせた海老《えび》の天婦羅に嚙み付いた。

ついでひと啜り、うどんを口に運んだ。

「味はいかがじゃ――」

「この店のうどん、旨おすわ」

「ところで先ほどの話だが、そなたはいまなにを困っているのじゃ」

菊太郎は一口素うどんを啜り、孝吉にたずねかけた。

「わし来年、正月が明けたら下京の古手《ふるて》（古着）問屋へ奉公に出されるんどす。このお玉と別れななりまへんねん。わしが古手問屋へ奉公に行った後、お玉が家でどないされるか、それが気になってなりまへん。今度こそお玉は、遠くに捨てられてしまいまっしゃろ。それを思うと、お玉がかわいそうでなりまへんのどすわ。それでお侍さま、いっそお玉をもろうていただけしまへんやろか。幸い、お玉もお侍さまを気に入っているみたいどすさかい――」

孝吉のもうし出は突拍子もないことだった。

「そなたはわしに、お玉を飼ってくれまいかともうしているのじゃな」

「へえ、そうしてもろうたら、わしは安心して古手問屋へ奉公に行けますさかい」

「そなたの父親はなんともうす名前で、なにを生業《なりわい》としているのじゃ」

「松吉といい、下駄の歯入れ屋をしてます。貧乏やさかい、猫の食い扶持まで儲《もう》けられへんと、愚痴ってはりますねん」

下駄の歯入れ屋は、道具ひとそろいを入れた網籠を背負い、下駄の歯入れ屋でございと呼び声を上げながら、顧客のいる町辻を歩き廻るのである。

稼ぎの少ない孝吉の父親松吉が、猫の食い扶持を愚痴るのは尤もであった。

「いくら懐いた猫でも、奉公先に連れてはまいれぬ。家に残していけば、捨てられてしまう恐れがあり、わしにもらってくれまいかと頼んでいるのじゃな」

「そうどす。これもなにかの縁。お侍さま、なんとかお願いいたします」

孝吉が懇願する姿を、お玉は銀色に光る目でじっと見つめ、菊太郎がどう返事をするか、待ち構える気配だった。

「孝吉、さように持ちかけられたらわしも困るのじゃ。実はわしは、お百ともうす老猫をすでに飼っているからよ」

菊太郎は困惑した顔でかれに打ち明けた。

その言葉をきくや否や、お玉が床几から飛び降り、大黒屋の外へ一気に駆け出した。

「お玉っ――」

孝吉が哀切な声で叫び、お玉の後を追っていった。

大黒屋の主伊助《いすけ》が、奥の縄暖簾から驚いた顔を突き出していた。

二

——お玉の奴、今日も店にきているのやなあ。

古手問屋「俵屋」の裏の広場。そこの片隅の井戸で、孝吉は釣瓶《つるべ》で水を汲み上げていた。台所の屋根を見上げ、そこにお玉の姿を認めると、表情を和らげた。

お玉はかれが近づけば、さっと姿を隠す。だが俵屋の見えるどこかにひそみ、孝吉をじっと見守っているのは確実であった。

「この頃、店の近くを真っ黒な猫がうろちょろしてるなあ。いったいどこの野良猫やろ。わしなんや気色《きしょく》が悪いわ」

春に入ってから、店の奉公人たちの噂になっていた。

古手問屋俵屋の主は七郎兵衛《しちろべえ》といい、古着買いから身を起こし、一代で古手問屋に成り上がった五十半ばの男。家族として息子の徳十郎《とくじゅうろう》と娘のお佐代《さよ》がおり、女房のお勝《かつ》は五十をすぎたいまでも、奉公人の男女七人を指図し、店を手伝っていた。

夫婦ともに吝嗇《りんしょく》。息子の徳十郎もそれに輪をかけ、勘定高い男であった。

しかし、自分の贅沢には金を惜しまないどころか、夜遊びにもたびたび出かけ、先斗町《ぽんとちょう》や北野新地などで浮き名を流していた。

古手問屋の主は、古手買いが買い込んできたさまざまな衣服を買い入れるほか、質流れ品や、古手仲間（組合）が催す古手市でも商売物を仕入れてくる。

その中から状態のよい物は、そのまま古手屋に売り、手入れを要する古着は、解《ほど》いて洗い張りをすませ、仕立て直しをして売るのであった。

仕立てのいい古着からは、ときどき思いがけない物が出てきた。襟などの端に、肌付金として小粒金が、そっと縫い込まれているのである。

お勝は、日払いで雇い入れた女たちがきものを解く折、そんな小粒金がくすねられないよう、常に目を光らせていた。

「そないにうまい話は、年に一、二度あるかなしかやわ。意地汚い目でうちらを見張ってからに。大店のお店さまのするこっちゃないわい。ほんまになんのつもりやろ。うちら、そんな銭なんかくすねへんわいさ」

近くの長屋からくる女たちが、古着の山の中に坐り、きものの縫い目を解きながら、お勝の悪口をささやくのはいつものことだった。

孝吉の奉公は、そんな品物の洗いや洗い張りからはじめられた。

洗い張りは、解かれたきものの布を洗濯した後、薄い糊汁に漬け、張り板に張って乾かすのであった。

その後、下職の賃縫いをする長屋住まいの女たちの手に渡されるのである。

「孝吉、一人前の古手屋になるには、こうした解きから洗い張りまで、すべて覚えておかなあかんのや。古手買いや、古手を仕入れて売るだけでは、立派な古手問屋とはいえへん。どんなことでも修業やと思い、頑張るこっちゃ。五年十年それをつづけてたら、古手の商いがどんなものかが身体でわかり、後で商いに大きく役立つわいな」

主の七郎兵衛は、孝吉に口癖のようにくどくどといい、息子の徳十郎も、まだ奉公にきて日の浅いかれに、情け容赦もなくあれこれ用事をいい付けていた。

孝吉はゆっくり飯を食べる隙《ひま》もなく、朝は早くから起こされ、夜も洗い物をさせられているありさまだった。

夜、井戸から水を汲み、孝吉が盥《たらい》で古着を洗っている。

ふと母屋の屋根に目を投げると、きらっと獣の目が二つ光ったりしていた。

お玉がそこに蹲っているのだ。

——お玉や、お玉がわしを見ているのや。

胸を熱くさせた孝吉が、彼女の名を小声で呼んでも、お玉は決して近づいてこなかった。

以前の彼女なら、名を呼ばれたら、一気に疾駆してくるか、高い場所からでも柔軟な身体で飛び下りてきた。

だがいまのお玉はそうしなかった。

一声も発せずじっと孝吉を眺めているか、棟瓦《むねがわら》の上で目を光らせ、行ったりきたりするだけだった。

ときにお玉は、張り板の下や板塀の裾に隠れていた。

孝吉との間にはっきり距離を保ち、優しい飼い主だったかれを見守っているのであった。

自分が孝吉に甘えて近づいたら、かれが奉公先の人々からどんな仕打ちを受けるか、賢いお玉は、敏感にも察しているとしか考えられなかった。

――うちは孝吉ちゃんに抱いてもらえしまへんけど、いつもおそばにいてますさかい、元気に奉公しておくれやす。うちはこうしているだけで幸せどす。食べるのはなんとかしてますさかい、安心していておくれやす。

庭の植木鉢のそばで見かけたお玉は、孝吉にそういっているようであった。

朝には東洞院通り姉小路の家から、下京・堺町通りに店を構える俵屋にやってくる。そしてときには夜遅くまで、俵屋のどこかにひそみ、孝吉をじっと見ているに相違なかった。

初めて奉公先で暮らすまだ九つになったばかりの孝吉には、お玉の存在が心強く感じられていた。

「この頃、なんや鼠が騒ぎまへんなあ」

「そういえばそうやなあ。鼠がいいへんようになったのは、大きな屋敷廻りでも居付いてるのとちゃうか」

店の番頭の茂兵衛《もへえ》や手代の弥七《やしち》などはそういっていたが、孝吉はお玉が俵屋の鼠を捕え、食っているのだと思っていた。

屋敷廻りとは蛇の青大将の俗称。軒を連ねた店から店にと這い移り、鼠を捕捉して呑み込むため、こう呼ばれているのである。

「何年も前のことやけど、夜中にどさっと天井から、布団の上になにか落ちてきよった。急いで起きて薄明りで見ると、三尺余りの大きな青大将やったのには、驚いたわい。あのときはほんまに気色悪かったなあ。天井の梁《はり》を這うてて、誤って落ちてしもうたのやわ。その青大将、腹が大きく膨らんでいたで。鼠を丸呑みにしてたんやろ。わしもびっくりしたけど、相手のほうも驚いたようやったわ」

「その青大将、天井を這うてるとき、なんとなく音を立てるのがわかりましたけど、近頃、そんな音もきかんようになりましたなあ」

「これはどうしたこっちゃろ。どの家にも鼠や青大将ぐらい住み着いているもんやけど、それがみんな消えてしもうたのは、その家になにか悪いことが起こる前兆やないやろか。この俵屋が火事でも起こし、燃えてしまうのかもしれまへん」

「番頭はん、そういうたらこの間、向かいの瀬戸物屋の旦那が、夜遅う出先から戻ってきて、俵屋の棟瓦の上から屋根に、怪しい光り物が飛ぶのを見たというてはりましたけど——」

「怪しい光り物が、俵屋の屋根を飛んだんやと。そんな話、わたしは初めてききましたえ。大事なことは、番頭のわたしに早ういうてくれな困りますがな」

この話は、店の奉公人なら誰でも知っていた。

ただその中で孝吉だけは、その光り物の正体は、お玉の目の光だと気付いていたが、人に話せることではなく、黙っていた。

「そやけど番頭はん、こんな話、迂闊にはいえしまへん。もし大旦那さまの耳にでも入ったら、おまえはその光り物の正体を確かめもせんと、縁起の悪い話をして、この俵屋を潰す気かいなと怒叱《どじか》られますさかい——」

手代の弥七は首をすくめて弁解した。

「いわれたらそうやわなあ。店の大旦那さまは、道理の通じるお人ではあらしまへん。金儲けに目を晦《くら》ませ、奉公人の食い物まで惜しんではる。朝は薄い味噌汁に目刺し一匹、間食（昼御飯）はろくに米の入ってへん薄いお粥《かゆ》が二杯。夜も満足なものは膳に出えしまへん。そやさかい、みんなが空きっ腹で働いているわいな。わたしやおまえが、ときどき小僧たちを外に連れ出し、あれこれ食べさせてるさかい、なんとか身体が保《も》ってるもんの、いまのままでは、みんなが干乾しになってしまうわい。そやのに自分たちだけは、鶏肉《かしわ》なんかを炊き、旨そうな匂いをさせてはります。奉公とは何事にも辛抱することっちゃと、口癖みたいに教訓を垂れてはりますけど、食い物の怨みは恐おすさかいなあ」

番頭の茂兵衛がしみじみとした声でいった。

「それもそれどすけど番頭はん、小僧たちをちょっとした過ちで折檻《せっかん》するのを、止めていただかなあきまへんわ。この間も若旦那の徳十郎はんが、小僧の孝吉が草履を早くそろえへん、気働きのできん奴ちゃと大声で叱らはり、箒の柄で撲り付けてはりました。あんなんしてたら、そのうち誰かが腹立ちまぎれにこの俵屋に火を付け、店ごと自分も焼け死んでしまうかもしれまへん。折檻と食い物、番頭はんから大旦那さまやお店さまに、なんとか改めていただけるよう、いうてもらえしまへんやろか。屋根の光り物より、そっちのほうがよっぽど恐おすわ」

手代の弥七は、至極、当然なことを、時折、茂兵衛に頼んでいた。

奉公して間もない孝吉をはじめ、ほかの小僧や女子衆《おなごし》たちは、番頭の茂兵衛や手代の弥七には、ほどほどに懐いていた。だが全く反対のように、主の一家を疎《うと》ましく思い、みんながなんとなく怨みを抱いていた。

「おまえたちは自分の家にいたら、三度の飯もろくに食べられなんだはずどす。それをこの俵屋へ奉公にきたお陰で、三度の飯はもちろん、温《ぬく》い布団にくるまれて眠れ、そのうえ給金までもらえるんどす。この三つ、どれも上を見ても下を見ても切りがありまへん。わたしはその三つとも、おまえたちを世間並みに扱うているつもりどす。ぬくぬくと楽をして奉公しようと思うたら、将来、決してええ商人にはなれしまへん。楽は苦の種、苦は楽の種という諺もありまっしゃろ。寝食を忘れてしっかり働くのは、お店のためだけではなく、いずれは自分のためやと思わなあきまへんのやで——」

こんな主七郎兵衛の説諭に反し、奉公人たちの置かれた状況は劣悪だった。

手代の弥七は番頭の茂兵衛に、いくらかでもその改善を頼んだが、茂兵衛はむずかしい顔で、首を横に振ることが多かった。

「弥七、そんな苦情、わたしにはいえしまへん。そんなん、大旦那さまやお店さまにお願いしたら、肝心のわたしが奉公人を甘やかしてると、怒られてしまいます。そないな男を番頭として雇うておくわけにはいかんとでもいわれ、暇を出されてしまいまっしゃろ。大旦那さまがいわはることにも道理がおます。ここは辛抱するのが大事なんと違いますか。この俵屋に何年も奉公した末、腹を立てて辞めていった者や、奉公替えをした者も、仰山居てます。手代をしてた太兵衛はんは、暇を取って自分で行李を担い、古手売りをはじめはりましたわなあ。それを知った大旦那さまは、古手屋仲間に太兵衛はんの悪口を、あることないこと百万だら並べ立てはりました。あげく、問屋からはいうまでもなく、どこからも買い付けができんようにして、商いを駄目にしてしまわはりました。そんなん考えると、わたしらは始末の悪いお店へ奉公してしまったと、諦めるしかないのかもしれまへん。そら、わたしは俵屋の番頭どすさかい、少しぐらいのことはお頼みさせてもらいますけどなあ」

番頭の茂兵衛は、主の顔色をうかがいながら、いくらかは進言していると、自分ではいっていた。

だがそれは、茂兵衛のその場凌《しの》ぎにすぎなかった。

かれは悪い人物ではないが小心者。主の七郎兵衛の言葉には、やはり従順に従い、奉公人からは頼りにならない番頭はんやと、陰口を叩かれる男であった。

近くにある俵屋七郎兵衛の持ち長屋に住み、女房のお浅も、店の手伝いや縫い仕事を行っていた。

黒猫のお玉に懐かれている孝吉は、頑迷固陋《ころう》なこうした古手問屋の俵屋に、奉公させられてしまったのであった。

そもそもかれが、俵屋に奉公することになったのは、ひどく単純な動機からだった。

父親の松吉が、孝吉の意向もたずねずに、勝手に決めてきてしまったのである。

松吉は若い頃の数年、上京の下駄屋に奉公した後、自分で下駄の歯入れ屋をはじめた。

かれは、人と争ったり折り合いを付けたりするのが苦手で、どちらかといえば、消極的な世渡り下手な人物。広い目で世間や人を見ることができず、貧乏神を背負ったような男であった。

松吉は下駄の歯入れ屋でございと掛け声を上げて歩き、町辻で客に呼び止められると、そこに茣蓙《ござ》を敷いて仕事をはじめる。

たまたまある日、古手問屋俵屋の近くで、客の注文に応じて仕事をしていた。

そんな松吉の姿を、七郎兵衛が店の帳場から見ていた。高下駄の歯が磨り減っているのを思い出し、暇潰しの気分でその下駄を手に下げ、松吉の許にやってきた。

松吉は下駄の歯にせっせと鉋《かんな》をかけていた。

「ちょっと下駄の歯入れ屋はん、この高下駄の歯を、入れ替えておくれやすな」

七郎兵衛は見るからに貧相なかれに声をかけた。

松吉は鉋の手を止め、はっと顔を上げた。

するとそこに、絹物を着た立派な身形《みなり》の五十半ばの男が立っていた。

「この高下駄どすかいな――」

かれは鉋をそばに置くと、七郎兵衛が差し出した高下駄を両手で受け取った。

「はいな。わたしはそこに店を構える古手問屋俵屋の主の七郎兵衛どすわ」

「これはこれは、俵屋の大旦那さまでございましたか。むさ苦しいわしみたいな者が、お店の先で仕事をしてて、お目汚しでございまっしゃろ。どうか堪忍しておくれやす」

「いやいや、なにをおいいやす。むさ苦しいのはお互いさま。わたしかてまっとうな呉服屋ではなく、古手問屋を営んでおりますさかいなあ」

この日の七郎兵衛はどうしたわけか、すこぶる上機嫌であった。

そのまま着物の裾をさばいて膝を折り、松吉の前に屈み込んだ。

「おまえさんみたいな仕事をしてて、景気はどないえ」

「大旦那さま、仕事はまあぼちぼち。そやけど食べていくのがやっとどすわ」

「仕事はぼちぼち。食べていくのがやっとというのは、どこも似たようなもんどすえ。わたしのところかて、奉公人にも食わせ、給金も払うていかななりまへん。世帯が大きいだけで、ほんまにぼちぼちどすわ」

「大旦那さま、ご冗談を。同じぼちぼちでも、その程度が違うのではございまへんか。うちらの商いは雨に降られたら、全く稼ぎにならしまへん。その点、お店を構えてはる大旦那さまみたいなところでは、雨が降ろうが風が吹こうが、商いはつづけられますわなあ。そこが大違いどすがな。こうしてわしみたいな者にお言葉をかけてくださるだけで、ありがたいと思うてます」

「いやいや、言葉をかけるぐらい、なんでもありまへんえ。ありがたいと思わはったら、下駄の歯入れ賃を少しでも安うしてくれはるのが、大事なんと違いますか——」

ここで七郎兵衛は、ちらっと吝嗇の片鱗をのぞかせた。

「俵屋の大旦那さま、いわれたらご尤もでございますなあ」

「いや、いまのはほんの思い付き。わたしは値切るつもりでいうたわけではありまへん」

七郎兵衛と話しながらも、松吉の手は、すでにかれが差し出した高下駄をひっくり返していた。両足で挟み込み、木槌《きづち》でとんとんと磨り減った歯を横から叩き、金鋏《かなばさみ》で器用に抜きにかかっていた。

「さすがに職人はん、手際がよろしゅうおすなあ」

「こんなん、わしでなくても誰にでもできることどすわ」

松吉は手を休めずに答えた。

「そやけど、素人ではなかなかそうはいかしまへん。その道一筋で食うてはるだけのお仕事振りどすわ。ところでおまえさんの名前は、なんといわはります」

「へえ、松吉ともうします」

「住居はどこどすな」

「東洞院の姉小路。裏長屋に住んでます」

「ご家族はおいでどっしゃろ」

「へえ、女房に息子と娘がそれぞれ一人。四人で暮らしております」

「息子と娘が一人ずつ。それはよろしゅうおすなあ。息子はんはお幾つにならはるんどす」

七郎兵衛はにわかに興味を抱き、松吉にたずねた。

「息子は孝吉といい、来年で九つになります。そろそろ奉公に出すところを、考えなあかん年頃どすわ」

松吉は溜息混じりに答えた。

「へえっ、そしたらいまは八歳。正月がきたら、九歳にならはるんどすか。親どしたらそら奉公先を、いまから考えてやらななりまへんわなあ」

ここで二人の間に、十拍ほどの沈黙が生じた。

先に口を開いたのは、七郎兵衛であった。

「そしたら松吉はん、その息子はんをわたしんところに、奉公させてみる気にならはらしまへんか。そら小僧奉公は辛いかもしれまへん。けどわたしに委せてくれはったら、やがては立派な商人、いや古手屋に育て上げさせていただきますえ」

「俵屋の大旦那さま、そらほんまでございますか――」

松吉は歯入れ仕事の手を止め、七郎兵衛の顔を仰いだ。

こんな幸いな巡り合わせは滅多にないからである。

孝吉が古手問屋の俵屋に奉公することになったのは、こうした経緯からであった。

その夜、七郎兵衛は息子の徳十郎と妻のお勝に、自慢そうにいっていた。

「今日、わたしは高下駄の歯を只《ただ》で入れさせ、来年から店へ奉公にくる小僧を一人、決めてきましたえ。商人どしたら徳十郎も、常にそれぐらいの知恵を働かせてなあきまへん。そんな心掛けを持っておらな、どない大きな商いをしてたかて、やがては潰してしまいます。世の中は食うか食われるか。その二つのうちのいずれかだけどす。わたしは人に食われるのは嫌。徳十郎にも食う側になってもらわななりまへん。それをよう胸に刻んでおいてほしおすわ。わかってますやろうなあ」

かれの言葉に、徳十郎が陰気な顔で大きくうなずいた。

三

――なに書くや夜寒《よざむ》の庵《いお》の老いた僧　宗鷗

鯉屋の中暖簾のそばに下げられた短冊掛けに、菊太郎がひねった句（俳句）を記したこんな短冊が挟まれていた。

句の最後に記された宗鷗とは、菊太郎の俳号であった。

尤も、鯉屋を訪れる客の多くは、宗鷗という俳人をまるで知らなかった。

「近頃、夜にはぐっと冷え込むようになりました。そやさかいあんな句を拝見すると、ああまた年の瀬がきて、雪が降るようになるのやなあと、背筋が一段とぴしっといたします。時候をよう表したええ句どすなあ」

大宮・姉小路に店を構える同業者の一人が、源十郎と民事訴訟に当る公事（出入物《でいりもの》）の打ち合わせのため、鯉屋を訪れていた。

用件をすませ、下代の吉左衛門に世辞をいい、店から出ていった。

鯉屋の居候だと自称する菊太郎が、これまで詠んだ句は相当数にのぼっている。だがかれはどうしたわけやらこの一年余り、あまり句を詠まなくなっていた。

そのため短冊掛けに挟まれた句は、お店さまのお多佳が、いまの季節に似合ったものはないかと、短冊筥《ばこ》の中から選び出し、掛け替えたものだった。

「あの長っ尻《ちり》の客、ようやく帰ったようじゃな――」

客間に戻った主の源十郎が、書類に目を通していると、菊太郎が寝起きの顔を洗い入ってきた。

「この頃、世の中が不景気のせいか、銭の争いが多なって難儀どすわ。金持ちほど銭に汚のうて厄介。貧乏なのも困りますけど、金ほど面倒なものはございまへん」

「まあ、概して金持ちも銭もそうしたものじゃ。わしはもともと空っきりなにも持たぬゆえ、なんとも思うておらぬがのう」

「妻子もおられまへんさかい、ご自分の口さえ糊《のり》していければ働く必要はないと、また仰せになりたいいんどっしゃろ」

　源十郎はいくらか冷たい口振りでいった。

「わしがいつかそうもうしたのかなあ」

「へえ、若旦那さまが京へお戻りになって間もなくどした。ご隠居の次右衛門さまに、町奉行所かどこかに仕官いたさぬかと勧められましたとき、さようにいわれたときいております」

　古い話をかれは持ち出した。

「さようにいわれれば、父の次右衛門どのにそんな啖呵《たんか》を切った覚えがないではない。だが源十郎、考えてみれば、まことにそうであろうが。世の中のおよその男たちは、妻子を養い立身出世を果すため、せっせとつまらぬ努力を重ねておる。妻子がなければ、身に合うた働きだけをしていれば、良いわけじゃ。人の足を引っ張ったり、人と競うて立身出世を考えなくてもすむのよ。わしの暮らしの枡《ます》は小さいのでなあ。なんでもちょっとあれば、すぐ一杯になる。それでこと足れりじゃわい」

「世の中がそんな男ばかりどしたら困ります。どないにもならんようになってしまいますわ。そやさかい菊太郎の若旦那は、変り者だの偏屈者だのと評されるんどすがな」

「わしは誰からも、さようにいわれた覚えはないぞよ」

「いいや、口にせんだけで、みんながそないに思うてはるはずどす」

「この広い世の中、害をなすわけではなし、わしのような変り者が一人二人いたとて、よいではないか」

「はい、若旦那は害をなさへんのはもちろん、この世の中や、わけても鯉屋にはひどく有益なお人どすさかい」

「源十郎、それでたずねるが、そなたは先ほどから、わしになにをいいたいのじゃ。文句があれば、きかせてもらおうではないか」

「そない改めてきかれますと、いいたいことはなに一つございまへん。若旦那はいまのままでええのと違いますか――」

話がどこでどうなったのかわからぬまま、源十郎はげそっとした表情で、あっさりいってのけた。

「そなたはわしについての話を、わざと曲げてしもうたように思えるが、まあそれでよいとするか」

「わざと曲げたつもりはございまへんけど、若旦那は若旦那。わたしは不満なんか持っていいしまへんえ」

「なにやらわしは、そなたにはぐらかされたようじゃわい」

「はぐらかしたつもりもございまへんけど、こんなことをいい合うてても益がありまへんさかい、ここで話題を変えさせていただきまひょか」

「話題を変えるのだと——」

「へえ、それで一つ若旦那にききとうおすのやわ。手代の喜六がいうてました。若旦那はどうしたわけか近頃、東洞院・姉小路にある大黒屋いううどん屋で、真っ昼間からうどんを肴《さかな》にして、ちょいちょい酒を飲んではるそうどすなあ。その大黒屋の蕎麦《そば》かうどんの味が、気に入ってはるのかもしれまへん。けどなにもそんな店で酒を飲んでんと、酒なら重阿弥《じゅうあみ》なり、わたしが行き付けのどこかの店に行って、飲まはったらどないどす。小汚いそんな店では、若旦那の世間体どころか、わたしの体面にも関わりますさかい。それともそこに、若旦那のお気に召した女子衆でも、働いていはるんどすか。そしたらそれも、お信はんの耳に入ったら、また大事《おおごと》と違いますかいな。加えて若旦那は、ちょいちょい下京の堺町通りのほうへ、お出かけになってはるそうどすなあ。堺町通りになにがあるんどす——」

源十郎は菊太郎を詰《なじ》る口調でずけっとたずねた。

かれからいきなり大黒屋や堺町通りの名を出され、菊太郎はいささか戸惑い顔になった。

自分が大黒屋や堺町通りへときどき通っていることなど、誰も気付いていないと思っていたからである。

虚を衝《つ》かれた感じであった。

「喜六の告げ口か——」

菊太郎は苦笑してつぶやいた。

「喜六は告げ口をする気でいうたのではございまへん。あれなりに若旦那を心配してるのやと、考えてやってほしおすわ。なんでも物事を悪うに取ったらあきまへん」

「そなたがもうすのも尤もじゃが、わしとしては、今度はわしにお説教かといいたいわい」

「若旦那、お説教とはあんまりどっせ。そないなつもりは毛頭ございまへん」

苦々しい顔付きになった菊太郎をなだめるように、源十郎が弁解した。

「つい口が滑っただけで、そなたにさようなつもりがないぐらい、よくわかっているわい。実はなあ源十郎、わしがその大黒屋や下京の堺町通りにときどき通っているのは、いささか仔細があってなのじゃ」

「その仔細いうのはなんどす。わたしにもきかせとくれやすか——」

表情をわずかに翳らせた菊太郎の顔を覗き込むようにして、源十郎がたずねた。

「その仔細というのはなあ、黒猫。一匹の黒猫について、気掛りになることがあるのじゃ」

「黒猫について気掛りとは、ちょっとうなずけしまへんなあ。その黒猫、どうせ牝《めす》どっしゃろ。若旦那はこの鯉屋に居着いていているお百を、かわいがってはるのと違いますか。若旦那が外の猫に気移りしてはるのがお百に知れたら、お百は若旦那の喉首を噛み千切りまっせ」

思いがけないことをきき、源十郎は呆れ果てた口調でいった。

「お百も牝猫。その黒猫も牝。そなたはなにもかも、女子と関わりを持たせるのじゃなあ。源十郎、何事もそうだと考えるのは、いささか下品で了見が狭すぎるぞ」

「そうかもしれまへんけど、若旦那が牝の黒猫のことが気に掛かるといわはりますと、そない考えてしまいますわ」

「そうだろうが、これにはそれとは関わりのない深い仔細があってなあ」

今度は菊太郎が弁解がましくいった。

「そしたらなお、その仔細とやらを、わたしにきかせとくれやすか。若旦那は水臭うおっせ——」

「水臭いわけではないが、そなたに話すにしても、なにしろまだ確信を摑んでおらぬゆえ、切り出しかねていたのじゃ」

「確信を摑むためにも、その話をきかせてもらわななりまへん。ともかく、そこからしかはじまりまへんさかい——」

かれはぐっと踏み込んできた。

「そうだな。まあ、奇妙なこの話をきいてくれるか」

「へえ、うけたまわります」

「実は昨年のいま頃の話じゃが――」

菊太郎は約一年前、東洞院通り姉小路の辻で、路地から長屋の女に追いかけられ、一匹の美しい黒猫が飛び出してきたこと、次にはお玉と名付けられたその黒猫の飼い主だという孝吉に会ったこと、黒猫を伴って大黒屋にうどんを食べに入ったことなどを語りはじめた。

「その黒猫は、なんでも孝吉が鴨川で拾ってきた捨て猫で、童の孝吉にえらく懐いておった。孝吉の父親は下駄の歯入れ屋。稼ぎが少ないため、猫の一匹でも飼うてはおけぬ、たびたび捨ててこいと言いつけたそうな。それで孝吉は、洛北の大原まで捨てに行ったこともあるそうじゃが、お玉はどこに捨てても帰ってきてしまうのだと、孝吉がもうしていた。いじらしい猫もいたものじゃ」

「その孝吉と黒猫のお玉は、血肉を分けたような仲になっていたんどすなあ」

意外な話を語られ、源十郎は自分の感想をこうのべた。

膝を進めるようにして、菊太郎の話にきき入った。

「ところがなあ源十郎、その孝吉がもうすのじゃ。来年の正月がすぎたら、自分は下京の古手問屋へ奉公に行かねばならぬ。そうなったらお玉はきっと捨てられ、野良猫になってしまう。それゆえお玉をわしにもらってくれまいかとなあ」

「孝吉は黒猫のお玉を、若旦那に飼うてくれと頼んだんどすな」

「その通りじゃ」

「いくら美しい猫でも、若旦那がその猫をもろうてきはったら、お百の奴が悋気《りんき》して、きっと苛《いじ》めまっせ。お百は年を取ってますけど、おそらく容赦はしまへんやろ。犬は人に付き、猫は家に付くといいますけど、お百はこの鯉屋ではなく、若旦那に付いているのやと、いえるほどどすさかい——」

「ならばこそわしは、孝吉にお百ともうす老猫を飼うているため、それはできぬ相談だと断ったのよ。すると、大黒屋の主に頼んで油揚げを食べさせていたそのお玉が、わしの話をきいて床几から飛び降り、店の外へ一気に駆け出していったのじゃ。当の孝吉もお玉を追い、店から飛び出していきおった。その件はそれっ切りで、わしはいつとはなく忘れ果てていたわい」

菊太郎は悔恨する表情でいった。

源十郎がいった諺は、主人が引っ越しをする際、犬は主人について家を去るが、猫は主人につかずに、その家に残る習性をのべている。

「若旦那、それでそれからどうなったんどす」

源十郎が次をうながした。

「うむ、やがて正月がすぎて春がきたわい。それから夏になり、あれは丁度、中秋の名月を重阿弥の床《ゆか》で、鋏蔵の舅《しゅうと》の播磨《はりま》屋助左衛門《すけざえもん》どのと、一緒に見た翌日だと記憶している。姉小路の大黒屋の前を通りかかったのよ。そこでわしは、ふと孝吉とその黒猫のことを思い出し、何気なく大黒屋に立ち寄ったのじゃ。大黒屋の主は伊助ともうす」

そのとき大黒屋の伊助は、飯台に向き合って腰を下ろした二人の客に、笊蕎麦を運んだところだった。

「蕎麦湯をここに置いておきますさかい、どうぞお好きに召し上がっておくれやす」

かれは客にこういい、店へ新たに入ってきた菊太郎の姿を見て、はっとなった。

「お侍の旦那、あのときの旦那ではございまへんか――」

おいでやすの挨拶も忘れ、かれはお盆を持ったまま、短くたずねた。

「ああ親父、久し振りじゃのう」

菊太郎は伊助に答え、腰から差料を抜き、近くの床几に腰を下ろした。

「お侍の旦那、ようきてくれはりましたなあ」

かれは感嘆に近い声で、ようやく菊太郎に挨拶した。

「まことに久し振りじゃ。あの折には世話になったのう」

「旦那、なにをいわはりますやら。あの後、もし旦那が店においでになりましたら、お伝えせなあかんことが、二つ三つございましたのどすわ」

かれは先客の二人が蕎麦を啜りながら、興味深そうにこちらに顔を向けているのも斟酌《しんしゃく》せず声を高めた。

「わしに伝えねばならぬことがあるのだと――」

「へえ、是非ともというてはなんどすけど、もしまた旦那がこの店にお立ち寄りの節には、お伝えしておいたほうがええと思える話が、あるんどすわ」

かれの言葉付きは、待ってましたといわぬばかりであった。

「それはどんな話じゃ」

「あのとき旦那は、小僧奉公に行かなならんというてる黒猫を抱えた坊主と、一緒にこの店にきはりましたわなあ」

「いかにもだが、その後、なにかあったのじゃな」

「猫には油揚げを食わせ、坊主には天婦羅うどん、旦那は素うどんを食べてはりました」

「その通りだが――」

「あの坊主は、ここからすぐの船屋町の長屋に住んでいる下駄の歯入れ屋の松吉はんの息子で、孝吉というのやそうどす。その孝吉は、お侍の旦那に自分が飼うてる黒猫をもらってほしいと、頼んでましたわなあ」

伊助は店の奥で、二人のやり取りをきいていたのであった。

「お侍の旦那がそれを断わらはると、黒猫がまず外に飛び出し、孝吉も駆け出していったきりどした。旦那はわしに銭を払い、お帰りになりました。それから年が明けて春になってから、わしは店から飛び出していったあの黒猫を、何度も近くで見かけたんどす」

伊助はお盆を持ち直し、熱っぽく語りつづけた。

「坊主の孝吉は、どうやら小僧奉公に行ったみたいどした。後に残された黒猫のほうは、見るたびに痩せて薄汚れ、そのくせ目付きだけが、次第に険しく変ってきたんどすわ。近所では、あれは化け猫ではないかと評判が立ちました。捕えたら布袋に入れ、鴨川にでも投げ込んで殺さなあかんと、いわれるまでになったんどす。そやけど当の猫は、ときどき船屋町の長屋に帰ってくるだけ。やがてはちょっと鳴き声をひびかせるだけで、さっぱり姿を見せんようになりました。そしてその次にわかったのは、この夏すぎから、小僧奉公に行ったはずの孝吉の行方が、知れんようになってしもうたことどすわ」

大黒屋の伊助の声は、次第にしんみりしたものに変っていた。

「なにっ、奉公に行ったはずのあの坊主の行方が、知れぬようになったのじゃと――」

それをきき、菊太郎は驚いた。

「へえ、孝吉が小僧奉公に行ったのは、下京の堺町通りの夕顔町、そこにある古手問屋の俵屋という大店どす。けど店の旦那や番頭によれば、孝吉は生意気にもお店の金を三十両も持ち出し、行方を晦《くら》ませてしまったそうなんどす」

「九つになったばかりの孝吉が、店の金を三十両も盗んで行方を晦ませたのじゃと――」

菊太郎の問い返す声があまりにも大きいため、二人の客が思わず蕎麦湯を飲む手を止めたほどだった。

「それはまことの話か――」

「へえ、嘘でもなんでもございまへん。ほんまの話どす。古手問屋俵屋の旦那は、七郎兵衛はんといわはりますけど、その旦那が、孝吉の親父はんにこういわはったそうどす。もし孝吉が捕まったとしても、わたしは店から縄付きを出したくありまへん。商いには信用が大切どすさかい。それでこの一件は、お互い内緒にしておきまひょうな。孝吉は俵屋での奉公を嫌がり、三十両の金を持ち出し、江戸にでも行ったのかもしれまへん。三十両は大金。それだけの金があったら、どこに行ってもまずまず生きていかれまっしゃろ。わたしは三十両の金を、落したと思うて諦めます。父親の松吉はんも、手癖の悪い子どもを持った不幸やと考え、孝吉のことは諦めはるんどすなあと、いわはったとききました。普通の父親どしたら、折角、奉公に出すまでに育てた独り息子を、奉公先の旦那のそんな一声で、簡単に思い切ることなんかできしまへん。ところが口惜しいことに、孝吉の父親はしがない下駄の歯入れ屋。貧乏してきたせいなのかどうか、俵屋の旦那の言葉をへいとききき、そのままになってしもうたそうなんどす」

伊助はここで一息ふっとつき、またつづけた。

「そやけど、孝吉がかわいがっていた黒猫のほうは、そうはいかしまへん。毎晩、狂うたように俵屋の周辺を鳴いて走り廻り、俵屋の旦那はえらく迷惑して、往生しているといいますわ。尤もこれは、人からきいた話どすけどなあ。お侍の旦那は、これをどうお考えにならはりますす」

伊助は眉をひそめ、菊太郎の顔色をうかがった。

一通りの話をきき終えた二人の客が、声をかけて飯台に銭を置き、店からすっと出ていった。

「お侍の旦那、この話、どっかおかしいとは思わはらしまへんか」

伊助は逸《はや》る気持を抑えた声で、菊太郎にまたたずねた。

「いかにも、おかしな話じゃわい。わしもそなたも、あの孝吉ともうす坊主が、どれだけあの黒猫をかわいがっていたかを知っているからのう。黒猫にとって長屋が家かもしれぬが、まことの家は飼い主の孝吉の懐の中。もし孝吉が、三十両の金を持って行方を晦ましたのなら、あれほどかわいがっていた猫を、連れずにまいるはずがあるまい。わしはいまそなたの話をきき、さよう考えているわい。この話、辻褄《つじつま》が合うておらぬのう」

「お侍の旦那も、そのように思わはりますか――」

「ああ、いかにもじゃ。大黒屋の親父、実はわしは田村菊太郎ともうし、大宮・姉小路の公事宿鯉屋に居候をしている者じゃ。腹違いの弟は田村銕蔵といい、東町奉行所の同心組頭を務めておる。こうした関わりから、わしはこの不可解な一件を、こっそり独りで探索してみる気にいまなったわい。そなたもそれを承知しているがよい」

菊太郎は伊助の顔をぐっと見据えた。

「お侍の旦那、やっぱりそうどしたんか。最初、わしは旦那を一目見たとき、どこかの寺侍のお方ではないかと思うてましたけど、公事宿や町奉行所にも関わりのあるお人どしたんやなあ。どうぞ、思う存分やっとくれやす。わしもできることがあったら、手伝わせてもらいますさかい。このまま月日が経っていったら、この話はいつの間にか、有耶無耶《うやむや》にされてしまいますさかい——」

伊助は客として訪れた菊太郎から、まだなんの注文もきいていないのを思い出しながら、顔をほころばせた。

田村菊太郎だと名乗ったこの人物の動きによって、きっと何事かが明らかにされるだろう。

その夜から菊太郎の足は、下京の堺町通りに向かった。

古手問屋俵屋が店を構える夕顔町は、『源氏物語』の中で、薄幸の美女として描かれる夕顔が、住んでいた場所といわれている。

だが寛文五年（一六六五）に刊行された『京雀』では、「すしや町」と記されている。

しかし同書はただちに、「かかる古跡はもとめてもあらまほしきにいかなるものか、夕がほの町といふ名を替て、すしや町とあらためしは何事ぞや」と、町名変更を辛辣に非難している。

俵屋は間口が七間、奥行は二十数間もありそうな大店であった。

闇の中に、漆喰《しっくい》で固めた高い棟瓦が見えていた。

菊太郎は、斜め向かいの瀬戸物屋の脇に積まれた天水桶の陰に身をひそめた。そこから俵屋の構えをしばらくうかがっていると、その棟瓦の上を光るものがさっと走った。

ついで低い咆哮《ほうこう》に近い鳴き声が、棟先で起こった。

大きな鬼瓦の上で四つの脚を狭めて立ち、冴えざえとした月に向かい、首をのばして鳴いているのは、黒猫のお玉に相違ない。背筋に寒気が生じるほどの悲愴《ひそう》な鳴き声だった。

――孝吉の失踪には、なにかただならぬ事情が隠されている。

それが菊太郎の直感であった。

そのかれから、長い話をきかされた鯉屋の源十郎が、ううんと唸りながら大きくうなずいた。

このとき、二人の話をきいていたはずもない老猫のお百が、足音も立てずに菊太郎のそばにきて、胡坐《あぐら》の膝にひっそり乗り込んだ。

さすがの菊太郎もひゃっと驚いた。

お玉の悲痛な鳴き声を、思い出していたからであった。

四

今夜も寒月が夜空で輝いている。

菊太郎は数日来と同様、俵屋の斜め向かいの天水桶の陰にひそんでいた。

その左に、異腹弟の銕蔵と配下の曲垣染九郎《まがきそめくろう》、右から後ろにかけ小島左馬之介《こじまさまのすけ》、福田林太郎《ふくだりんたろう》、岡田仁兵衛《おかだにへえ》の合わせて五人がひかえていた。

銕蔵とその配下たちが、夕顔町の古手問屋俵屋の近くに勢揃いしたのである。

時刻は真夜中の九つ（午前零時）を大きく廻り、そろそろ九つ半（午前一時）に近かった。

かれらがここにひそんでからすでに二度も、腰帯に提灯《ちょうちん》を引っかけた町番屋の老爺が、拍子木を高く打ち鳴らし、火の用心さっしゃりましょうと、叫んで通りすぎていった。

だが互いの背中に顔を伏せ、ひと塊になった菊太郎たちの姿には、まるで気付かなかった。

「見たかあの夜廻り。あの夜廻りとて俵屋の前では足を止め、拍子木も打たず、その屋根を仰いでいたであろうが。今夜は怪しの猫が現われていないのを確認し、安堵したようすで、ここから離れていったわい。されど問題の黒猫は、いまに姿を見せるはずじゃ。わしは今夜をふくめて五晩、こうして俵屋を見張り、それを確かめておる」

「猫は執念深いともうしますからなあ」

「仁兵衛どの、お玉は執念深いからではなく、孝吉に拾われて大層かわいがられてきたため、その飼い主の異変か死を、俵屋にきて嘆き悲しんでいるのでございましょう。夜毎、俵屋にまいり、おどろおどろしい声で鳴き叫ぶのは、孝吉の身に起こった異変を、人に知らせるためでもござろう。俵屋では主夫婦や若旦那の徳十郎をはじめ、奉公人たちがその鳴き声に怯え切っているようすでございまする」

菊太郎は、異腹弟・銕蔵配下の岡田仁兵衛だけには、丁寧な口を利いていた。

かれが自分より年長であり、かつ沈着冷静で銕蔵が頼みとする人物だったからである。

「菊太郎どの、そうかもしれませぬな。猫に限らずどのような動物でも、特に犬などは優しい飼い主にはまことに忠実。その鋭い感覚は、人の遠く及ぶところではございませぬ。黒猫のお玉は、きっと俵屋へ奉公に上がった孝吉について、異変らしいものを感じ取っているのでございましょう」

かれらの出動は、菊太郎から孝吉の一切をきかされた結果であった。

「孝吉は三十両の金子《きんす》を持ち逃げしたのではなく、すでに殺されているのかもしれませぬなあ。お玉ともうす黒猫、それをわかっていて、世の人に知らしめんがため、騒ぎ立てているのではございいますまいか」

これまでの経過を告げられた直後、曲垣染九郎がずばりといっていた。

「いかにも、わしもさように考えておる。月に向かい吼《ほ》えるがごとく大声で鳴いているお玉の姿を見る限り、そうとでも考えねば、納得できかねるわい。夕顔町に住む人々は、怪鳥《けちょう》のようなその鳴き声を気味悪がり、夜には早々に戸を固く締め、寝てしまうそうじゃ。それゆえ近隣の町内では、夕顔町ではなく、化け猫町と陰口をきいているともうす。この噂が広まり、昼間道行く人々も、お玉が決まって怪しい声で鳴く俵屋の棟屋根を仰いでいくわい。一度などお玉が昼間店へ忍び込み、俵屋は大騒動。巧みに逃げ廻るお玉を、大勢で追いかけておった。そのときお玉は、若旦那の徳十郎に飛び付いて引っ掻いたとみえ、徳十郎の奴が顔から血を流し、なにかわけのわからぬことを叫んでいたぞよ。お玉は翌日にも店に忍び込み、俵屋の奉公人たちは、またもやお玉を捕えようと右往左往しておったわ。だが結果は、商いを半日余りふいにしただけであった」

「兄上どの、さような異変がつづいておれば、俵屋の奉公人たちも怯えて浮足立ち、商いにも身が入りますまいな」

菊太郎にきいたのは、それまで黙っていた鋏蔵だった。

「いかにも、それは必然じゃ。奇怪な一件との関わりを避けるためか、すでに小僧が二人と女子衆が一人、店を辞めておる。またこれまで俵屋で仕入れをしていた古手屋たちが、化け猫に取り憑《つ》かれた店からでは縁起が悪いともうし、ほかの問屋に鞍替えした者も数人いるそうじゃ。これはお玉の奇怪な振舞いがもっとつづけば、さらに増えてまいろう」

「もしさような事態にでもなれば、俵屋は店を閉じねばなりませぬな」

「いかにも、そうなったとて、いささかも訝しくはあるまい」

「その黒猫のお玉、若旦那の徳十郎の顔を襲うたように、大旦那の七郎兵衛も狙っているのでございましょうか」

「お玉の執念はただごとではない。おそらくさような仕打ちを、繰り返すつもりに相違あるまい。お玉は自らの身体を張り、古手問屋の俵屋を潰してしまう気なのであろう。一寸の虫にも五分の魂ともうす。ましてや古くから人に飼われてきた猫。中には人間並みな思慮をそなえた猫がいたとて、不思議ではあるまい。古来、猫にまつわる怪談は数々あるが、これもその一つと考え、決して等閑《なおざり》にいたしてはなるまいぞ。黒猫のお玉は畜生ながら、必死でなにかを果そうとしているのじゃ。また俵屋の評判は、どこで当ったとてすこぶる悪いわい」

菊太郎は鯉屋の手代喜六たちを指図し、俵屋について相当調べたようだった。

「それで兄上どのは、いかがすべきだとお考えでございましょう」

鯉屋の客間に、配下たちとともに集まった銕蔵が、菊太郎の顔をうかがった。

菊太郎は表情も変えず、そのかれをじっと見つめた。

「銕蔵の若旦那、それはもう決まってるのと違いますか。菊太郎の若旦那は、小僧の孝吉はなにかの事情から、俵屋の誰かに殺されたと考えてはります。そうなると、もう公事宿の手ではどないにもならしまへん。町奉行所が決着を付けなあかんお仕事どすわ」

源十郎が脇から口を挟んだ。

「銕蔵、老子に天網恢恢疎《てんもうかいかいそ》にして漏らさずともうす言葉があるわなあ。天の網は広大で目が粗いようだが、悪人は漏らさずに捕える。悪いことをいたせば、必ず天罰が下されるのよ。わしは、月の夜空に向かい悲愴な声で鳴くお玉の声と姿を耳目にいたし、お玉が天の網を呼び込んでいるように感じたわい。孝吉はおそらく失踪したのではなく、俵屋の誰かに殺されたのよ。わしらはお玉が天から呼び込んでくれた網に従い、孝吉を亡き者にいたした下手人《げしゅにん》を、捕えねばならぬのじゃ」

菊太郎は客間に勢揃いした銕蔵とその配下にいい渡し、それから一同は、古手問屋の俵屋に張り込んだのであった。

「菊太郎どの、なにか光る物が、俵屋の塀に飛び上がりましたぞ」

福田林太郎が背後からささやいた。

「あれは闇に光る猫の目。お玉はすばしっこい奴じゃ。見る間に大屋根に登ったわい」

菊太郎が小声でつぶやいた。

わしがもうした通りであろうがと、いいたげな口調であった。

お玉は一旦、俵屋の大屋根に登ると、両目を怪しく光らせて町辻を眺め下ろし、にゃあごとそれほど大きくもない声で鳴いて歩いた。

次には一気に棟瓦に駆け登り、北の鬼瓦の上に、四つの脚を狭めて立った。

「にゃあご、にゃあご――」

天を仰いでその声が次第に大きくなり、やがて咆哮に変っていった。

「ぎゃあぎゃあ、ぎゃごぎゃうご――」

鋭いお玉の鳴き声が、夜の静寂をかき破った。

どうしたわけか、お玉の悲痛な鳴き声に呼応し、今夜は俵屋の界隈から一斉に猫や犬の鳴き声が起こった。

猫たちは激しく争うような声で鳴き、犬は遠吠えをして、声を長く闇の中にひびかせた。

「ふん、まさにここは化け猫町だわ。俵屋の主たちはこれをきき、きっと震え上がっているだろうよ。町内のお人たちもこれでは難儀だわい」

菊太郎のその声が、お玉にきこえたわけでもなかろうが、その鳴き声がぴたっと止んだ。

次いで天水桶の陰に隠れるかれに向かい、お玉は目をきらっと怪しく光らせた。

こうした光景を見て、銕蔵は確信を強く抱いた。

古手問屋俵屋に東町奉行所のお調べの手が入ったのは、翌日であった。

「東町奉行所の者じゃ。そなたたち店の者は、そのままその場にじっとひかえ、一歩も動くではないぞよ。不審の廉《かど》があり、店の中をくまなく取り調べる」

銕蔵は表を十数人の捕り方に囲ませ、岡田仁兵衛たちと店に踏み込んだ。

「町奉行所のお取り調べでございますと。わたくしどもは古手問屋。ご禁制の品など、一切、扱うてはおりませぬ」

狼狽した主の七郎兵衛と若旦那の徳十郎が、着流し姿の菊太郎と捕り物姿になった銕蔵の前に、立ちはだかった。

「ひかえよ。お上のお取り調べじゃ」

十手を握りしめた銕蔵が、二人に叱咤《しった》を浴びせ付けた。

そのとき、どこから現われたのか、黒猫のお玉がにゃあごと鳴き、菊太郎の足許にすっと寄り添ってきた。

猫特有の野性をひめた姿であった。

お玉は菊太郎の顔を仰ぐと、かれを案内するように長い土間を通り抜け、裏の広い庭に出ていった。

庭の片隅まできて、お玉はその態度を一変させた。

悲痛な声で鳴きながら、狂ったように二つの前脚で、庭のそこを掘りはじめたのである。お玉は何度も俵屋にきて、すでに掘ったとみえる」

「銕蔵、殺された孝吉は、おそらくそこに埋められているに相違あるまい。お玉は何度も俵屋にきて、すでに掘ったとみえる」

ただちに銕蔵の下知《げち》が表に伝えられた。

捕り方たちがそこを掘りにかかると、お玉は静かになり、菊太郎の足許にひかえた。

やがて腐乱した孝吉の死体が、筵に包まれた状態で掘り出された。

かれは徳十郎に撲られて死んだのだ。

その原因は、飯茶碗を落して割ったことであった。

「たったそれだけのことで撲られて死ぬとは、孝吉はまことに気の毒な奴じゃ。それにしても、吝嗇ほど恐ろしいものはないわい。茶碗一つで、大店の俵屋は闕所《けっしょ》となり、若旦那の徳十郎は死罪、主夫婦は遠島になってしまうのだからのう。商いであれなんであれ、人を使う者は、それなりに心得るべきことがあるのじゃわい。お玉には町奉行所から、永代の食い扶持をいただいてやらねばならぬ。その忠誠の心と、大罪をあばいた功を賞《め》でてじゃ」

結果、黒猫のお玉は菊太郎の頼みにより、お信が飼うことになった。

だが、俵屋に対する処罰が一切決まった当日、二条城のお堀に黒猫の水死体が浮んだ。

その死体に外傷は全くうかがわれなかった。

「お玉は孝吉の後を追うて殉死《じゅんし》したのやわ」

鯉屋の人々は粛然《しゅくぜん》とした顔でいい、うなずき合っていた。

鯰大変

一

師走に入ってから寒い日がつづいていた。

小雪のちらつく日が多く、数回、雪が降り積もった。

「この分どしたら、お正月三箇日は、雪に閉じ込められてしまうかもしれまへんなあ」

北山の空は連日、重い鉛色の雲に覆われていたからである。

「雪に降られての正月三箇日どしたら、それも結構ではございまへんか。酒を飲んで雪見の正月、そらええもんどっせ」

「そやけど、こう寒いのには往生しますわ」

「いっそ雪がどかっと降り積んでくれたら、むしろ温う感じられますわなあ」

師走の寒さの中で、こんな声がささやかれていた。

京都の年末は、十二月十三日の正月準備の「事始め」ではじめられる。

商家では、その年に用いられた帳面の調べが、一斉にされる慣わしで、取り引き先や顧客への寒気見舞いが開始され、二十一日には餅搗《もちつ》き。これは大店では上餅が五斗、粳餅《うるち》一斗が普通とされた。

二十五日は北野天満宮の終天神《しまいてんじん》。ついで正月用の買物。二十九日には小払いをすませ、正月拵えとして店の表に注連縄《しめなわ》を飾る。中戸には大幅（福）飾り、釜戸棚や蔵、神棚などには、小幅飾りも必要だった。

鏡餅は釜戸棚へ大鏡三つ重《がさね》、蔵と店には二つ重、そのほかあちこちの要所に、小鏡餅を供えた。

次には蔵から正月の諸道具を取り出し、老舗では家業の象徴たる古暖簾が、床の間に飾られる。

この頃から大半の店では、畿内から奉公にきている小僧たちの里帰りがはじめられ、かれらは主からいただいたお年玉や給金などを小荷物の中にまとめ、嬉々《きき》として家路をたどるのであった。

公事宿《くじやど》が立ち並ぶ大宮・姉小路界隈でも、各店ともだいたい二十八日が店仕舞いとされていた。

店の扱いとして二条牢屋敷に収監される人には、正月三箇日には重箱に詰めた御節料理が差し入れられ、店の座敷牢に入れられている人にも、それらが振る舞われた。

「旦那さま、それでは里帰りさせていただきます。お店《たな》さま（女主）に下代の吉左衛門さま、手代の喜六はんも、ええお正月を迎えとくれやす。また菊太郎の若旦那さまにはこの一年、なにかとお世話になり、ありがとうございました」

手代見習いの佐之助《さのすけ》が、丁稚の正太と鶴太の二人を代表して口上をのべ、四人に向かい手をついた。

佐之助と鶴太の向かう先は、上嵯峨村と京の市中だが、正太だけは近江《おうみ》の堅田《かたた》であった。

「佐之助と鶴太にはなんの心配もありまへん。けど正太は、如意《にょい》ヶ岳《たけ》（大文字山）を東に越えた近江の堅田や。大晦日が近づいたいうのに、このところ結構なお天気つづき。しばらく前のような雪はありまへんけど、山中村を通って山越道をいくつもりやろし、ようよう用心して帰るんどっせ」

鯉屋《こいや》源十郎が正太に言葉をかけた。

「へえ、ありがとうございます。そやけど旦那さま、山越道は盆や正月には大賑わいどす。琵琶湖の野間や堅田辺りから、この京の町へお店奉公にきてはるお人たちが、藪入りのため、人影が絶えへんくらいに往き来してはりますさかい。全くご心配には及びまへん。道で顔見知りと何度も出会うことかてありますえ」

正太が声を弾ませていった。

藪入りは奉公人が盆正月に主家から暇をもらい、親許などに戻ることをいい、里帰りと同義語。別に宿入《やどいり》ともいわれた。だいたい盆正月の前後十六日間ほどに、数日与えられた。

大店の場合、手代や小僧たちに藪入りを一斉に許してしまえば、店が機能しなくなる。

そのため里帰りを毎年、日を替えて交替で行わせているのであった。

大晦日の夜を楽しみに実家に戻る途中、里帰りをすませ、奉公先に急ぐ顔見知りと出会うことも、これまでに再々あった。

「それくらいわかってますけど、万に一つ、厄介な目に遭《お》うたらかなんからどす。今年も東西両町奉行所は、騎馬の与力、同心衆を京の七口にそれぞれ四人配し、警戒に当らせはるそうどすわ。ありがたいことやと思いなはれ」

源十郎はちらっと田村菊太郎の姿に目を這わせていった。

かれの身形《みなり》はいつもとは違っていた。

伊賀袴をはき、打裂羽織《ぶっさきばおり》を着ていた。

この羽織は背縫いの下半分を縫い合わさず、裂けたままにしたものをいい、武士が乗馬や旅などに用いた。

動きが容易なようにであった。

年末年始は人々の気持がどうしても浮ついて気がゆるみ、思いがけない犯罪が突発する。

これにそなえ京都の東西両町奉行所は、与力・同心の多くを動員し、市中や京の七口の警戒に当らせるのであった。

京の七口は、東海道・若狭の小浜にぬける敦賀《つるが》街道・鞍馬《くらま》街道・北国《ほっこく》街道・山陰街道・西国街道・奈良に通じる伏見街道に向かう口をいう。別に近江に通じる山越道も、警備を要する道として加えられていた。

山越道は鴨川の荒神口を起点とし、白川を抜けて坂本に至る道の古名。志賀の山越・今道越とも呼ばれ、京都から近江に出る最短の街道だった。

安土・桃山時代には、東から京都に入るのに、粟田口の東海道より近距離だとして、その重要さを増した。織田信長によって坂本から北白川西口まで、松が植えられたほど整備された。

だがこれほど脚光を浴びた山越道も、江戸時代になり、船による西廻《にしまわり》航路がはじめられると、次第にただの山道として衰退していったのである。

盆正月、東西両町奉行所がこれらの街道筋に警戒の目を配ったのは、藪入りする商家の奉公人を狙い、草賊《そうぞく》が現われたからだった。

わずかな銭でも、次々に狙い盗《と》れば、大金になる。

若い女が襲われ犯されることもあった。

さらにはかどわかして、主家に身代金を要求してくる事件まで起こった。

それゆえ東西両町奉行所は、与力・同心を犯罪抑止のため配したのであった。

四人の与力・同心は、配された街道をそれぞれが騎馬で往来し、不審者に目を光らせていた。

菊太郎が伊賀袴姿になっているのは、東町奉行所・同心組頭を務める異腹弟の田村銕蔵に、手を貸すつもりからであった。

「いつもぶらぶら遊んでいる輩《やから》の、せめてものご奉公じゃ」

かれは先程も自嘲気味につぶやいていた。

「何事も起こらねばようございますがなあ」

下代の吉左衛門が、この年末年始、菊太郎が銕蔵の配下に混じり、京七口や市中の見廻りに付くとききき、いささか心配そうな口振りでいっていた。

源十郎やお店さまのお多佳の表情をうかがった。

「吉左衛門、なにもあらしまへんわ」

「おまえさまは菊太郎の若旦那さまには、おとなしくしていてくれはるのが一番と、思うてはるんどっしゃろ。猫のお百を連れ、祇園・新橋のお信さんの許にでも里帰りしはってなあ」

源十郎夫妻が、それぞれの意見を吉左衛門に返した。

「へえ、わたしはさように思うてます。二年前の年末年始みたいに、あっちこっちで振る舞い酒を仰山お飲みやした末、五日に店にお戻りやしてすぐ、どっと熱を出して寝付かれたりしたら、かないまへんさかい。あの折にはどうなることやらと、わたしはほんまにはらはらしましたわ」

吉左衛門は表情を翳らせてぼやいた。

「吉左衛門、何遍もいうたように、あのとき若旦那は、好んであちこちで振る舞い酒を飲まはったわけではありまへん。町のお人たちが、銕蔵の若旦那に率いられた手下《てか》の曲垣《まがき》さまたちに、お酒をお勧めやしたら、それをお断わりするのは無粋。少しぐらい誰かが飲まななりまへんやろ。少しでも飲んだら、だんだん深酒になっていきます。代るがわるにしても、それをみんなが飲んでたら、いざというとき、役に立たへん恐れがあります。菊太郎の若旦那はそれに気付かれ、振る舞い酒を自分独りで引き受けはったんどすわ。銕蔵さまの手下のお人たちかて、少しぐらいの酒など平気どっしゃろ。けどその点なら、菊太郎の若旦那のほうがもっと安心。そやさかいみなさまの代りに、振る舞い酒を独りで飲まはったんどすがな」

「その点はそらそうどっしゃろ」

主源十郎の言葉に、吉左衛門はうなずかざるを得なかった。

確かな剣の手練《てだれ》は、泥酔するほど酒を飲んでいても、いざという場合にはたちどころに正気に立ち戻り、危険な相手に立ち向かうものだときいている。

それが間違いなくできるのは菊太郎だけだと、吉左衛門は理解したのであった。

「さて佐之助に鶴太、二条城から四つ（午前十時）の太鼓の音が届いてくるわい。そなたたちはそろそろ出かけてはどうじゃ。それにしても正太は、山越えして近江の堅田に里帰りいたすゆえ、年末年始で人の往来があるとはもうせ、いくらか案じられるのう」

「いいえ菊太郎の若旦那さま、もうわたしも子どもではございまへんさかい、大丈夫どす——」

「いやいや正太、そなたは店の丁稚。まだまだ子どもといえよう」

「そういわれたら、わたしには返す言葉がございまへん」

正太は顔を急に曇らせていった。

「さればどうじゃ正太、わしが山中村をすぎて琵琶湖が東に見える山の峰道まで、そなたを送り届けてつかわそうか――」

　菊太郎が急に思い付いて申し出た。

「若旦那さま、滅相もございまへん。そんなんしていただかんでもよろしゅうおすわ」

　正太は思いがけない言葉をきき、狼狽した。

「これ正太、菊太郎の若旦那さまが折角、いうてくれてはるんどす。気持ようお送りしていただいたらどないいえ。丁度、店の表に町奉行所から差し廻されてきた脚の速そうな栗毛の馬が一頭、繋《つな》がれてます。それを用いたら、若旦那さまに送っていっていただくのも、容易なはずどすさかい」

「そうや、そうしなはれ。堅田に向かう途中、同じように里帰りする顔見知りと出会うたら、送っていただくのは、そこまでとしたらええのどすがな」

　お多佳の言葉につづき、源十郎が口を添えた。

「旦那さまにお店さま、いくらなんでもそれはあきまへんわ」

　とんでもないといいたげに、正太は口を尖《とが》らせた。

「正太、あきまへんとはなんどすな」

　源十郎がかれを咎めた。

「それでもやっぱりあきまへん。菊太郎の若旦那さまのことどすさかい、ついでにとでも思い、そのまま馬に乗って、どっかへ行ってしまわはる恐れがあるからどす。あげく加賀か江戸にでも、行ってしまわはるかもしれまへん。後でみんなから文句や愚痴を並べられるのは、このわたしどす。そやさかい、わたしはあきまへんというてるんどす」

　正太は本気で見送りを断わった。

「さては正太、そなたはわしの胸の裡《うち》を、賢《さか》しらにも読み取りおったのじゃな」

　店の表に繋がれた栗毛が、この言葉をきいたかのように鼻息を大きく吐き、蹄《ひづめ》をかっかと掻いた。

「き、菊太郎の若、若旦那。正太がいう通り、ほんまにそない思うてはるんどすかいな」

　源十郎が急に膝を摑《つか》んでかれにたずねた。

「源十郎、もしわしがそうだと返答いたしたら、どういたす」

　菊太郎が真面目な声で問い返した。

　一瞬、みんなの間に重い沈黙が流れた。

「源十郎、安心いたすがよい。いまのはわしのほんの冗談じゃ。今更、わしにさような勝手が出来るはずがあるまい。父上の次右衛門どのも義母上《ははうえ》さまも、すでにお年を召されており、わしにはお信ともうす女子《おなご》までいるわい。またそんな行動を取れるほど、わしも若くはないのでなあ。これ正太、それはそなたの考えすぎ、戯言《たわごと》をもうすではないわ」

　菊太郎は苦笑を浮べていった。

「菊太郎の若旦那さまは戯言といわはりますけど、出来る出来ないは別にして、ほんまのところいつもそない思うてはるのと違いますか」

「いわれてみれば確かに。わしみたいな無頼漢は、常に遊行《ゆぎょう》に憧れているのかもしれぬ。遊行上戸《じょうご》は、酔うと外をさまよい歩く癖のある酒飲み。鴨長明の『方丈記』には、つれづれなる時は、これを友として遊行すと書かれておる。一遍上人の供養の法会は、遊行会ともうすそうじゃが、法を説かないまでも、全国をぶらぶらさまよい歩くのも、よいものであろうなあ」

菊太郎は遠くを眺める目になり、つぶやいた。

「そら、そうに違いありまへんけど、そんなんしてもろたら困ります。ともかく冗談や戯言でようございました。若旦那さまには洛中洛外をめぐっているだけでは、物足りないのはわかってます。そやけどいまとなっては覚悟を決め、それくらいにしておいていただかな、みんなが困惑しますわ。ああ、それをきいてわたしもほっといたしました」

「若旦那さま、うちもびっくりしましたえ。あんまり肝を冷やさせせんといておくれやす」

お多佳が真顔で菊太郎に釘を刺した。

「それでは改めて正太、若旦那さまに琵琶湖を見下ろす比叡のお山の峰まで、送っていただきなはれ。お山の高みに登ってもらい、一目大きな景色を眺めていただいたら、若旦那さまのお気もいくらかおすみになりまっしゃろ」

「吉左衛門がもうす通り、まあそうだわなあ。されば正太、出かけるとするか――」

菊太郎はそばに置いた差料を摑んで立ち上がった。

「ほな、そうさせていただきます」

正太も小荷物を持って立った。

二人とも上がり框に腰を下ろして草鞋を結んだ。

表に繋いだ栗毛の馬の手綱は、喜六が解いてくれた。

「さあ正太、そなたは鞍に乗るがよかろう。わしが手綱を取ってつかわす」

「菊太郎の若旦那さま、それではあべこべどすがな」

「ばかをもうすまい。そなたごとき子どもに、馬の手綱を曳かせていたら、大の男が子どもを歩かせ、威張って馬に乗っていると人に見られ、嘲《あざけ》られるわい」

腰に差料を帯びた菊太郎は、両手でひょいと正太を抱え上げ、鞍の上に据えた。

「若旦那さま、わたしのほうこそあの小僧、立派な身形のお武家さまに、平気で馬の口取りをさせてる。あれはきっと狐が、お武家さまをうまく騙《だま》し、偉そうに馬に乗っているに違いあらへん。そない疑われ、石でも投げられるかもしれまへん。勘弁しておくんなはれ」

「ああ、面白そうじゃ。それではもし道で犬がそなたに吠えかかってきたら、そなたは狐。わしは化かされているものとして、歩いていこうではないか――」

「こんな珍道中、かないまへんなあ。恥ずかしおすわ」

正太はこうして店のみんなに見送られ、近江の堅田に里帰りしていった。

正月三箇日は黒雲がわいて風が吹いたが、師走半ばに案じられたのに反し、おおむね天候に恵まれた。

洛中洛外でも何事も起こらず、平穏にすぎた。

正太が里帰りを終え、鯉屋に戻ってきたのは四日。興奮気味なようすであった。

「正太、堅田でなにかあったのかいな――」

たずねたのは喜六だった。

「へえ、えらいびっくりすることがありましたんやわ」

「するとやっぱりあれのこっちゃな」

「琵琶湖の堅田で大鯰《おおなまず》が捕えられた話は、すでに京にまで届いてますのかいな」

「ああ、近江の堅田で起こったことどしたら、その夜には京に届きます。ほんまにすごい大鯰やったんやてなあ」

「へえ、三間《さんげん》半余りの大鯰、ものすごい鯰やったそうどす」

「おまえ、それを見たんか――」

「いいえ、見てはいいしまへん。わたしの親父は琵琶湖の漁師。親父はその漁に加わりましたけど、わたしが家に着いたときには、もうみんな終ってしもうてましたさかい」

正太の興奮は鯉屋の人々にすぐ伝わった。

二

正月元旦、近江の堅田では快晴に恵まれ、初日の出が、対岸の三上山《みかみやま》のかたわらから昇るのが拝された。

払暁《ふつぎょう》から湖岸でさかんに焚火をして暖まり、日の出を待つ村人たちの中には、里帰りした正太の姿も見られた。

「正太、藪入りさせてもろうてきたのかいな」

「ご奉公先では、しっかり働いているやろなあ。おまえのお父はんの国松《くにまつ》は、賢いおまえの出世を楽しみにしてはる。毎日、朝早うから小船を沖に出し、漁に精をだしてはるわい。これからも元気で正直に、ご奉公せなあかんねんで」

かれに向かい、あちこちから声がかけられてきた。

その度毎に正太は、はいと答えたり、ありがとうさんでございますと、挨拶を返したりしていた。

大晦日の日まで広い湖で漁をしていた小船が、すべて湖岸に引き揚げられている。その舳先には、大小の注連縄が飾られていた。

日がゆっくり昇ってきて、初日の出はこうした中で拝まれた。

柏手を打つ音が辺りにいくつもひびいた。

やがてすっかり夜が明けた。

背後に聳える比叡山から比良山にのびる連嶺は雪で装われ、琵琶湖は青く凪《な》ぎ、それは美しい光景であった。

堅田は琵琶湖を北湖と南湖の二つに分けると、南湖の最狭部の西岸に位置している。

同地は中世から近世にかけ、漁業と湖上交通によって栄えてきた。

江戸時代の堅田は、琵琶湖の「諸浦の親郷」として廻船の自由が認められていたほか、釣漁師には、広い諸浦の者たちも場所を譲るのが作法とされるまで、特権をそなえていた。

これは比叡山・延暦寺の権威と、京都下鴨社に毎日、御膳料として鮮魚を納めてきた伝統によるもので、湖上関《せき》の管轄権は、山門使節の手にゆだねられているのであった。

こうした堅田に元禄十一年（一六九八）、堀田正高《まさたか》が滋賀・高島両郡に一万石を与えられて入封し、本堅田に陣屋を置いた。以後、正峯《まさみね》・正永《まさなが》・正実《まさざね》・正富《まさとみ》・正敦《まさあつ》とつづいた。

正敦は文化三年（一八〇六）、三千石の加増を受け、文政九年（一八二六）旧領である下野《しもつけ》の佐野に再転封したため、下野国安蘇郡植野村《あそごおりうえの》（現栃木県佐野市）に陣屋替えが行われた。

本堅田の陣屋は、以後、佐野藩役所という形で機能したものの、その治政に堅田郷士が参加した。庄屋頭取次役と大庄屋役六人との合議で、領内の請願や訴訟の処理に当った。

こうした不安定な藩経営には、京都町奉行所の出先機関ともいえる大津町奉行所の介入を招くことも多かった。

なお六代藩主の正敦は、寛政十一年（一七九九）からはじまった『寛政重修諸家譜』の編纂事業に、総裁として関わっている。

「徳松《とくまつ》、さあ家に帰ろか――」

父親の国松は、正太を自分が付けた名で呼び、うながした。

まだ旭日を眺めていた正太は、うんとうなずき、ひと呼吸おいてから、お父はんと国松に呼びかけた。

「おまえ、なんやな。改まった顔をして――」

「お父はん、去年のお盆の藪入りのときにもいうておきましたやろ。わしはいまは正太。公事宿の鯉屋に奉公している限り、徳松ではのうて、正太と呼んでくんなはれ」

かれは微笑したまま父親に頼んだ。

「ああ、そうやったなあ。わしはそれをまたつい忘れておったわい。お母はんとお妙《たえ》は、おまえのことを正太はん正太はんと呼んでやけど、わしは不器用やさかい、頭がそないにすぐ切り替えられへんのやわ」

「わしはどこにいたかて、鯉屋の奉公人としての心得だけは、忘れたくありまへんねん。それはまず名前からはじまるのやないかと思うてます」

「おまえ、ええ心掛けでいてるのやなあ。正太、正太か。悪い名前ではないさかい、これからは必ずそないに呼ぶわ。悪いのはわしの頭というわけや」

「お父はん、すんまへん」

「おまえがわしに謝ることはないのとちゃうか。そしたら家に戻り、お母はんとお姉ちゃんが炊いてくれてる雑煮を食べ、みんなでお正月を祝おか――」

父親の国松は、背丈のすっかりのびた正太を眺めてうながした。

「ところでお父はん、一昨日《おととい》、堅田の湖《うみ》でなにか大変なことがあったそうどすなあ。家に帰って早々、お姉ちゃんから耳打ちされましたけど――」

正太は言葉を濁らせてたずねた。

「おまえ、もうそれをきいてるんか。あんまり珍しいことやさかい、縁起がええのかどうかようわからへん。それで漁師のみんなで口裏を合わせ、人さまにはいわんようにしよと決めたんやけどなあ」

「漁師が縁起を担ぐのは当然どす。そやけどみんなで口裏を合わせていたかて、大変なことや珍しい話は、すぐ外に漏れてしまいまっせ。人の口には戸が立てられへんといいますさかい」

正太は穏やかに凪いだ琵琶湖を振り返って眺め、ついで国松の顔を仰いだ。

琵琶湖には一艘《そう》の船も浮んでいなかった。

遠くの伊吹山が小さくすっきり見えていた。

「あのことが起こったのは、一昨日ではなしに、その前の日やったわいな。本堅田の重助《じゅうすけ》はんたちが、堅田の浮御堂《うきみどう》の先の湖で、仕掛けた網を引き揚げていたんやて。すると空がにわかに曇り、大粒の雨がぽつりぽつりと降りはじめたんやわ。風も急に吹き出し、波も高うなってきた。そうこうするうちに、浮御堂の向こうに、大きなものがぽっかり浮び上がってきたのじゃ。大鯉《おおごい》か大鮒《おおぶな》か確かなことはわからへん。とにかく重助はんと網を引っ張っていた漁師たちは、その大物を仕留めるため、近くにいたそれぞれの船に備えられる銛《もり》を持ち出した。船を近づけ、その大きなものに一斉に銛を打ち込んだそうや。ところが雨は大降り、湖はにわかに暗くなり、波もさらに荒うなってきた。その波でひっくり返りそうになった船もあったそうやわ。なにしろ相手は小山ほどもある大物。湖の中で暴れおったら、波も荒うなる道理やわいな」

国松は眉をいくらかひそめてつづけた。

「あれはなんやろ――」

「わしが力いっぱいぶち込んだ銛を、身体に突き立てたまま、湖の中に沈んでいってしもうたがな」

「あの大物は鯉かもしれへん。みんながぶち込んだ銛は五本。そやけど銛に付けた綱を引っ張り、沖に逃げたわけやあらへん。綱に結んだ桐丸太の浮子《うき》は、あそこに浮かんだままやさかい」

「ああ、ほんまや。浮子はそのままやわ」

「あんな大物に引っ張られ、ものすごい勢いで沖に連れていかれたら、こんな小船など、ひっくり返ってしまうとこやったわい」

「あれは黒い大鯉やったんやろか」

「さあなあ。ともかく大変な奴が、銛を身体にぶち込まれたまま、逃げもせんと近くにいてるのやわ」

一人の漁師が船縁から湖の中を覗き込み、ほかの船に向かって叫んだ。

「なんや天候がちょっとようなってきたなあ」

「そやけど水の底では、あの化物みたいな大物が、じっと身をひそめているのやろな」

「恐いこっちゃわ」

琵琶湖に浮ぶ浮子の丸太が、波にゆられて当り合い、軽い音をひびかせていた。

「こうなると、もう銛も長い綱もあきらめるこっちゃ。船をひっくり返され、土左衛門にされたら、どないにもならへんさかい」

「おまえ、そないいうけど、あそこに浮子丸太が浮んでる。その始末を付けへん限り、あきらめようがあらへんやろ」

「そうやなあ。相手は正体のわからん化け物みたいな奴ちゃ。わしらに銛を打ち込まれたまま、近くの水の底にひそんでいるのがわかるさかい困るわ。いっそ浮子を引っ張り、沖に消えてしまってくれたら、あきらめが付くのになあ」

漁師の一人が、浮御堂に目を這わせながらつぶやいた。

浮御堂は長徳年間（九九五―九九）、源信によって創建されたと伝えられ、海門山満月寺という。

源信は漁師の多い地域だけに、成仏できない魂が、多くこの地にさまよっているのではないかと考えた。自ら刻んだ小さな阿弥陀仏一千体を、琵琶湖にはり出した堂に安置し、浮御堂と称したため、満月寺はこの名で知られるようになった。

この堂は琵琶湖では、湖上を往来する船にとって、灯台のような役目を果していたものと考えられる。

辺りが急に暗くなってきたため、満月寺の僧が遠くに見える浮御堂に、灯明を点《とも》したようだった。

「これでは仕方あらへん。陽が暮れてきたさかい、見張りの船を二つ残し、あとは堅田に戻り、明日のことにしよか。明日は村の漁師に、ここへ一斉に船を出してもらう。浮んでいる浮子や綱、銛をとり戻すため、手を貸してもらうのや。相手は水の底に沈んだまま。いつ動き出すかさっぱりわからへん。傷を負うて沈んでいるのやったら、あと一攻めで捕えられるやろ」

「おまえ、そんなことをいうて、相手が琵琶湖の主《ぬし》やったら、どないするねん」

「琵琶湖の主やったら、わしらを脅すような現われようはせえへんやろ。大きな鯰か鯉に決まってるわい。わしらは漁師、やっぱり意地があるさかいなあ――」

打ち込んだ銛に結ばれた綱と浮子の桐丸太を、あきらめろといった竜五郎《たつごろう》が、いまいましげに舌打ちをして叫んだ。

浮子の桐丸太は波にゆれているだけで、依然として動かなかった。

重い沈黙が湖上と湖底にただよっていた。

翌朝、堅田の浜は騒然となった。

小さな漁船が三十艘余り、浮御堂の沖に向かい漕ぎ出されたからである。

その中には、正太の父親が漕ぐ漁船もふくまれていた。

見張りのため現場に残された二艘の漁船の者には、安堵したようすがうかがわれ、一人が立ち上がり、漕ぎ寄せてくる小船に向かい手を振った。

「どうやら獲物の奴はまだ動いていないようじゃな」

「畜生、わしら堅田の漁師をなめおってからに――」

櫓《ろ》を忙《せわ》しく漕ぎながら、漁師たちは猛々《たけだけ》しくいい合っていた。

堅田の漁師たちは、同地が「諸浦の親郷」といわれているだけに気性が激しく、誰もが親分肌だった。

今朝はみんなが褌《ふんどし》一つの姿、獲物に立ち向かうつもりであった。

夜通し浜でつづけられていた焚火が、いまでは白い煙だけになっている。

浜には多くの人たちが集まり、浮御堂の沖に漕ぎ寄せる三十艘余りの漁船を、見守っていた。

比良山から湖北にのびる山々が、朝の光を浴び、白く輝いている。

湖東の山々も白く見え、琵琶湖は不思議に穏やかであった。

「おうい、わしの声がきこえるか——」

浮子丸太の周りに漕ぎ寄せた多数の小船に向かい、浜大将の岩右衛門《いわえもん》が大声で叫びかけた。

「岩右衛門はん、ようきこえまっせ」

「おう、わしらになんとでも指図しとくれやす」

静かな湖の上に浮んだ小船から、一斉に返事が戻されてきた。

小船があるかなきかの波にゆれている。

正太の父親の国松も褌一つであった。

小船の中には、長い樫《かし》の柄に長綱を付けた銛と、短い総身を鉄で鋳造された銛が横たえられていた。

「わしの勘では、獲物はきのうからそのまま、湖の底でじっとしているはずや。まず五艘の船が浮子に近づき、それを引っ張り揚げる。ほかの船は五艘を二重に取り囲んで待つのや。綱がぴんと張ったとき、獲物はきっと動き出すやろ。銛を身体に食らったまま沖に泳ぎ出すか、岸に向かうか、それはわからへん。とにかく姿を見せおったら、近づいた船から銛を、またみんなでそいつに打ち込むんじゃ。沖に逃げよったかて、今日は銛に付けられた綱を離したらあかんぞよ。どんな勢いで引っ張られても、船ごと付いていくんじゃ。船なんかひっくり返ったってええ。これだけ仰山の船が出ているのやさかい、あとにつづく船が助け上げてくれるわい。

銛打ちは各船の一人だけ、船から放り出されても、銛綱を離したらあかんねんで――」

岩右衛門の言葉に、おおと応《こた》える声が湖上に鬨《とき》の声のようにひびいた。

櫓をゆっくり漕ぎ、五つの小船が浮子丸太に近づいた。

それから強健な身体の五人の漁師が、湖に浮ぶ浮子丸太に結ばれた綱を、引き揚げにかかった。

ほかの船の者たちは、固唾《かたず》を呑んでかれらを見つめた。

やがて五人の漁師たちが乗った小船の胴には、水に濡れた綱が次第に集まって溜まり、湖の中にのびていたそれが、ぴんと引っ張られた。

それを見て、湖上の船に緊張が走った。

そのとき、獲物が動き出したのか、急に綱がゆるみ、漁師の一人が船底に尻餅をついたのが見えた。

穏やかにうねっていた琵琶湖の水面が、にわかに盛り上がってきた。

黒い大きな物体が勢いを加え、浮び上がろうとしていた。

「な、なんやこれは――」

船の舳先で銛を構えていた漁師の一人が、頓狂な声を発した。

次には信じられぬ大きさの物体が、朝の光の中に水飛沫《しぶき》を散らし、跳ね上がってきた。

長さが数間にもおよぶ巨大な鯰だった。

頭部は扁平、口は横に大きく開き、四本の長い口髭が空を切った。

鯰は淡水に棲む硬骨魚。体表は滑らかで鱗《うろこ》がない。背部は青黒く腹部は白く、日本では食用とされていた。

「これは大鯰じゃや。銛を打て――」

浜大将の岩右衛門の鋭い掛け声が、漁師たちの耳に弾《はじ》けた。

「ばしゃん――」

飛沫を散らし、一旦、空中に跳ね上がった大鯰は、白い腹部を水面に叩き付けて落下した。

それを狙い、岩右衛門の合図で一斉に銛が打ち込まれた。

「こん畜生――」

「これでも食らえ――」

漁師たちの大声とともに、大鯰の青黒い身体に放たれた銛は八本余り。湖面に引き起こされた波の余波を受け、転覆させられた小船もあった。

大鯰は昨日、竜五郎たちに打ち込まれた銛を、身体にがっしり食い込ませたままだった。その端からのびる綱を引っ張り揚げていた漁師は、再び湖の中に沈んだ大鯰に、摑んだ綱ごと引きずり込まれ、水中に転落していった。

「あわてたらあかん。落ち着くんじゃや。大鯰は逃げようとしてへんわい」

岩右衛門の声が、再び辺りにひびき渡った。

大きくゆらいでいた琵琶湖の波が、次第に収まりつつあった。

漁師たちは水中に転落した仲間をすぐさま助け上げ、小さな船縁から水の中を覗き込んだ。

「わしはあんな大きな鯰を初めて見たわい。この湖の主ではなかったのかいな」

「ばかをいうたらあかんがな。こんなきれいな琵琶湖の主が、あない不細工な大鯰のはずがあらへん。あれは鯰の化物じゃぞ」

そんな会話が、国松の乗った小船にも届いてきた。

遠くの岸辺では、女房のおくりと娘お妙の二人が、多くの人たちとともに、この未曾有《みぞう》の漁を見ているはずだった。

湖は静まり返っている。

大鯰の身体に打ち込まれた銛に結ばれた綱は、もう全く動かなかった。

「あの野郎、水の底でなにをしているんやろ」

「仰山の銛を打たれ、痛うて動けんようになってるのとちゃうか」

「それならわしが湖の底に潜り、確かめてきてやるわい」

浜大将の岩右衛門が両手をそろえ、褌姿の身体を水の中へざぶんと飛び込ませた。

近くに船をただよわせる漁師たちのほか、外を囲んでいた船の漁師たちも固唾を呑み、岩右衛門が姿を消した水面を見つめた。

だが、かれはなかなか浮び上がってこなかった。

「どうしたんやろ。まさか大鯰のあの大きな口で、食われてしもうたんやないやろなあ」

「縁起の悪いことをいうないな。浜大将の岩右衛門はんに限り、そんなことあらへんわい」

こう否定した当人も、不安そうな顔付きだった。

みんながはっきり心配顔になったとき、水の中から岩右衛門の顔がぽっかり浮んできた。

かれは大きな息を吐き、喉を鳴らして空気を吸い込んだ。

「岩右衛門はん――」

「ご無事どしたか――」

「ああ、どうもないわい」

「大鯰の奴はどないどした」

「五丈余り下の湖の底で青息吐息、あいつ死にかけていよるわい」

抜き手を切って泳ぎ、小船に上がってきた岩右衛門は、水に濡れた髪を搔き上げていった。

「あいつが死にかけているんどすか」

「そうや。こうなったら地曳き網をあいつに掛け、みんなで岸まで引っ張り上げるんじゃや。もう暴れたり逃げたりせえへんやろ。今日は大漁じゃ」

岩右衛門は豪快に笑った。

「お父はんはそのとき、銛を打たはらなんだんどすか――」

大鯰の捕獲を克明に語る国松に、正太は顔を輝かせてたずねた。

「わしは外構えの船やったさかい、ただ見守っていただけやけど、それはものすごい漁やったで。あんな光景は、もう二度と見られへんやろなあ」

「三間半もある大鯰、この広い琵琶湖にでも、何匹も棲んでいるはずがありまへんわなあ」

正太は残念そうな顔でつぶやいた。

「そやけど、それからがまた大変やったわ」

「なにが大変どした――」

「それがさ、大鯰を地曳き網で陸に引き揚げ、腹を裂いてみたんや。そしたら腹の中から、髑《どく》髏《ろ》が二つと小判が八十両ほど出てきたのじゃ。それらはいずれも、船に乗ったお人を髭でから め取って食うたか、溺死者を食うた結果だろうということになってなあ。村のお人たちは気味悪がり、誰も大鯰を食うとはいわなんだ。そこでどう始末を付けたらよいか、浜大将の岩右衛門さまをはじめ、みんなが困り果てていたんや。そのとき、若狭街道の途中峠に近い途中村の材木問屋がこれをきき、是非、譲ってくれまいかと頼んできたのよ。大鯰の腹の中から出てきた八十両の金は役所に届け出て、十両は二つの髑髏の供養をいたしてつかわせと、役所から改めて村に下された。大鯰を買い取らせてほしいと頼んできた途中村の材木問屋は、五両の金を出すといいおった。それでその大鯰は、材木問屋に売り渡したというわけよ」

「その大鯰、材木問屋は買うてどうしはりますのやろ」

「なんでも膏《あぶら》を採るときいたわい」

「膏をどすか――」

「鯰の膏は切り疵《きず》にもよく効き、薄めて飲めば、万病に効果があるそうな。大鯰は材木を運ぶ長い荷車にだらっと乗せられ、途中村に運ばれていったわい」

正太は大鯰捕獲の顚末を、顔を紅潮させてきいていた。

この大鯰の話は、肥前《ひぜん》・平戸《ひらど》の藩主・松浦静山《まつらせいざん》が著わした随筆『甲子夜話《かっしやわ》』にも記されている。こちらは時代がいくらか下がり、文政七年（一八二四）三月のことだという。

同書は正続各百巻、後編七十八巻からなり、大名・旗本の逸話、市井の風俗などの見聞を筆録したものである。

途中村は、比叡山から比良山につづく山間の村。近江の堅田からは西になる。

山城国から若狭に通じる街道の途中にあり、当村で道は若狭と堅田に向かう二つに分かれている。『輿地志略《よちしりやく》』は地名の由来について、「相応和尚、葛川《かつらがわ》の滝にて不動現形の御衣木を負ひ、此地に来てここは山門無動寺と葛川との途中かとの給ひしより途中村とは云ふ也」と記している。

ここは葛川明王院への参籠《さんろう》の道でもあった。

材木の集散地として幕府領とされ、河内・狭山藩の代官にまかされ、抜け材木改番所が設けられていた。

「その大鯰、材木問屋が買い、膏を採るというてるのやな。山仕事では怪我人も出るさかいなあ。三間半もある大鯰から、どれだけの膏が採れるのやろ」

喜六にそれの量《はか》れるはずがなかった。

「仰山、搾り採れるんどっしゃろなあ」

「正太、とにかくその大鯰の話は、藪入りしてきたおまえの一番の土産と違いますか」

手代の喜六は、羽子板をつく音を外にききながら、正太に微笑んだ。

七日正月がまだすんでいなかった。

三

「今年もどうぞよろしゅうにお願いします」

「いや、こっちのほうこそ、ご懇意にお頼みしますわ」

こんな挨拶の声も、いつの間にか少なくなってきた。

正月十五日がすぎ、京の町はいつもの活気を取り戻していた。

どの家からも門松や注連飾りが取り払われている。鯉屋でもそれは同じだった。

年末年始、京の七口などに配されていた東西両町奉行所の警備も解かれ、期間中、さしたる事件も生じなかった。

菊太郎も平生の生活に戻った。

だがかれは、警備に出向いてあわただしくすごしたため、遅ればせの正月を味わうのだという。ここしばらく鯉屋でもお信の店でも、酒ばかり飲んでいた。

「菊太郎の若旦那さま、今日から朝酒は止めていただきますえ」

台所のほうから、お与根《よね》の険しい声がひびいてきた。

「お与根、それはそなたが、源十郎かお多佳どのにもうし付けられたからか——」

菊太郎がお与根の言葉を糺《ただ》していた。

「いいえ、誰に指図されたわけでもございまへん。このうちが駄目やというてるんどす。正月も半ばすぎやのに、まだ毎朝毎朝、ご飯も食べんとお銚子を空けてはったら、お身体を痛めてしまいます。いい加減にしていただかなあきまへん。朝はご飯をきちんと召し上がっておくれやす」

お与根がかれにまくし立てていた。

そのあと、二人の声は表の帳場までもう届いてこなかった。

どうやら菊太郎が、お与根の言葉に素直に従ったようだった。

「下代の吉左衛門はん、菊太郎の若旦那さまには、旦那さまやお店さまより、小女のお与根はんにいわれるほうが、効き目があるみたいどすなあ」

喜六が紙縒《こより》で帳面を綴じながら、帳場に坐る吉左衛門につぶやいた。

主の源十郎は、手代見習いの佐之助を従え、東町奉行所の詰番に出かけ、丁稚の鶴太と正太は店の拭き掃除にいそしんでいた。

「お黙りになったようやさかい、お与根の言葉をすんなりきかはったんどっしゃろ。ご自分でも毎日、朝から酒を飲んでたら、身体を壊してしまうと、ほんまは思うてはったんどすわ。そやけど、酒飲みは口が卑しいといいますさかいなあ。それでも若旦那さまは程度をご存じどす。また強い立場の人にいわれると、反発しておききになりまへんものの、弱い立場の者に道理を説かれたら、大人しく従わはります。ほんまに変ったというたらええのか、まあ真正直なお人なんどっしゃろ」

「根っから旋毛曲《つむじまが》りなんどすなあ」

喜六は吉左衛門にいいながら、中暖簾のそばの柱に下げられた短冊掛けを眺めた。

そこには、菊太郎が詠んだ句（俳句）を書いた短冊が挟み込まれていた。

――去年《こぞ》は去年やがてはきたる福の神　宗鷗
近頃、菊太郎はあまり句を詠まないため、お多佳がまた古い短冊を取り出し、正月元旦に掛け替えたものだった。

「去年は去年やがてはきたる福の神、若旦那さまは人に対して温かい句を詠まはりますのやなあ」

「そうどすわ、喜六。若旦那の句には、木枯しや貰いの少ない痩せ法師などと、なんや寂しいものが多いようどす。そやけど貧しいお人たちに希望を持たせるそんな句も、仰山、詠んではります。福の神さまには、後ろ髪がないといいますわなあ。人には一生のうち一度ぐらい、目の前を福の神さまが通らはる機会があります。そのとき人は両手を開き、がっと抱き付かなあきまへん。後ろ髪がないため、通りすぎはった後では、どないにも摑めへん道理どすさかい。どんな仕事をしていても、正直にして勤勉に働き、丈夫で世の中の動きをまっすぐ見てたら、福の神さまが通りかからはるのがわかるはずどす。そのとき、これは福の神さまやと見すごさへん目を、常に心に養うているのが大切どすわ」

「へえ、わたしもそれをよう心掛け、毎日をすごさせていただいてます」

喜六が吉左衛門にうなずいたとき、外からなにかを商う声がきこえてきた。

「ご神油《しんゆ》、鯰の膏はいかがどす。切り疵腫れ物に効いて、舐めれば万病も治る鯰のご神油はいかがどす」

行商人の声は、澄んだ冬の空気の中によくひびいた。

「吉左衛門はん、鯰の膏売りが今日もきてますわ。切り疵や万病に効能がある鯰のご神油というてまっせ——」

外の売り声と喜六の言葉にまっ先に反応したのは、正太であった。

床を拭いていた正太は、濡れ雑巾を摑んだまま立ち上がり、声のほうを睨んだ。

ついで中暖簾の奥から、菊太郎の姿が現われた。

「おい正太、またまた鯰の膏売りのお通りじゃ。鯰の膏は、切り疵腫れ物に効いて、舐めれば万病も治るともうしている。あの声がひびくようになったのは、正月の十日すぎ頃からだったな」

「へえ若旦那さま、そうどす」

「そなたは年末年始、近江の堅田に里帰りしていた。その折、親父どのから堅田漁師が打ち揃い、琵琶湖から大鯰を捕獲した次第を、詳細にきいてきたはずじゃな」

「へえ、しっかり話してもらいました」

「その一件、翌日には京の町でも噂になっておった。最初は三間半の大鯰だといわれていたが、翌日には四間半、次の日には五間半と変っていたわい。噂とは恐ろしいもので、日一日、話が伝わっていくたびに鯰は巨大化し、いまでは六間半とまでいわれておる。さすがにそれ以上にはならぬが、六間半の大鯰は、紀州の海を泳ぐ鯨ほどの大きさであろう。その大鯰から搾り取った膏をご神油と呼び、切り疵腫れ物に効いて舐めれば万病も治るとは、全く呆れ果てた誇大な売り口上じゃ。なんの膏であれ、まあ幾分かの効能はあろうよ。また三間半の大鯰がいたことは、珍しい話として信じられる。されどその鯰の膏が、ご神油として売られているのは、なんとも胡散臭《うさんくさ》い。まやかしめいているわい」

菊太郎が顔に怒りの色を浮べていった。

「若旦那さま、わたしの親父は、大鯰は確かに三間半余りというてました」

正太は眉をひそめていった。

「わしは三間半に文句を付けているわけではないぞ。世間の噂が、三間半の大鯰を六間半にまで育ててしまったのか、それとも大鯰の膏に薬効があるとして売り出した店が、噂を自ら作り出し、金儲けをしようとしているのかわからぬ。されどおそらくこれは、金のからむ悪巧みに相違あるまい。三間半の大鯰にしたところで、その膏を搾ってどれだけの量の膏が取れよう。せいぜい四斗ほどにすぎまい」

　鯰の膏売りの売り声が止んでいる。

　ご神油といわれ、いまや京の評判となっているそれを買うため、膏売りのそばには人集《ひとだか》りができているに違いなかった。

「わたしもそのように思うてます」

「わしは昨日と一昨日、町の中をぶらぶら歩き、鯰の膏売りの数をかぞえてまいった。わしが目にしただけで十六人もいたわい。洛中洛外を合わせたら、おそらく三十人ほどになるだろうよ」

「菊太郎の若旦那さま、その膏売りたちはもったいを付け、一人に一勺《しゃく》、ほんのちょっとしか売ってくれへんそうどす。しかも一勺が南鐐《なんりょう》一朱銀三枚。べらぼうに高おすわ」

　身体を乗り出し、喜六が菊太郎に訴えた。

　一勺は一合の十分の一。十八ミリリットルの微量である。

　中ぶりの盃に一杯程度といってよかった。

南鐐一朱銀は十六枚で一両に替えられる。

鯰の膏は一合で一両と南鐐一朱銀十四枚、すなわち二両近くになる。

一升となれば、二十両近い金額だった。

もし大鯰から菊太郎がいうように、四斗の膏が搾り取れたと仮定すれば、大枚八百両ほどの金になるわけであった。

そんな計算など、帳場でいつもそろばんを用いている吉左衛門には、たちまち弾けた。

「菊太郎の若旦那さま、これはちょっと冷静に考えたら、全く勘定に合いまへんえ」

「そうだろうな。金の話だけではなく、仮に平均三十人が、十日にわたって鯰の膏を一升ずつ携えて売り歩いたら、その量は三十斗となる。膏売りの声をききはじめてから、すでに七日余り。いかなる大鯰でも、それだけの膏が搾り取れるはずがないわい」

「若旦那さま、そんなそろばんなど、阿呆らしゅうて弾かれしまへん」

「大鯰は確かに三間半余りと、お父はんからききました。いまこの京都で売り歩いている連中の鯰の膏には、菜種油かなんぞの油が、仰山加えられ、薄められているに違いありまへん」

怒りを込めていう正太が握りしめた雑巾から、水滴が床にぽとぽととしたたっていた。

「正太、そなたがもし堅田の親父どのにこれを伝えたら、親父どのはどうもうされるだろうなあ」

「いうまでもなく腹を立て、浜大将の岩右衛門さまの許に走らはりますわ」

「その浜大将の岩右衛門はいかがいたす」

「岩右衛門さまのご先祖は比叡山の僧兵。堅田の漁師たちに銛を持たせ、大鯰を買い取った途中村の材木問屋『矩屋《かねや》』に、大勢で撲り込みをかけられますやろ。琵琶湖の大鯰の名を騙《かた》り、無法な金儲けをするなというてどすわ」

「まあ、そうだろうな——」

菊太郎は腕を組んでうむと唸った。

「若旦那、どうされるんどす。火に油を注ぐようなことをいいますけど、大坂の道頓堀では、いま竜の髭二本が見世物小屋に出され、大評判やそうどっせ。人間の腕ぐらいある大きなもので、それもその大鯰から、切り取った髭ではありまへんやろか」

どこできいてきたのか、喜六がおずおずと菊太郎に告げた。

「竜の髭とはなあ。よくも厚かましく考えたものじゃ。琵琶湖は広い湖だけに、二、三尺の大鯉は珍しくもないともうす。漁師はそんな鯉がゆったり泳いでいるのを見付けると、銛で突いて捕えるときいた。比叡山の僧兵の血を享けているともうす浜大将の岩右衛門が、かような悪業を知ったらひどく怒り、辺りを血の海となすのは明らかじゃ。ところで正太、そなたならこの一件をどう処置いたす。放ってもおけまい」

「へえ、わたしどしたらまず大鯰の膏とやらを買うてきて、それがほんまに鯰の膏かどうかを確かめます」

「ああ正太、それが最初じゃな。そなた、膏売りの許に行き、その膏を買うてまいれ」

菊太郎の声とともに、吉左衛門が帳場の銭箱から、南鐐一朱銀をじゃらじゃらと音を立て摑み出した。

「では早速、さりげない顔で買うてきます」

吉左衛門から銭を受け取ると、正太は台所に走ってお歯黒壺を持ち、店から飛び出していった。

お歯黒は歯を黒く染めることをいう。鉄片を茶の汁、または酢の中に浸して酸化させ、褐色の液に五倍子《ふし》の粉を付けて歯に塗る。

古くは上流階級の婦人の間にこの風習が起こり、平安貴族たちは男でも歯を黒く染めていた。室町時代には、女性が九歳ぐらいになるとお歯黒をつけ、成人の印とした。江戸時代、結婚した婦人ならすべてこれを行っていた。

お歯黒壺は備前か丹波、尾張の常滑《とこなめ》のものが多かった。口縁が広いため中が覗きやすく、一方に注ぎ口が拵えられていた。

台所のほうから、正太につづき、小女のお与根が飛び出してきた。

「菊太郎の若旦那さま、正太はんが台所の棚から、お歯黒壺を持ち出さはりましたけど、どないしはったんどす。もしお酒を買いに行かはったんなら、一升徳利のほうがよかったのと違いますか。小さなお歯黒壺では、せいぜい一合半ぐらいしか入りまへんえ」

お与根がどこか悪怯《わるび》れた顔でかれにいった。

先程、朝酒を一本付けてくれと頼んだ菊太郎を、びしっと諌《いさ》めたからである。

「お与根、余分な気をつかわせてすまぬ。正太には酒ではなく、鯰の膏を買いに行かせたのじゃ。近頃、切り疵腫れ物に効き、舐めたら万病も治ると評判の大鯰の膏をじゃ。いささか仔細があってのう」

菊太郎は彼女に詫びるように伝えた。

「へえっ、そうどすか――」

彼女は呆れた顔で短くいい、そのまま台所に引っ込みかけた。

「お与根、ちょっとこちらにきてくれ。正太はすぐに戻ってまいる。買うてきた膏が、まこと鯰の膏か、それとも菜種油をどれほどか加えたものか、改めてもらいたいのじゃ。そなたには判断できるわなあ」

「へえ、それくらいどしたら造作なくわかると思います」

菊太郎が機嫌良く頼むのをきき、彼女は顔にほっとした色を浮べた。

それからほどなく、正太がお歯黒壺を抱えて戻ってきた。

菊太郎のそばに、吉左衛門や喜六をはじめ、正太も鶴太も集まった。みんながお歯黒壺の中をじっと覗き込んだ。

壺には、黄味がかった液体がわずかに入っていた。

「これだけで一朱銀三枚ともうすのか」

「へえ、仰山のお人が列をなし、競って買うてはりました」

「そうか、ではお与根、これがなんの油か改めてはくれまいか——」

菊太郎にいわれ、お与根はお歯黒壺を右手に持ち、それを左手の掌に少し傾けた。

ねっとりした油が、彼女の左掌に垂らされた。

まず透明なその油の匂いを嗅ぎ、ついでお与根は右手の人差し指をそれに付け、口で舐めて頬をわずかに動かした。

「若旦那さま、これはただの菜種油どすわ。鯰の膏なんかおそらくほとんど入ってしまへんやろ。なんどしたら、台所から菜種油を持ってきますさかい、ご自分で舐めて確かめられますか」

彼女はばかばかしいといいたげな表情で、菊太郎の顔を仰いだ。

「若旦那さまにおまえたち、いったいなにをしてますのえ」

中暖簾をかかげ、お多佳が顔を覗かせた。

四

鴨川から道を右に取り、若狭街道に入った。

この道は別名を大原・朽木《くつき》道ともいわれている。

八瀬《やせ》に近づくと、右に比叡山、左に北山に連なる山塊が迫り、道が次第に狭隘《きょうあい》になってきた。あちこちに藁屋根の家々が見える。冬枯れた風景がどこまでもつづいていた。もうしばらく進めば大原、ついで途中越の峠道にさしかかる。

山の冷気が頰に冷たかった。

騎馬の武士が六人打ちそろい、道を物々しく急いでいる。

街道を往来する人々が驚いたようすで足を止め、物珍しげに眺めていた。

「兄上どの、大丈夫でございまするか――」

「そなたはなにを案じているのじゃ。近江の途中村にまいるについて、そなたは東町奉行所のご用人さまから、すでに許しを得てきたのであろうが。途中村は幕領。京都所司代ならびに東西両町奉行所は、大津代官所にも指図をいたしておる。わし一人で乗り込んでもよいのだが、それではことを穏便にすませられなくなるのじゃ」

菊太郎は轡《くつわ》を並べる銕蔵にいささか険しい口調でつづけた。

「材木問屋の矩屋太兵衛《たへえ》、天領で商いをいたしているのをいいことに、かような金儲けを企むとは、全く許せぬ奴じゃ。京の数珠屋町で油屋を営む弟と謀《はか》り、ただの菜種油を大鯰の膏だとたばかっておる。塗れば切り疵や腫れ物に効き、舐めれば万病も治るともうし、売り子を集め、盛大に売らせていよる。全くもってのほかじゃわい。このところ、すでに三、四百両を不法に儲けているであろう」

「はい、わたくしどもの探索では、それくらいかと思われまする」

銕蔵は自分たちの後ろでともに馬を進める配下の岡田仁兵衛、曲垣染九郎、小島左馬之介、福田林太郎の四人を振り返って眺めた。

思慮深いことで銕蔵から信頼される仁兵衛の鞍の前に、鯉屋の丁稚正太が、身体を縮め小さく乗っていた。

「わたしが堅田から大鯰の噂を持ち込んできた張本人。菊太郎の若旦那さま、この不埒を止めさせるため、途中村の矩屋に行かはるんどしたら、後学のためにも是非、連れていっておくれやす」

後学のためといわれると、それを退ける理由がなかったのだ。

菊太郎と銕蔵は伊賀袴に打裂羽織姿、後につづく仁兵衛や染九郎たちも、同じ身形をしていた。

「わしは悪徳な商人に腹を立てておる」

「矩屋太兵衛をお斬りになられまするか——」

馬の手綱を取りながら、銕蔵は顔を横に向け、菊太郎にたずねかけた。

「斬ってよいものなら、斬り刻んでやりたいわい。だが相手は天領の商人。なぜわしごときに斬られたかが、他領のお人たちに知られたら、お上はもうすに及ばず、ご老中がたの恥にもなろう。それゆえ、頬ぺたを三つ四つ撲り付けるだけで堪《こら》えてくれる。人を欺《あざむ》いて得た金を、貧しい者への救恤《きゆうじゆつ》に用い、米なり古手（古着）なりを施し、せめて罪のいくらかでも償えと、もうし付けてつかわす。それなら文句はなかろう」

「いかにも、さようにいたしてくだされればありがたい。お礼をもうし上げまする」

「そなたがわしに、礼をもうす筋合いではなかろう」

「兄上どの、それがしはご用人さまのお言葉を、お伝えしたにすぎませぬ」

「するとこの一件は、お奉行どのの耳にも入っているのじゃな」

「はい、おそらく。それがしはさように考えておりまする」

京都東西両町奉行所には、だいたい与力が二十騎、同心が五十余人属し、奉行には何人かの用人が必ず付いていた。

与力や同心は世襲で占められ、事実上、町奉行は飾り物に等しかった。

任官中、さしたる瑕疵《かし》がなければ、だいたいつぎには大坂城代か奏者番、または幕府の若年寄に推挙されるのが普通だった。

天領の近江国・途中村で起こった不祥事を、見過したことが知れれば、奉行の落度とされ、昇進がおぼつかなくなる。

そのため東町奉行所の用人は、礼をもうすと銕蔵にいったのであろう。

菊太郎が苦々しい顔で馬の手綱を握っているのは、こうした理由からであった。

「兄上どの、年の瀬頃から雪がさっぱり降らなくなりましたな。師走半ばの雪が、嘘のようでござる。例年なら大原をすぎたこの辺りから、雪で難渋するはずでございまするが——」

「天がわしらを助けてくれているとまではもうしたくないが、幸いではないか——」

「二つの山の向こうに、雪をかぶって小さく光っているのが、比良山でございます」

「物知り顔にもうすではない。幼い頃、父上の次右衛門どのに連れられ、葛川明王院へ参拝に行ったのを、そなたは忘れてしまったのじゃな」

「ああ、さようでございましたなあ。あれから何年になりますやら」

「あれはわしが十七、八歳の頃。そなたは父上どのがお乗り召された馬の上で、いまの正太のように、小さくなっていたわい」

「兄上どのはわざと馬を早駆けさせ、そしてまたわたくしどもの許に引き返され、その度毎に父上どのから、落馬いたすまいと注意を受けておられました」

ここまでくると、途中峠はもう近くであった。

街道は次第にゆるやかな登り坂になってきた。

この峠道をすぎると、途中村はすぐだった。

探索方の調べによれば、材木問屋の矩屋太兵衛の住居は街道沿いにあり、大きな構えだという。

間もなく道が下りになり、狭い街道に沿い、茅葺《かやぶ》き屋根の家が点々と建っていた。

街道をまっすぐ進めば、葛川明王院から朽木村、さらには若狭の小浜に達する。

道を右に曲がれば、琵琶湖の眺望がやがて広がり、堅田の浮御堂が見えてくるはずだった。

「染九郎、そなた独り先駆けいたし、矩屋のようすを探ってまいれ」

手を上げて配下の一同を制すると、銕蔵が曲垣染九郎に命じた。

「かしこまりました」

染九郎は銕蔵と菊太郎に一礼し、馬を先に駆けさせていった。

「そこの辻に茶屋がある。一同、あの茶屋で染九郎の戻りを待とうではないか」

組頭の銕蔵にいわれ、岡田仁兵衛たちが馬から降りた。

「誰かおらぬか——」

腰掛け茶屋の奥に向かい、小島左馬之介が声をかけたが、なぜか店の中からは誰も出てこなかった。

「妙だな。竈《かまど》には何事もなく火が燃えておるに——」

「さようにもうせば、辺りの家々にも人の気配がうかがわれぬわい」

「若狭のほうから、こちらにやってくる旅人も見かけぬ」

「さてはなにか起こったのじゃな」

「銕蔵、染九郎どのを待つまでもない。馬をこのまま走らそうではないか。悠長にいたしておられぬぞ」

菊太郎は敏捷に動き、馬に飛び乗った。

かれに向かい手を差しのべた正太は、疾駆しはじめた栗毛の馬に、菊太郎によって引きずり上げられた。

かれの後ろに、銕蔵たちの乗った馬が、どっと列をなしてつづいた。

「菊太郎の若旦那さま、あそこにいるのは堅田の漁師たちどす」

街道沿いの大きな構えの屋敷の前に、筒袖に股引きをはいた男たちが五十人ほど、長い銛を肩に立てて蹲《うずくま》っていた。

みんなが苦々しげな顔付きだった。

「堅田の漁師たちだと――」

「へえ、きっと大鯰のことで、みんなが銛を持ち、矩屋の旦那に文句をいいに押しかけてきたんどすわ」

「それにしては勢いがないぞよ」

「どうしたんどっしゃろ」

「矩屋太兵衛の奴、すでに漁師の誰かに突き殺されたのではないのかな」

「そんなんしはるのは、浜大将の岩右衛門さまぐらいどすわ」

先駆けした染九郎の馬は、矩屋の前に乗り捨てられていた。

蹲っていた漁師たちが、屋敷に近づいた菊太郎と正太が乗った馬を、一斉に振り返って見た。

鋭い銛が冬の陽にきらめいた。

「正太、おまえ正太やないか――」

かれらの中から、正太の父親国松が立ち上がり、馬のそばに走り寄ってきた。

「お父はん、これはどうしたことどす」

「おまえこそどうしたんやな。わしらは浜大将の岩右衛門さまに率いられ、矩屋の旦那に文句をいうため、押しかけてきたんじゃわ。岩右衛門さまが、京の町では堅田で獲れた六間半の大鯰、それから搾った膏が、高値で売られているときかはった。切り疵や腫れ物に効き、舐めたら万病も治るとして、一匁が二、三朱やというやないか。そんな無法、許しておけへん。矩屋の旦那を銛で突き殺してやると、岩右衛門さまがいわはるさかい、わしらも合力《ごうりき》して付いてきたのじゃ。ところがなあ――」

ここで国松は、菊太郎が正太を抱えて馬から下りるのを見て口を濁した。

「ところがどうしたのじゃ。そなたはこの正太の親父どの。あとをもうされよ。わしは公事宿鯉屋に世話になっている田村菊太郎ともうす」

「へえっ、このお方が正太、菊太郎の若旦那さまかいな」

国松が改めて菊太郎に挨拶しかけたとき、銕蔵たちの乗った馬が、どっと駆け付けてきた。

同時に矩屋の上土門《あげつちもん》から、曲垣染九郎が暗い顔で現われた。

「若旦那さま、わしらが押しかけてきたとき、矩屋のお嬢さまのお琴《こと》はんが、矩屋の旦那と口諭してはったんどすわ。旦那が鯰の膏ではのうて、菜種油を偽って京の町のお人たちに売っているのを、お琴はんがなじり、あげく短刀で刺し殺してしまわはったんどす。自分も死のうとしてはるのを、浜大将の岩右衛門さまが、あわやのところで止めはった次第どすのやわ」

国松の話に、染九郎が無言でうなずいた。

「それで娘のお琴とやらは、いまいかがしておるのじゃ」

「浜大将の岩右衛門が、そなたまで死ぬことはないと、短刀を取り上げました。口に布を噛ませ、縄で両手を縛り付けたところでござる」

染九郎が低声で告げた。

「腹黒い父親と叔父を持ち、まことに気の毒な娘よ。娘が父親を殺さねばならぬとはなあ——」

「いかにもでございまする」

菊太郎と銕蔵兄弟の声が、漁師たちの耳に哀切にひびいた。

街道沿いの人たちは、大勢の漁師たちが銛を携えて矩屋に押しかけてきたのに気付き、一散に山に隠れてしまったようだった。

それまで晴れていた空がにわかに曇り、鉛色に変っていた。

「東町奉行所の田村銕蔵、ならびに堅田衆にもうす。矩屋太兵衛は、おそらくわが娘からおのれの僻事《ひがごと》を咎められ、それを恥じて自ら喉を突いて死んだのであろう。それに決まっておる。

それ以外にはあり得ぬわい。よいな――」

　菊太郎が大声で断言した。

「ああ、それでええのや。このお人はどなたはんかまだきいてへんけど、粋なご分別をされるお人やなあ」

　お琴の見張りを誰かに頼んできたのか、浜大将の岩右衛門が褌一つの姿で現われ、菊太郎に向かい大きくうなずいた。

　冷たい風が急に激しく吹きつけ、それに驚いたのか、背後の山で鴉がやかましく鳴き騒いでいた。

あとがき

昨今の俗悪な政治情勢と社会の混乱に、ただあきれ返っている。

政治家も多くの国民も活力を失い、矛盾が錯綜しモラルが低下し、歴史的に見れば、応仁・文明の乱に匹敵するほどの様相を、呈しているといってもいいだろう。

だがあの大乱の後には、次の日本のありかたを決める新しい時代のパラダイム（知的枠組）が生み出されてきた。

ところが世界的不況になった今度は、世界や人間のありかたに及ぶそんなものが、果たして創り出されるかどうか、わたしは甚だ心許なく思っている。

『公事宿事件書留帳』は、この『遠い椿』をもって十七冊目になった。

作中の「小さな剣鬼」は、身辺の人物の身に起こった事件に基づいて書いた。

当人は弱冠十八歳。空手の有段者として、数人の乱暴者を相手にしても、〈敵〉を瞬時に叩き伏せるぐらいの腕をそなえている。

だがそうせずに屈辱に耐え、ひたすら撲《なぐ》られていたとは、なかなかの人物だといえる。

ここでいきなり武芸者の話に飛ぶが、有名な宮本武蔵は寛永十七年（一六四〇）の春、およそ五十七歳の頃から熊本城主・細川忠利に客分として招かれ、禄高三百俵十七人扶持《ぶち》を給され、五年後の正保《しょうほう》二年（一六四五）に没したといわれている。多くの作家や歴史家たちは、かれが晩年まで〈剣鬼〉として生きたと、さも事実のように描き、読者もそう信じ込んできた。

だがそれは本当だろうか。

近年、わたしは全く別な武蔵像をうかがわせる絵画史料を、五点ほど見たための疑問だ。

武蔵は余技として水墨画を描いた。

中国の宗・元画の減筆法《げんぴっぽう》を基礎とした花鳥・人物。鳥類を得意とし、代表作には「枯木鳴鵙《めいげき》図」「布袋観闘鶏図」「達磨図」などが知られている。

だがわたしが見た絵の様相は、これらの作品とはまるで異なり、飄逸で離俗に徹した人物が描いたとしか思われない作品ばかりだからである。

かれは画家としても有名だっただけに、早くから贋作が世に出ていた。

そうした事実を知ったうえで、わたしが見た確かな絵画史料からうかがうかぎり、武蔵はなにかの事情で忠利が死去したあと細川家の禄から離れ、剣を捨てて陋屋《ろうおく》で自由に生きた。立ち合いを求めて訪れる武芸者には、土下座してまでそれを断わった。相手から逃げさえしたのではなかろうか。こうして描いた絵を後援者の某《なにがし》に買ってもらい、全く別人になり切って晩年をすごしたたに相違ないと思われてならないのだ。

宮本武蔵の画号は「二天道楽」という。

落款（印も含む）も同一の本物。紙質も同時代のもので、わたしは『黒染の剣』で吉岡家と武蔵を描いたが、晩年のかれにまた新しい興味を抱いている。

わたしが見た絵画史料から推察するかぎり、晩年の武蔵を描いた多くの小説作品は、フィクションにしたところで、これまでの既成概念に囚われすぎているとしか考えられないのである。歴史のヒーローの晩年は、全く別物だったといってもいいだろう。

この「あとがき」を担当編集者に送った数日後の三月五日。読売新聞・関西版の二十七面に、わたしが描く武蔵像を傍証するような学芸記事が、偶然にも大きく掲載された。

見出しは「宮本武蔵の引き立て役」「弥四郎　実は一流剣士」「大名クラスも感嘆」と付けられていた。

宮本武蔵が熊本藩主・細川忠利から扶持を受けていた頃、同藩に雲林院《うじい》弥四郎という名の剣豪がいたというのである。

弥四郎の子孫宅（熊本市）に伝えられる史料が、熊本県城南町の町歴史民俗資料館で初公開されるとの記事であった。

将軍家剣術師範の柳生宗矩《むねのり》が、忠利の家臣に宛てた書状によれば、弥四郎の父松軒《しょうけん》は、足利義輝らとともに新当流・塚原卜伝《ぼくでん》の高弟であり、弥四郎については新当流に加えて新陰流を学んでいたという。

細川忠興はわが子の忠利に宛てた往復書状の中で、「弥四郎兵法存之外見事にて候、柳生弟子ニ是程之ハ終《つい》ニ見不申候《もうさず》」と感嘆しているそうだ。

九州文化財研究所の花岡興史学芸員は、「大名クラスの人物が書状で特定の武芸者について言及した例はあまりない。（中略）武蔵の名は見えず、弥四郎がいかに評価されていたかがわかる」と指摘されたと、同記事は伝えている。

これらはわたしが心で描く武蔵像を、傍証してくれる確実な史料といえるだろう。

尤《もっと》もわたしは「武蔵画」に興味を持っているだけで、晩年の武蔵について、小説で書こうとはいささかも思っていない。宮本武蔵は坂本竜馬と同様、熱狂的なファンが多数存在する。武芸者の訪れを避け、陋屋で絵筆を握っているかれの姿など書いたら、罵倒されるに決まっているからだ。

以前、少しは新しい武蔵像をと心掛けた長編「黒染の剣」を書いたとき、某大手出版社の担当編集者から、「こんな宮本武蔵を描いて――」と、非難がましくいわれたことを、いまでもはっきり記憶している。

それが編集者たる職能の人物の言葉かと、疑問に思ったものである。

宮本武蔵は神域の剣豪なのだ。

今後の武蔵像については、これから歴史・時代小説を書く作家たちに任せればいいと思っている。

補記として付け加えた。

幻冬舎担当編集者の森下康樹氏や取締役の小玉圭太氏、また同社の多くの編集者や校正の方々に深く感謝している。

平成二十一年春

澤田ふじ子

公事宿事件書留帳九 悪い棺
葬列に石を投げた少年を助けるため、菊太郎が案じた一計とは。
600円

公事宿事件書留帳十 釈迦の女
知恩院の本堂回廊に毎日寝転がっている女。その驚くべき正体。
600円

公事宿事件書留帳十一 無頼の絵師
一介の扇絵師が起こした贋作騒動の意外な真相とは?
600円

公事宿事件書留帳十二 比丘尼《びくに》茶碗
尼僧の庵をうかがう謎の侍。その狙いとはいったい何なのか?
600円

公事宿事件書留帳十三 雨女
雨に濡れそぼつ妙齢の女を助けた男を見舞った心温まる奇談。
600円

公事宿事件書留帳十四 世間の辻
鯉屋に担ぎ込まれた石工の凄惨な姿は、何を物語っているのか?
600円

惜別の海 (上・中・下)
秀吉の朝鮮出兵の陰で泣いた、名もなき人々の悲劇を描く大長編小説。
(上)630円
(中)680円
(下)680円

螢の橋 (上・下)
豊臣から徳川へ移った権力に翻弄された人々の悲劇! 長編小説。
(上)560円
(下)560円

黒染の剣 (上・下)
武蔵に運命を狂わされた剣の名門・吉岡家の男たち女たち。長編小説。
(上)630円
(下)630円

高瀬川女船歌
京・高瀬川のほとりの人々の喜びと哀しみを描く、シリーズ第一作。
560円

高瀬川女船歌二 いのちの螢
高瀬川沿いの居酒屋の主・宗因が智恵と腕で事件を解決する。
560円

高瀬川女船歌三 銭とり橋
故郷の橋を架けかえるため托鉢を続ける僧と市井の人々の人情譚。
560円

高瀬川女船歌四 篠山《ささやま》早春譜
「尾張屋」に毎夜詰めかける侍たちと、京の町を徘徊する男の関係とは?
600円

幾世の橋
庭師を志す少年の仕事、友情、恋に生きる青春の日々。長編小説。
880円

大蛇《おろち》の橋
恋人を殺された武士が、六年の歳月を経て開始した恐るべき復讐劇。
600円

雁の橋 (上・下)
生家の宿業に翻弄される少年。その波乱の半生を描く、傑作長編。
(上)560円
(下)560円

初出

貸し腹　「星星峡」二〇〇八年九月号
小さな剣鬼　「星星峡」二〇〇八年十月号
賢女の思案　「星星峡」二〇〇八年十一月号
遠い椿　「星星峡」二〇〇八年十二月号
黒猫　「星星峡」二〇〇九年一月号
鯰大変　「星星峡」二〇〇九年二月号

本作品は「公事宿事件書留帳」シリーズ第十七集です。

参考文献『江戸の捨て子たち　その肖像』（沢山美果子／吉川弘文館）

〈著者紹介〉
澤田ふじ子　1946年愛知県生まれ。愛知県立女子大学(現愛知県立大学)卒業。73年作家としてデビュー。『陸奥甲冑記』『寂野』で第三回吉川英治文学新人賞を受賞。著書に『螢の橋』『木戸のむこうに』「公事宿事件書留帳」シリーズ、「高瀬川女船歌」シリーズ、『大蛇の橋』『惜別の海』『黒染の剣』『雁の橋』『幾世の橋』(いずれも小社刊)、『亡者の銭　足引き寺閻魔帳』(徳間書店)、『神書板刻　祇園社神灯事件簿』(中央公論新社)、『雪山冥府図　土御門・陰陽事件簿』(光文社)他多数。

遠い椿　公事宿事件書留帳
2009年4月25日　第1刷発行

GENTOSHA

著　者　澤田ふじ子
発行者　見城 徹

発行所　株式会社 幻冬舎
〒151-0051 東京都渋谷区千駄ヶ谷4-9-7

電話:03(5411)6211(編集)
03(5411)6222(営業)
振替:00120-8-767643
印刷・製本所:中央精版印刷株式会社

検印廃止

ISBN978-4-344-01667-5 C0093
幻冬舎ホームページアドレス　http://www.gentosha.co.jp/

この本に関するご意見・ご感想をメールでお寄せいただく場合は、comment@gentosha.co.jpまで。